Maryse Condé wurde 1937 in Guadeloupe geboren. Sie studierte an der Sorbonne, Paris. Nach ihrer Heirat siedelte sie mit ihrem Mann nach Afrika über.
Sie veröffentlichte zahlreiche Schriften über die Literatur der Antillen und schreibt seit 1976 auch Romane.

Von Maryse Condé ist außerdem erschienen:

»Ich, Tituba, die schwarze Hexe von Salem« (Band 8074)

Deutsche Erstausgabe September 1991

Titel der Originalausgabe »Traversée de la mangrove«

Umschlaggestaltung Manfred Waller
Umschlagfoto AKG, Berlin
Satz MPM, Wasserburg
Druck und Bindung Ebner Ulm
Printed in Germany 5 4 3 2 1
ISBN 3-426-03123-X

Maryse Condé:
Unter den Mangroven

Roman

Aus dem Französischen von Ingeborg Ebel
und Traudl Weiser

Knaur

Für Richard

Inhalt

Der Abend

»Mein Herz ist nicht zersprungen! Mein Herz ist nicht zersprungen!«
Mademoiselle Léocadie Timothée, seit etwa zwanzig Jahren Lehrerin im Ruhestand, blieb aufrecht stehen, eine Hand auf die Brust gepreßt, die andere tütenförmig vor den Mund haltend, und ließ in Zeitlupe die Bilder ihrer Träume jener Nacht der vergangenen Woche an sich prüfend vorbeiziehen, wo die Schmerzen ihres verbrauchten Körpers zusammen mit dem Gebell der Hunde Léos, ihres Nachbarn, und das Muhen seiner angepflockten Kühe auf der ihrem Besitz angrenzenden Weide ihr erst um vier Uhr morgens erlaubt hatten einzuschlafen, als die bleiche und furchtsame Morgendämmerung ohne Laut durch die Jalousien ihrer Fenster glitt. Nein. Kein Zeichen tauchte aus den trüben Wassern des Schlafs auf. Wie immer, seit sie in die Tiefen ihres Alters eindrang, hatte sie von ihrer Schwester geträumt, die gestorben war und wie sie weder die Abenteuer der Ehe noch die Freuden der Mutterschaft kennengelernt hatte; von ihrer Mutter, die sowohl die einen als auch die anderen gekannt hatte. Beide waren von ihren Leiden erlöst, erfreuten sich guter Gesundheit und ewiger Jugend und erwarteten sie vor den offenstehenden Türflügeln des Eingangs zum ewigen Leben.
Kein Zweifel: Er war es.
Das Gesicht im schmierigen Schlamm vergraben, die Kleidung beschmutzt; sie erkannte ihn an seinen breiten Schultern und seinem wirren, gelockten, ergrauenden Haar.

Der Gestank war furchtbar, und Mademoiselle Léocadie Timothée, die ein empfindliches Herz und einen empfindlichen Magen hatte, konnte zu ihrem eigenen Ekel ein Würgen nicht unterdrücken, ehe sie sich hinkniete und lange in die hohen Gräser der Böschung erbrach. Wie alle Einwohner von Rivière au Sel hatte sie den, der da zu ihren Füßen lag, gehaßt. Aber der Tod ist der Tod. Wenn er kommt, achtet ihn!

Sie bekreuzigte sich dreimal, neigte den Kopf und sagte das Gebet für die Verstorbenen her. Dann sah sie sich um, erschreckt! Was war nur in sie gefahren, die Abkürzung durch den Wald zu nehmen, was sie sonst niemals tat? Was hatte sie dazu getrieben, mit beiden Füßen über diesen Leichnam zu stolpern? Jeden Abend, wenn es dämmerte, schloß sie die Tür ihres Hauses ab, wo sie allein lebte mit ihren Erinnerungen, Fotos, dösenden Katzen und Vögeln, die ihre Nester in ihren Lampenschirmen bauten, und sie ging an die frische Luft, marschierte den geraden Pfad entlang, der die Villa Perrety — vor dreißig Jahren ein so schönes Haus, daß es Neid erweckte, heute verfallen unter seinen von Lianen zerfressenen Bäumen, weil seine Besitzer es aufgegeben hatten, um in der Metropole Paris zu leben — mit der Pépinière (Pflanzenschule) Lameaulnes verband, deren Einfahrt von einem Gitter und einer Tafel versperrt war: »Privatbesitz.« Welche Kraft war stärker als Jahre um Jahre der Gewohnheit gewesen?

Ihr alter Körper wurde jetzt von Entsetzen gequält, das wie Nadeln in sie eindrang, doch sie machte sich auf den Weg ins Dorf. Ihr Herz schlug heftig pochend und dröhnte in ihren Ohren; sie ging den Waldweg zurück und fand, nun im Dunkeln, unter baumartigen Farnen, den Pfad, der bei der Kapelle Sainte-Marie, Mutter aller Schmerzen, in die Straße mündete.

Das Haus des Toten stand ein wenig außerhalb des Dorfes, vom Wald eingeklemmt, der wider seinen Willen hatte Platz

machen müssen und der sich jetzt gierig beeilte, sein verlorenes Terrain wiederzugewinnen. Es war ein Haus, das aus Brettern und Blech bestand, obwohl im ganzen Land seit der geringeren Besteuerung auch die Ärmsten versuchten, Häuser aus Beton zu bauen. Man merkte, daß der, der es errichtet hatte, sich nicht darum kümmerte, was die anderen von ihm hielten. Denn in seinen Augen war ein Haus ein Ort, wo man ißt, wo man sich vor dem Regen schützt, wo man schläft. Zwei Hunde, zwei Dobermänner mit einem Fell von der Farbe Satans, die dabei gesehen worden waren, wie sie unschuldige Hühner verspeisten, stürzten hervor, bellten und bleckten ihre grausamen, elfenbeinfarbenen Reißzähne. Sofort blieb Mademoiselle Léocadie vor dem Schutzgatter stehen, erhob ihre krächzende Stimme und rief vorsichtig: »Ist jemand zu Hause?«
Ein Halbwüchsiger erschien, das Gesicht verschlossen wie eine Gefängnistür. Er schrie den Tieren zu: »Zurück, zurück!« Und die Scheusale traten vor einem noch Gewalttätigeren als sie den Rückzug an. Noch immer, ohne sich zu rühren, fragte Mademoiselle Léocadie: »Alix, ist sie da?«
Der Halbwüchsige nickte. Übrigens erschien Vilma, durch den Spektakel angelockt, auf der Veranda. Mademoiselle Léocadie beschloß gequälten Herzens näher zu treten. Wie sollte sie dieser jungen Frau, diesem Kind sagen — dessen Taufe sie an einem strahlenden Sonntag mitten im August beigewohnt hatte, sie erinnerte sich, sie erinnerte sich —, daß ihr Kerl im Schlamm lag, verreckt wie ein Hund? Mademoiselle Léocadie war nie in den Sinn gekommen, daß ihr eines Tages Gott, zu dem sie so inbrünstig betete, keine Vesper und keinen Rosenkranz versäumte, ein solches Kreuz aufbürden würde, gleich dem Ende ihrer alten Tage. Sie stammelte: »Er ist nicht zum Schlafen heimgekommen, das stimmt doch?«
Vilma dachte nicht einmal daran, mit einer Lüge zu antwor-

ten, und die Augen feucht mit warmem und salzigem Wasser, erklärte sie: »Weder vergangene Nacht noch die davor. Das ist jetzt die dritte Nacht. Ich habe Angst. Maman hat Alix zum Übernachten zu mir geschickt, falls die Wehen bei mir einsetzen.«

Mademoiselle Léocadie nahm ihren Mut in beide Hände. »Laß mich eintreten, ich muß dir etwas sagen.«

Drinnen setzten sie sich einander gegenüber an den Tisch aus weißem Holz, und Mademoiselle Léocadie fing an zu sprechen. Da quoll das salzige Wasser aus Vilmas Augen und floß wie ein Rinnsal über ihre noch kindlich runden Wangen. Wasser des Schmerzes, Wasser der Trauer. Aber nicht der Überraschung. Denn sie hatte von Anfang an gewußt, daß dieser Mann auf brutale Weise sein Leben verlieren würde. Durch Gewalt. Als Mademoiselle Léocadie aufgehört hatte zu sprechen, blieb Vilma bewegungslos sitzen, zusammengesunken auf ihrem Stuhl, als ob der Schmerz ein zu schweres Gewicht für ihre achtzehnjährigen Schultern wäre. Dann drehte sie sich zu Alix um, der während des Berichts ins Zimmer getreten war, zweifelsohne von diesem speziellen Geruch des Unglücks angezogen, und fragte ihn: »Hast du gehört?«

Wieder nickte er. Offensichtlich machte ihm nur das Leid seiner Schwester Kummer. Vilma befahl: »Geh und sag es Vater!«

Alix gehorchte.

Draußen war ganz heimlich die Nacht gekommen. Über dem schwarzen Blätterdach der Ebenholz- und Mahagonibäume zeichnete sich nicht mehr der Kamm des Gebirges gegen den Himmel ab. In allen Hütten brannte elektrisches Licht, und die Radios plärrten Nachrichten, ohne daß es ihnen gelang, das Weinen der Kinder zu übertönen. In einem wüsten Durcheinander von Worten ohne Bedeutung noch Nutzen waren die Trinker bei *Chez Christian* versammelt und tranken ihren

Rum, während die Spieler ihre Würfel auf den Holztischen rollen ließen. Dieser ganze Lärm, diese ganze Unruhe schockierten Alix, denn schließlich lag ein toter Mann mitten auf einem Weg im Schlamm, selbst wenn es sich um einen Mann handelte, um den keiner — außer Vilma und Mira, wer weiß das schon? — eine Träne vergießen würde. Er trat in den Lärm und Zigarettenrauch und klatschte mit Autorität in die Hände. Normalerweise hätte niemand diesem Jungen Aufmerksamkeit geschenkt. Aber wie er dastand, an der Ecke des Tresens, war sein Gesichtsausdruck derart, daß jeder den Inhalt und die Schwere seiner Worte erriet, noch ehe er den Mund aufgemacht hatte. Schwarz und drückend wie Trauer. Und in dieses Schweigen verkündete er: »Francis Sancher ist tot!«

Die Männer wiederholten seine Worte, jene, die saßen, standen auf, andere blieben wie erstarrt stehen.

»Tot?«

Ohne ein weiteres Wort drehte Alix ihnen den Rücken zu. Er wußte, welche Frage sie stellen würden, ohne darauf eine Antwort zu haben: »Wer hat ihn getötet?«

Während er eilig zum Haus seiner Eltern ging, vergaßen die Männer ihren Rum und ihre Würfel, sie hasteten aus der Kneipe, um die Nachricht an allen Ecken und Enden des Dorfes zu verbreiten, und bald strömten die Leute aus ihren Häusern, um darüber zu reden, jedoch ohne Emotion. Denn jeder wußte, daß es jemand eines Tages Francis Sancher heimzahlen würde!

Alix' Nachricht bahnte sich nur schwer einen Weg in das Hirn von Moïse, den man Moskito nannte, den Briefträger, nicht allein, weil er wie alle drei Tage besoffen war, sondern weil er der erste in Rivière au Sel gewesen war, der sich mit Francis Sancher befreundet hatte, und zwar in dem Augenblick, als dieser aus dem Bus gestiegen war und nach dem Weg zum Besitz Alexis gefragt hatte — obwohl Moïse jetzt jedesmal ausspuckte, wenn auch nur der Name seines ehemaligen Freundes fiel und er sich auf die Seite seiner übelsten Verleumder geschlagen hatte. Als die Bedeutung der Worte in jeden Winkel seines Hirns gedrungen war, fing er wie ein Blatt an einem Ast zu zittern an, das vom Sturm geschüttelt wird. Ach, wie recht er doch hatte, vor Francis Angst zu haben! Sein erbarmungsloser Feind hatte seine Witterung aufgenommen, war seiner Spur gefolgt, hatte ihn wiedergefunden und zugeschlagen, im Blattwerk, wohin er sich verkrochen hatte. Es handelte sich also um keinen wahnsinnigen und abergläubischen Schrecken, für einen Mann in seiner Lage überraschend. Er stand schwerfällig auf, die Schläge seines Herzens ließen seinen schmächtigen Körper erzittern. Dann eilte er hinter Alix her.

Der Mond schloß beide Augen, als man Francis Sanchers schweren Körper auf den Rücken drehte, das geschwollene Gesicht der Luft zugewandt. Die Sterne taten dasselbe. Keine Helligkeit durchdrang den stummen Himmel.

Alix und Alain senkten ihre Fackeln und leuchteten ihren älteren Brüdern, Carmélien und Jacques, die im stinkenden Schlamm kauerten. Sylvestre Ramsaran, der Vater, hielt sich im Hintergrund, Moïse verschmolz mit dessen Schatten. Carmélien hob den Kopf und flüsterte: »Er hat gar nicht geblutet!«

»Nicht geblutet?«

Die sechs Männer sahen sich verblüfft an. Dann ließ Jacques den Leichnam auf die Trage aus Bambus gleiten und bedeutete seinen Brüdern, ihm zu helfen. Der Leichenzug setzte sich in Bewegung. Jetzt öffnete der ängstliche Mond wieder die Augen und beleuchtete jeden Winkel der Landschaft.

Als die Männer Vilmas Haus erreichten, drängte sich auf dem Hohlweg, im Garten, auf der Veranda bereits eine Menschenmenge, halb neugierig, halb trauernd, um Neuigkeiten zu erfahren. Auch jene, die direkt betroffen waren, hatten sich eingefunden. Rosa, die Mutter Vilmas; die Lameaulnes, Loulou, der Besitzer der Pépinière; Dinah, seine zweite Frau aus Saint-Martin; Aristide, ihr Sohn, der einzige der drei ältesten Brüder, der noch in Rivière au Sel arbeitete — und jeder im Dorf wußte, warum —; Joby, das erste Kind aus zweiter Ehe, ein bläßlicher Junge, der im vergangenen Jahr gefirmt worden war. Natürlich war Mira nicht da, aber das Gegenteil hätte allgemein verwundert, wenn nicht schockiert. Es waren aber noch viele andere da. Tatsächlich war ganz Rivière au Sel gekommen, außer Emmanuel Pélagie, der sofort nach seiner Rückkehr aus Dillon seinen Peugeot in die Garage geschlossen hatte und nicht einmal frische Luft auf seiner Veranda schöpfte. Selbst Sonny, der unglückliche Sonny; selbst Désinor, der Haitianer…

Da die Leute so zahlreich erschienen waren, hätte man sie der Scheinheiligkeit bezichtigen können. Denn alle hatten irgendwann einmal Francis als Vagabund und Hund beschimpft, und dürfen die letzteren nicht der Teilnahmslosigkeit gewiß sein, wenn sie krepieren?

In Wirklichkeit waren die Leute hauptsächlich aus Achtung für die Eltern Vilmas, die Ramsarans, gekommen. Ti-Tor Ramsaran, der seinen Vater getreten hatte, weil der ihm keine Zuckerrohrpflanzen geben wollte, und ihm somit zu einem dreimonatigen Krankenhausaufenthalt im Hôpital Général de

La Pointe verhalf, war in diese Gegend — in der normalerweise keine Inder lebten — im selben Jahr wie Gabriel gezogen, der erste der Lameaulnes, ein Pflanzer aus Martinique, den seine Familie verjagt hatte, weil er eine Negerin geheiratet hatte. Das muß im Jahr 1904 oder 1905 gewesen sein. Auf jeden Fall vor dem Ersten Weltkrieg und lange vor dem Wirbelsturm im Jahr 1928.
Als Ti-Tor sich häuslich eingerichtet hatte, gab es viele Leute, denen das ein Dorn im Auge war und die böse sangen:

»Kouli malaba
Coolie malabar*.
Isi dan
Pa peyiw.«

»Dieses Land ist nicht das Ihre.«

Aber Ti-Tor hatte sich nicht darum gekümmert und nur ein wachsames Auge auf seine zwei Hektar Land gehabt, die er gerade gekauft hatte. Diese zwei Hektar hatten sich in der nächsten Generation vermehrt, als die Farjol-Fabrik ihre Pforten schloß und ihre Domäne Stück für Stück verkaufte. Rodrigues, Ti-Tors Sohn, hatte weitere zwanzig Hektar dazugekauft und darauf Bananen gepflanzt, weil Zuckerrohr im Land keine Erträge mehr brachte. Die Alten, die noch den Ersten Weltkrieg erlebt hatten, hatten nur den Kopf geschüttelt: »Was ist denn aus Guadeloupe heutzutage geworden? Wenn es kein Zuckerrohr mehr gibt, gibt es Guadeloupe nicht mehr!« Viele waren auch über Rodrigues' Landkäufe wütend geworden und hatten gemurrt: »Seit wann haben denn Inder hier das Sagen?«

* Schimpfwort

Denn die Ramsarans wurden immer reicher, weil Rodrigues sich anstelle der Holzhütte, in der er die Augen geöffnet hatte, eine Villa aus Stahlbeton hatte bauen lassen, deren erste Etage von einem Balkon mit einem Gitter aus Schmiedeeisen umgeben war und die er »L'Aurélie« getauft hatte.
»L'Aurélie?« Was sollte das denn bedeuten?
Nichtsdestoweniger wurden die Neider und Unzufriedenen von wahren Wutanfällen ergriffen, als der Enkel Rodrigues', der Sohn Sylvestres, Carmélien, in Frankreich Medizin studierte. Was? Ein Ramsaran wird Arzt? Die Leute wissen nicht mehr, wo sie hingehören! Die Ramsarans gehören auf ihre Felder, ob Zuckerrohr oder keins! Glücklicherweise ist der Herr allmächtig! Carmélien war mit großer Eile aus Bordeaux zurückgekehrt, wo ihn eine Krankheit ereilt hatte. Das war nichts als Gerechtigkeit. Man darf eben nicht gegen den Wind furzen. In einem solchen Fall korrigiert das Leben die Pläne der Ehrgeizigen und läßt sie wieder vernünftig werden.
Doch Carmélien war weiter dem Spott ausgesetzt, man nannte ihn höhnisch »Doktè«, als er auf dem Grund seines Vaters zwei Wasserbecken graben ließ und mit der Krebszucht begann. Jene, die sie als Kinder mit der Hand in Gumpen voller eiskalten Wassers gefangen hatten, erklärten, daß diese Spezies nicht die Gewürze wert wären, um sie zuzubereiten, aber sie mußten schweigen, als alle Touristenhotels Bestellungen aufgaben und Carmélien die Ware mit einem Lieferwagen ausfuhr und als eines Abends im Fernseher der Sender *Télé-Guadeloupe* die üblichen Lobeshymnen verkündete:

»Festliche Abendessen. Geschäftsessen.
Hochzeiten. Bankette.
Kaufen Sie heimische Produkte.
Kaufen Sie Krebse von Ramsaran.«

Der Mann, der sich am meisten von allen Einwohnern Rivière au Sels darüber ärgerte, war sicher Loulou Lameaulnes, der nach dem Vorbild seiner Eltern und Großeltern den Herrn hinter den arroganten Gittern der Pépinière spielte, die während der schönen Jahreszeit von violetten und organgefarbenen Lianen überwuchert wurden. Er selbst hatte bereits daran gedacht, für seine Pflanzen und Blumen im Fernsehen zu werben. Doch dann hatte er sich gesagt, daß dies eine Erfindung der Weißen sei, die man den Weißen lassen müsse. Und jetzt hatte ihn der kleine Carmélien, der im selben Jahr wie Kléber, sein Zweitältester, geboren war, den Rang abgelaufen.
Trotz dieser kleinen Spannungen, Verbitterungen, Eifersüchteleien waren die Ramsarans geachtet; immer nahmen sie an allen Veranstaltungen teil und spendierten jedes Jahr für das große Fest sowie für den Karnevalsumzug eine beträchtliche Summe. Wenn auch einige Familienmitglieder ihre Reinrassigkeit erhalten und ihre Frauen aus den Grands Fonds geholt hatten, wo sie herstammten, hatten viele in Neger- oder Mulattenfamilien eingeheiratet. Auf diese Weise hatten sich Blutsbande gebildet.
Gegen neun Uhr, als der Mond sich hinter einer tintenfarbenen Wolke ausruhte, die — jeder spürte es — bald ihre Schleusen öffnen würde, und als Monsieur Démocrite, der Schuldirektor, die Erlaubnis erteilt hatte, daß die Plane geholt wurde, die dazu diente, den Fußballplatz abzudecken, kam Doktor Martin in seinem luxuriösen BMW aus Petit Bourg angefahren und schloß sich eine ganze Weile mit dem Toten ein. Als er wieder aus dem Zimmer kam, war seinem Gesicht nichts abzulesen. Er ging zu Dodose Pélagie, um zu telefonieren, die vergeblich hinter der Tür lauschte. Niemand glaubte, daß Sancher eines natürlichen Todes gestorben war, obwohl sein Körper keine Verletzungen aufwies. Also erschien gegen zehn Uhr ein Krankenwagen, der laut hupend die Neugierigen ver-

scheuchte, und während der folgenden Tage und Nächte lag der Körper von Francis Sancher auf dem kalten Marmor eines Autopsietisches, bis ein Arzt, den man aus La Pointe hatte kommen lassen, formell wurde. Man durfte sich nicht den Geist durch Vermutungen von Dorfbewohnern trüben lassen, die alle dem Rum zugetan waren. Haarspaltereien führten zu nichts. Der Tod war durch den Bruch eines arteriellen Blutgefäßes eingetreten. So etwas passiert bei Menschen häufig, die unter Bluthochdruck leiden und viel zuviel trinken.
Also kehrte am Nachmittag des vierten Tages Francis Sancher nach Hause zurück, doch nicht mehr aufrecht auf beiden Füßen stehend und alle Männer, selbst die größten, überragend, sondern liegend, in dem Gefängnis eines Sarges aus hellackiertem Holz, dessen Deckel am oberen Teil aus Glas bestand, so daß man noch einige Stunden lang seine schöne, eckige Visage bewundern konnte. Der Sarg wurde auf sein Bett gestellt, das verschwenderisch mit Blumen bedeckt war, die alle aus der Pépinière kamen, und das wohl zu seinen Lebzeiten Zeuge seiner fruchtbaren Bemühungen mit verschiedenen Frauen gewesen war. Während die Männer auf Bänken saßen, vor dem strömenden Regen unter der Plane von Monsieur Démocrite Schutz suchten und lachten und scherzten, machten sich die Frauen nützlich, kochten eine fette Suppe mit dem Rindfleisch, das die Ramsarans aus Grands Fonds, reiche Viehzüchter, ihren trauernden Verwandten spendiert hatten, und gossen immer wieder die Rumgläser voll, ehe sie sich im Kreis um das Totenbett gruppierten, um Gebete aufzusagen.
Gegen sechzehn Uhr erschien Mira, die niemand seit ihrer Niederkunft gesehen hatte, wieder so strahlend schön wie vor ihrer Schande, wenn auch schlanker. Sie ging zögernden Schritts, als kämpfte sie mit ihrem Herz und könnte nur unter Aufbietung aller ihrer Kräfte ein Schluchzen unterdrücken. Als sie das Zimmer betrat, hoben sich alle Köpfe, alle Augen

richteten sich auf sie, alle Finger vergaßen, die Perlen des Rosenkranzes zu zählen. Wie, wie würde sie sich gegenüber derjenigen benehmen, die im selben Bett wie sie gelegen hatte? Indessen wurden alle, die einen frevelhaften Skandal erwartet hatten, alle, die sich bereits eine schockierende Szene vorstellten, die sie an den langen kommenden Abenden erzählen konnten, in ihrer Gier enttäuscht. Mira schaute weder rechts noch links, sie begnügte sich damit, das Gesicht desjenigen, der sie lächerlich gemacht hatte, ohne Zorn, mit einem unendlichen Mitleid zu betrachten, und dann reihte sie sich in den Kreis der Betenden ein.

»Es gibt eine Zeit für alles; es gibt unter dem Himmel einen Augenblick für jedes Ding. Es gibt eine Zeit zum Geborenwerden und zum Sterben; eine Zeit zum Pflanzen und eine Zeit, um das auszureißen, was gepflanzt wurde; eine Zeit zum Töten und eine Zeit zum Heilen; eine Zeit zum Klagen und eine Zeit zum Jubeln. Es gibt eine Zeit, um Steine zu werfen, und eine Zeit, um sie aufzulesen.«

Der Himmel begann schwarz zu werden.

Kurz nach Mira kam aus Petit Bourg Lucien Evariste, der Schriftsteller genannt, obwohl er nichts geschrieben hatte, und Emile Etienne, der Historiker genannt, obwohl er nur eine Broschüre veröffentlicht hatte, die niemand gelesen hatte, mit dem Titel »Reden wir von Petit Bourg«. Ersterer kam mit dem Bus »Christus, Du bist König«, der einen Umweg machte. Der Chauffeur ließ den Bus langsam unter dem Gewölbe der Bäume ausrollen, stellte den Motor ab und bekreuzigte sich. Zweiterer kam mit seinem Peugeot angefahren. Beide waren große Freunde von Francis Sancher gewesen, was niemanden bei Lucien erstaunte – einem Hitzkopf, der das Herz seiner Mutter gebrochen hatte –, aber alle im Fall Emiles schockierte, dessen Beruf einen derartigen Umgang verbat.

In welchem Augenblick wurden sich alle der Anwesenheit Xantippes bewußt, der unbeweglich, schweigend, die Augen wie Kohlen glühend in einer Ecke der Veranda hockte? Wie lange war er schon da? Wann war er gekommen? Niemand wußte es. Das sah ihm ähnlich, sich leise unter die Leute zu schleichen. Genauso hatte er es gemacht, als er sich in der Nähe von Rivière du Sel häuslich eingerichtet hatte. Kurz nach der Ankunft von Francis Sancher, im Oktober, als es nie aufhörte zu regnen. Eines schönen Tages hatte man ihn gesehen, wie er Jamswurzeln an Stecken band, und gleich gewußt, daß er am Trois Chemins de Bois Sec in einer baufälligen Hütte hauste, wo früher — ehe das Butangas ihrem Handel ein Ende machte — zwei Köhler, Justinien und Josyna, einmal im Monat kampierten, wenn sie Holz schlugen.
Die Hütte war niedrig und bestand aus rostigem Wellblech, das Tageslicht fiel nur durch den Eingang herein. Wie konnte ein Lebewesen dort Unterschlupf suchen? Die Gegenwart Xantippes löste immer echtes Unbehagen aus. Sofort erloschen alle Geräusche in einem See eisigen Schweigens, und mancher erwog, ihn fortzujagen. Doch man versperrt niemandem die Tür zu einer Totenwache. Sie bleibt weit offen, damit sich jeder dort in den Abgrund stürzen kann. Also fingen ein paar nach kurzer Zeit wieder an zu lachen und Geschichten zu erzählen. Andere dachten schweigend an Francis Sancher, saugten an ihren Erinnerungen wie an hohlen Zähnen.
Draußen, an zwei Ebenholzbäumen angebunden, heulten die beiden Dobermänner ohne Unterlaß vor Hunger und Kummer, denn sie hatten ihren Herrn geliebt, und niemand hatte daran gedacht, sie zu füttern.
Und der Mond leuchtete stolz hinter dem nassen Vorhang des Regens.

Die Nacht

Moïse, der Briefträger, genannt Moskito

»Ich bin der erste, der seinen wirklichen Namen gekannt hat.« Moïse wiederholte sich diese Worte, als würden sie ihm ein Recht über den Verstorbenen verleihen, ein Recht, das er weder den beiden Frauen zubilligte, die Francis geliebt hatten, noch den beiden Kindern, die er in deren Bäuche gepflanzt hatte, jenes, das bereits stark und kräftig unter der Sonne ohne Vater aufwuchs, und jenes, das sich darauf vorbereitete, die Welt als Halbwaise zu betreten, und als einzigen Besitz seine zwei Augen zum Weinen hatte.
Er glaubte ebenfalls der einzige zu sein, der wußte, warum Francis beschlossen hatte, sich in diese Kürbisflasche von einer kleinen Insel einzuschließen, die von der schlechten Laune des Ozeans hin und her geschüttelt wurde. Nicht, daß letzterer ihn ins Vertrauen gezogen hätte. Nein! Er glaubte, die Wahrheit innerhalb der Flut der halb unverständlichen Worte herausgelesen zu haben, die Francis an jenen Abenden hervorsprudelte, wo die beiden sich, nachdem sie bereits bei *Chez Christian* mehr als genug getrunken hatten, die ganze Nacht mit Rum vollaufen ließen, bis die Sonne zwischen den Bergen aufstieg und ihnen deutlich machte, daß der Morgen dämmerte. Wenn Moïse mit Francis zusammen war, machte er nicht den Mund auf. Erstens, weil der andere ihm nicht zuhörte. Zweitens, weil alles, was er hätte erzählen oder selbst erfinden können, fade und ohne Salz geklungen hätte, verglichen mit den unerschöpflichen Einfällen, die

Francis, von großer Beredsamkeit, Tag für Tag von sich gab.

Bevor Moïse Francis kennengelernt hatte, hatte er immer den Interessanten gespielt, weil die Frauen ihm den Weg zu ihren Herzen und Betten verwehrten und die Männer sich über ihn lustig machten, und im Laufe der Jahre waren seine Träume vertrocknet wie ein Baum in der Wüste.

Nach dieser Begegnung hatte er angefangen, sich vorzustellen, daß das Leben einen anderen Geschmack bekäme, daß die Blätter seines Baums wieder grünten.

Bis zu dem Tag, wo er begreifen mußte, daß er sich etwas vorgemacht hatte, daß Francis nichts als ein gehetztes Tier war, das gekommen war, um sich in einem Loch zu vergraben und dort zu sterben! Er erinnerte sich an diesen strahlenden Mittag, an dem er ihn zum erstenmal gesehen hatte. Er beendete gerade seine Runde, die ihn jeden Morgen von der Post in Petit Bourg nach Trou au Chien, dann nach Mombin, Dillon, Petite Savane, Rousses, Bois L'Etang führte und die in Rivière au Sel endete, wo auf seinem Grundstück sogar eine Garage aus Brettern für das gelbe Postauto stand. Ein Briefträger, das ist schließlich jemand, jemand, der alles hat.

Weil er in jedem Haus, wo er anhielt, einen Rum trank, war er etwas weggetreten, nicht wirklich betrunken, nur gerade genug, um seine alten Wunden zu vergessen und singend über die Straßen zu rasen, während er laut hupte.

Da hatte er diesen starken, dicken Mann gesehen, groß wie ein Mahagonibaum, dicht behaart und schon ergrauend, der mit Madame Mondésir im Stehen auf der Veranda redete. Vom Gesichtsausdruck Madame Mondésirs konnte man ablesen, was sie dachte. Woher kam er, dieser Mann da? Antwortet man auf die Frage von jemandem, den man überhaupt nicht kennt? Schließlich setzte sich der Mahagonibaum in Bewegung und

zog hinter sich einen grünen Blechkoffer her, dessen Räder über die geteerte Straße hüpften.
»Sa ou fé? Ola ou kaye kon sa?«
»Wie geht es dir? Wo willst du hin?«
Der Unbekannte hatte ihn mit einem Blick des Unverständnisses bedacht, und Moïse wußte wenigstens eins: Das war kein Guadeloupianer, denn selbst die Neger, deren Haut vom jahrelangen Aufenthalt und den Wintern ohne Sonne in Frankreich gelb wird, kennen die Bedeutung dieser Wörter, deshalb hatte er gesagt: »Steig ein! Die Sonne ist heiß! Wo willst du hin?«
»Kennst du den Besitz Alexis?«
Den Besitz Alexis? Moïse glaubte, sich verhört zu haben. Dann erschien es ihm als wirklich gutes Zeichen, daß die ersten Worte dieses Mannes eine ziemlich ungewöhnliche Fragen darstellten, tapfer und herausfordernd. Er öffnete die Tür und wiederholte: »Steig ein!«
In den fünfziger Jahren, vielleicht etwas früher, ungefähr nach Kriegsende, hatte der Sohn Alexis, nachdem er seine Eltern begraben hatte, alles zum Verkauf angeboten, was die beiden ihm hinterlassen hatten. Ohne Schwierigkeiten hatte er einen Käufer für das Haus in Petit Bourg gefunden, wo seitdem der junge Doktor Tiburce seine Praxis hatte. Doch das Sommerhäuschen in Rivière au Sel, obwohl von einem 3000 Quadratmeter großem Obstgarten umgeben, fand keinen Käufer. Jahrelang stand die Tafel mit der Inschrift: »Zu verkaufen« in Sonne und Regen, bis sie eines Tages zu Staub zerfiel und vergessen wurde.
Am Anfang erschien der Besitz Alexis als ein Geschenk des Himmels. Im Sommer machten die Kinder nach der Schule einen Umweg und warfen mit Steinen nach den Früchten der Mangobäume. Die Armen ernteten das Obst. Und gegen Weihnachten trieb man die Schweine dorthin, damit sie fett wurden. Dann änderte sich plötzlich alles.

Kinder und Erwachsene, die sich dorthin wagten, nahmen die Beine in beide Hände, zitterten, stammelten und waren unfähig zu erklären, was sie dort empfunden hatten. Sie hatten den Eindruck gehabt, daß der böse Blick eines unsichtbaren Tieres oder ein Geist sie durchbohrt hatte. Daß eine Kraft sie bei den Schultern ergriffen und sie auf die Straße gestoßen hatte. Daß eine Stimme schweigend Flüche und Drohungen in ihre Ohren geschrien hatte. Die Menschen fingen an, diesen Ort zu meiden. Doch drei Landarbeiter aus Haiti, die offensichtlich die Gerüchte ignorierten, die sich, schwarzen Wolken gleich, zusammenballten, und die Arbeit in der Pépinière gefunden hatten, traten eines Abends die Haustür ein und nächtigten auf dem Fußboden im Eßzimmer. Als sie nach drei Tagen noch immer nicht zur Arbeit erschienen waren, hatte Loulou seinen Vorarbeiter dorthin geschickt, damit er ihnen den Marsch bläse. Der hatte sie in ihren Lumpen starr und tot vorgefunden; allen hing die Zunge schwarz aus dem Mund. Nur mit Mühe hatte man die Totengräber dazu bewegen können, diese Männer zu beerdigen, und einen Priester gefunden, der das »De profundis« sprach.

Also glaubte Moïse erraten zu haben, daß dieser Mahagoni-Mann schon weitaus gefährlicheren Geistern begegnet war als jenen, die den Besitz Alexis heimsuchten. Der Unbekannte ergriff das Wort und würzte jedes mit einem starken ausländischen Akzent, spanisch, dachte Moïse, der Kubaner in Miami hatte reden hören.

»Du bist der Briefträger, ist das richtig? Es ist also nicht nötig, daß ich dir irgendwelche Geschichten erzähle. Ich heiße Francisco Alvarez-Sanchez. Wenn du Briefe auf diesen Namen bekommst, sind das meine. Doch für die anderen hier bin ich Francis Sancher. Verstanden?«

Moïse hätte fast ein dummes Huhn überfahren, das mit seinen Küken mitten auf der Straße herumlief, und wagte es zu sagen:

»Francisco Alvarez-Sanchez? In welchem Land hast du dir denn diesen Namen zugelegt?«

»Stell keine Fragen! Die Wahrheit könnte dir die Ohren zerreißen.«

Moïse gab keinen Laut mehr von sich.

Vor dem Besitz Alexis angekommen, wuchtete Francisco, oder vielmehr Francis, seinen Körper aus dem Auto und betrachtete — in seiner ganzen imposanten Größe dastehend — prüfend seinen Besitz. Dann drehte er sich zu Moïse um und sagte lachend: »Ich brauche wohl einen guten Zimmermann, nicht wahr?«

Moïse stieg ebenfalls aus, und die Worte überschlugen sich in seinem Mund: »Gib dir keine Mühe, du wirst keinen finden! Niemand wird hier arbeiten. Aber ich helfe dir! Ich helfe dir!«

Die Leute behaupten, daß während der ersten Nacht, in der sich Francis Sancher in Rivière au Sel aufhielt, ein wütender Wind vom Gebirge her blies, heulend die Bananenpflanzungen verwüstete und die Stecken der Jamswurzelschößlinge abbrach. Dann sprang er auf den Rücken des Meeres, das friedlich schlief, und peitschte es zu meterhohen Wellen auf.

Aber die Leute erzählten alles mögliche.

Moïse konnte bestätigen, daß dem nicht so war. Nicht einmal die kleinste Brise wehte. Die Nacht war hell wie der lichte Tag. Der Mond spiegelte sein pausbäckiges Gesicht auf der Oberfläche von Teichen und Flüssen. Kröten, die halb im Schlamm steckten, hatten es sich in den Kopf gesetzt, nach

Wasser zu quaken, immer nur Wasser. Moïse in seiner Hängematte nuckelte an seiner Pfeife. Heute quälte ihn nicht wie jeden Abend die Sehnsucht nach dem Körper einer Frau. Es waren diese Träume, die wieder Wurzeln schlugen. Gegen neun Uhr hielt er es nicht mehr aus. Er sprang zu Boden, ergriff eine Flasche Rum Montebello und machte sich auf den Weg zum Besitz Alexis.

Die anderen fingen an, die Freundschaft zwischen Moïse und Francis Sancher — der weiß nicht wo herkam — merkwürdig zu finden. Am ersten Abend, als die beiden Männer zu *Chez Christian* kamen, um ein Glas Rum zu trinken, hätten die Stammgäste sie am liebsten vor die Tür gesetzt. Doch weil die Schultern von Francis so breit wie die Werkbank eines Zimmermanns waren, murmelten die anderen nur gehässig hinter seinem Rücken. Manche hätten gern Moïse eine Lektion erteilt. Doch dann erinnerten sie sich, daß es in seiner Familie immer respektable Menschen gegeben hatte. Der Vater, Sonson, hatte wie alle jungen Männer seiner Generation vorgegeben, sich den Rebellen anzuschließen, doch in Wirklichkeit hatte er ein geruhsames Leben auf einer kleinen Insel geführt und war nach Kriegsende zurückgekommen, als seine Eltern ihn bereits totgeglaubt und beweint hatten, zurückgekommen mit Shawn, einer Chinesin, die bis zu ihrem Tod nicht einmal auf angemessene Weise ihren Nachbarinnen guten Tag wünschen konnte. Sein ältester Bruder, Valère, war nach Venezuela gegangen, um in einer Ölraffinerie zu arbeiten, und man

hatte nie wieder etwas von ihm gehört. Moïse hatte die Schule mit Erfolg abgeschlossen, um was zu werden? Boxer! Dreimal die Woche fuhr er nach La Pointe und nahm Unterricht bei einem gewissen Doudou Sugar Robinson, der behauptete, aus Washington D. C. zu stammen, aber man wußte, daß er in Moule geboren war. Nach einer Reise mit seinem Manager nach Miami quasselte er jedem — ob er es nun hören wollte oder nicht — mit Geschichten über Amerika die Ohren voll. Welch schönes, großes Land, wo Neger allein den Ton im Ring angaben! Alle glaubten, daß er jeden Augenblick in ein Flugzeug steigen würde, um dorthin zurückzukehren. Doch als er seinen Führerschein gemacht hatte, ließ er sich von der Post anstellen.
Doch anstatt sich dort eine gesicherte Position zu schaffen, schloß er sich der Gewerkschaftsbewegung an. Bei jeder Kundgebung sah man ihn mit einem Plakat durch die Straßen marschieren: »Der Kampf geht weiter ...« Bis zu dem Tag, an dem man ihm ein Disziplinarverfahren androhte und zum Schweigen brachte. Daraufhin hatte er sich damit begnügt, sich um seine Mutter zu kümmern, da seine Schwester Adèle das Elternhaus verlassen und sich mit einem Tunichtgut verheiratet hatte, der als einzigen Vorzug eine helle Haut besaß. Seine Mutter Shawn hatte er bis zu deren Tod gut versorgt.
Schließlich beobachteten die Einwohner von Rivière au Sel mit einem Achselzucken, wie die beiden neuen Unzertrennlichen auf Leitern kletterten, um das Dach neu zu decken, Fliesen auf der Terrasse verlegten, Unkraut jäteten und einen Gemüsegarten anlegten. Tomaten. Gurken. Schnittlauch. Gewürzkräuter. Denn Moïse hatte recht behalten. Francis hatte vergeblich die Nachbardörfer abgeklappert und mit seinem Geld gelockt, sich am Telefon heiser geschrien, er hatte niemanden — nicht einmal einen Haitianer ohne Aufenthaltsgenehmigung — gefunden, der ihm geholfen hätte, sein Hause wieder aufzubauen.

Zu Anfang, als das Haus noch nicht bewohnbar war, Ratten versteckten sich in allen Winkeln, und Fledermäuse schliefen unter dem schadhaften Dach, schlief Francis bei Moïse. Beide nuckelten an ihren Pfeifen, nachdem sie die Mahlzeit geteilt hatten, die Adèle zweimal am Tag kochte und ihnen schicken ließ. Sie befolgte die Ermahnungen ihrer verstorbenen Mutter.

Als das Haus stand — obwohl es keineswegs als schön zu bezeichnen war, denn Marval, der Zimmermann, machte sich öffentlich darüber lustig —, schlief und trank Moïse dort nächtelang. Diese Freundschaft hatte einen schlechten Geruch; diese beiden Männer waren homosexuell! Ganz sicher!

Viele Einwohner dieses gottverlassenen Nests inmitten der Wälder kannten die Verderbtheit der Städte nicht und hatten noch nie einen Schwulen gesehen, außer Sirop Batterie, der sich zum Karneval in Petit Bourg als Frau verkleidete. Sie betrachteten diese Burschen mit Skepsis. Moïse, das ging ja noch an! Aber Francis? Er sah überhaupt nicht so aus! Trotzdem breitete sich das böse Gewächs der üblen Nachrede aus und verdorrte erst, als Francis' Affäre mit Mira ruchbar wurde. Kann ein Vergewaltiger gleichzeitig schwul sein? Kann man gleichzeitig Frauen und Männer lieben? Noch immer wird darüber bei *Chez Christian* in Rivière au Sel diskutiert. Doch was die Einwohner von Rivière au Sel gegen Francis aufbrachte, war nicht seine zweifelhafte Beziehung zu Moïse. Es war nicht einmal diese Vergewaltigungsgeschichte. Es war, weil er nichts mit seinen Händen anfing. Aus Tradition waren die Einwohner von Rivière au Sel Holzarbeiter. Früher schlugen sie Baumriesen im dichten Wald. Andere waren Zimmerleute. Wieder andere — deren Geheimnisse vom Vater auf den Sohn vererbt wurden — waren Kunsttischler und stellten wundervolle Möbel aus Mahagoni oder Rosenholz her, mit feinsten Intarsien versehen. Leider gehören jene Tage zur Ver-

gangenheit, seit Guadeloupe nicht mehr seine Kinder ernährt und viele unter ihnen sich die Füße in und um Paris abfrieren. Doch die Söhne von Rivière au Sel glauben noch immer an die Arbeit wie an eine Religion. In den traurigen Werkhallen, wo sie an Fließbändern Autos zusammenbauen, erinnern sie sich an ihre Vergangenheit. Aber was tat Francis?
Er stellte einen Tisch aus weißem Holz auf seine Veranda und darauf eine Schreibmaschine. Dahinter setzte er sich. Als die neugierigen Leute Moïses Postauto anhielten und ihn fragten, was Francis dort tat, antwortete er, sein Freund sei Schriftsteller. Schriftsteller? Was ist das, ein Schriftsteller?
Der einzige Mensch, dem man diesen Titel verliehen hatte, war Lucien Evariste, doch das war größtenteils aus Spott geschehen. Denn seit seiner Rückkehr aus Paris ließ er sich keine Gelegenheit entgehen, um zu erzählen, daß er an einem Roman arbeite. Ist ein Schriftsteller also ein Müßiggänger, der im Schatten auf seiner Veranda sitzt und stundenlang das Gebirge betrachtet, während die anderen unter der heißen Sonne Gottes ihren Schweiß ausschwitzen? Gleichzeitig schien es Francis Sancher an nichts zu mangeln. Jeden Tag fuhren Lastwagen durch Rivière au Sel und lieferten ihm einen Kühlschrank, ein Fernsehgerät, eine Stereoanlage. Den Höhepunkt bildete der Tag, an dem ein Auto durch Rivière au Sel ratterte, auf dem in roten Buchstaben HUNDEZWINGER MAZUREL – TIERE ALLER RASSEN stand und zwei Dobermänner, nicht größer als Kätzchen, lieferte, die jedoch schon räuberisch und gierig auf das frische Blut unschuldiger Tiere waren, und die Nachbarn mußten ihr Federvieh in das Gefängnis ihrer Hühnerhöfe einsperren. Ist das etwa ein Schriftsteller? Ach was!
Die verrücktesten Gerüchte machten die Runde. Francis Sancher hätte in seiner Heimat einen Mann getötet und dessen Geld geraubt. Er sei Rauschgifthändler, der von der Polizei schon seit langem vergeblich gesucht werde; Waffenhändler,

der die Guerillas in Lateinamerika beliefere. Da niemand den geringsten Beweis für diese Beschuldigungen liefern konnte, erhitzten sich die Gemüter noch mehr. Nur eins war sicher: Francis Sanchers Einkommen stammte aus obskuren Quellen.

Moïse schenkte den Greuelmärchen, die sich die Leute zuflüsterten, kein Gehör und machte sich nicht einmal die Mühe, sie Francis zu berichten. Der schien sich um seinen Ruf nicht zu kümmern, und er begnügte sich damit, die anderen lächelnd zu grüßen. Nur wer einmal in der Enge eines kleinen Gemeinwesens gelebt hat, kennt dessen Boshaftigkeit und die Angst vor Fremden.

Wenn Moïse in den Wald seiner Erinnerungen eindrang und sich als kleinen Jungen sah, der auf krummen Beinen Schmetterlingen nachjagte, hörte er die Leute, die vor dem Haus seiner Eltern vorbeigingen, sagen, so daß Shawn es hören konnte: »Gebärmutterdreck!«

»Der da ist wirklich häßlich!«

Die Lehrerin in der Schule vergaß ihn, den halben Chinesen, halben Neger, der sich in seinen Träumen verlor, so daß er stumm blieb, wenn sie bei seltenen Gelegenheiten das Wort an ihn richtete. Er versuchte nur die Augen zu öffnen, während die anderen Kinder albern kicherten. Als er die Begierden seines Körpers nicht mehr beschwichtigen konnte, legte er sich neben Angélica, eine Dirne, die auf wer weiß welch verschlungenen Pfaden in Rivière au Sel gestrandet war. Aber sie stieß ihn zurück.

»Wenn ich dich nehme, was werden dann die anderen sagen?«

Er war heimgegangen, das Herz schwer vor Zorn und Reue, und seitdem hatte er allein gelebt.

Ja, nur das hatte er erfahren, die Bosheit im Herzen der Menschen!

Doch das zählte jetzt nicht mehr! Er hatte einen Freund, mehr als einen Freund, ein Kind! Denn seit den ersten Wochen ihres gemeinsamen Lebens war ihm klargeworden, daß Francis Sancher in keiner Weise das war, was er von ihm geglaubt hatte. Der mächtige Baum, in dessen Schatten er aufblühen konnte! Sein Geist war der Größe seines Körpers nicht angemessen. Francis Sancher war schwach und zitterte, furchtsam wie ein neuer Schüler auf dem lärmenden Schulhof, ein Neugeborenes, das gerade die Welt der Lebenden betritt. Seine Schlummer waren keine Reisen ins Paradies, sondern Kämpfe gegen die Unsichtbaren, die — nach seinen Schreien zu urteilen — ihm glühende Eisen in die Seele stießen. Moïse konnte niemals die erste Nacht vergessen, in der sie unter demselben Dach geschlafen hatten.

Er hatte ihm das nach Süden gelegene Schlafzimmer gegeben, das sehr sonnig war und wo seine Mutter geschlafen hatte, ehe sie so stumm in den Tod geglitten war, wie sie gelebt hatte. Sonson, sein Vater, hatte nie eine Erklärung darüber abgegeben, warum er seine Kameraden, die de Gaulle gegen die Deutschen unterstützten, verlassen hatte. Hatte er Angst gehabt? Hatte er in letzter Minute begriffen, daß er seinen Kopf für etwas hinhielt, das nur die Weißen etwas anging? Er hatte sich auch nie die Mühe gemacht zu erklären, wo und wie er diese alterslose Chinesin kennengelernt hatte, die unglücklicherweise allen ihren drei Kindern ihren mageren Körper, ihr konturloses Gesicht und ihre kaum geschlitzten Augen vererbt hatte, dem Sonson nicht mehr Aufmerksamkeit als einem Möbelstück in seinem Haus geschenkt hatte. Eines Morgens war er zur Arbeit gegangen und nicht wiedergekommen. Shawn hatte eine Woche auf ihn gewartet, noch etwas schweigsamer. Dann hatte sie mit trockenen Augen Arbeit bei Lameaulnes gesucht. Moïse war mit dem Geruch ihrer schmutzigen Wäsche aufgewachsen, die sie zu Hause wusch.

Mitternacht war vorbei. Es war ein oder zwei Uhr früh. Die Hunde und die Kühe waren verstummt. Die Fledermäuse hatten ihren Tanz noch nicht beendet und ihre Schlafplätze unter dem Dach aufgesucht. Plötzlich hatte er ein Geheul gehört, daß einem das Blut in den Adern stocken konnte. Sein erster Gedanke war gewesen, daß einer seiner Nachbarn die bizarre Idee gehabt hätte, mitten in der Nacht ein Schwein zu schlachten. Dann hatte er gemerkt, daß dieser Lärm die Wand hinter dem Kopfteil seines Bettes erzittern ließ und daher konsequenterweise aus dem Nachbarzimmer stammen mußte. Er war hinübergeeilt und hatte Francis mit verrückten Augen vorgefunden, der Sätze ohne Bedeutung schrie.

»Man darf sein eigen Fleisch und Blut nicht belügen! Man darf nicht die Seiten wechseln! Eine Rolle mit einer anderen vertauschen. Die Fesseln der Knechtschaft abstreifen. Ich habe versucht, es zu tun, und wie du siehst, hat es nichts genützt.«

Vielleicht war das nichts als Gerechtigkeit. Wenn die Sonne auf der anderen Seite der Erde aufgeht, zuerst den Osten, dann den Westen fruchtbar macht, wie ist der Lauf der Welt? Vielleicht ist alles wie in diesem Märchen, wo die Blumen Wurzeln in der Luft haben, wo die Körper der Menschen sich erwärmen, ehe sie endgültig erkalten, und wo die Gabe der Sprache den Weisesten verliehen wird, das heißt den Tieren? ... Glaubst du, daß wir an dem Tag geboren werden, an dem wir geboren werden? Dort, wo wir glitschig, mit geschlossenen Augen, in den Händen einer Hebamme auf die Welt kommen? Ich sage dir, wir werden lange vorher geboren. Kaum haben wir den ersten Atemzug getan, sind wir aller Ursünden schuldig, aller Sünden, die durch Handeln oder Unterlassung entstehen, aller läßlichen und Todsünden, die von Männern und Frauen begangen wurden, die längst zu Staub zerfallen sind, doch deren Verbrechen in uns weiterleben. Ich hatte geglaubt, der Strafe entgehen zu können! Es ist mir nicht gelungen!

Moïse hatte ihn wie das Kind, das er niemals haben würde, in die Arme nehmen müssen und ihm ein Wiegenlied gesungen, das ihm früher einmal Shawn gesungen hatte:

»La ro dan bwa
Ti ni an jupa
Peson pa savé ki sa ki adanye
Sé an zombi kalanda
Ki ka manjé…«

»Da oben, im Wald
Steht eine Hütte, finster und kalt.
Niemand weiß, wer darin wohnt.
Es ist ein Zombie Kalanda,
Der ißt…«

Im Morgengrauen war Francis schließlich wieder eingeschlafen, unruhig, schwitzend wie ein Malariakranker. Beim Kaffeetrinken hatte Moïse es gewagt zu fragen: »Wenn du mir sagen würdest, welches große Gewicht auf deinem Herzen lastet? Dafür sind sie doch da, Freunde! Um die Sorgen dieses beschissenen Lebens zu teilen!«

Francis Sancher hatte den Mund nicht aufgemacht. Am nächsten Tag hatte Moïse, ohne sich entmutigen zu lassen, seine Fragen vertieft.

»Du hast mir gesagt, daß du viel gereist bist. Bist du in Afrika gewesen? Man erzählt sich, daß dort, auf der ausgetrockneten Erde, Menschen und Kühe denselben Dursttod erleiden. Bist du in Amerika gewesen? Als ich siebzehn war, bin ich mit meinem Trainer nach Miami gereist, weil ich dort boxen wollte. Ach, da ist es nicht so wie hier! Weil die Neger dort kämpfen, erreichen sie auch etwas. Weißt du, daß jeder dort sein eigenes Auto hat…«

Francis Sancher hatte ihn brutal unterbrochen.
»Sprich nicht von Dingen, die du nicht kennst, Mann! Ich habe in Amerika gelebt, und ich kann dir erzählen, wie es dort zugeht.«
Verletzt wie zu jener Zeit, als die Kinder in der Schule ihn beschimpften, hatte Moïse kein Wort mehr gesagt.
Eines Nachmittags, als er zu Francis Sancher ging, war er überrascht, ihn in Gesellschaft Emile Etiennes, genannt der Historiker, zu finden. Wann hatten die beiden sich kennengelernt? Die Neugier nagte an Moïse, und er hätte gern ein Quentchen zu der Unterhaltung beigesteuert. Aber die beiden Männer ignorierten ihn, und er mußte sich mit der Lektüre einer eine Woche alten Ausgabe der *France-Antilles* begnügen.

Die Leute behaupten, daß es Mira war, Mira Lameaulnes, wie sie alle nannten, obwohl sie keinerlei Recht auf diesen Namen hatte, deretwegen es zwischen Francis Sancher und Moïse zum Zerwürfnis kam. Glaubte man ihnen, wurde Moïse eifersüchtig, als er den Geruch einer Frau auf der Körperwäsche seines Freundes witterte. Deshalb zog er sich in sein Haus am anderen Ende des Dorfes zurück, hinter die lebendige Hecke seines Grolls, und schlug sich ins Lager der Feinde des Mannes, den er geliebt hatte.
Indessen, ich wiederhole es, sagen die Leute alles mögliche. Der Streit zwischen Francis Sancher und Moïse hatte einen ganz anderen Grund.

Seit dem Besuch Emile Etiennes unternahm Francis Sancher immer häufiger diese mysteriösen Spaziergänge im Wald. Er kümmerte sich nicht mehr um seine Schreibmaschine, stand beim ersten Zwitschern der Vögel auf, wenn die Sonne noch keine Kraft hat und Tau auf den Blättern liegt, und kehrte erst bei Anbruch der Nacht zurück, derart erschöpft, daß er kein Wort mehr reden konnte, die Kleider voller Pflanzen. Was suchte er dort, indem er wie eine Biene oder ein Kolibri herumstrich, die nicht wissen, wo sie sich niederlassen sollen? Diese Frage quälte Moïse so, daß er anfing, ihm zu folgen, ohne jedoch präzise etwas in Erfahrung zu bringen.

Und deshalb gab er dieser fatalen Versuchung nach.

Francis Sancher besaß einen Reisekoffer. Einen Reisekoffer aus grünem Metall, den er in das kleinere seiner beiden Schlafzimmer gestellt hatte und dem er alles entnahm, was er brauchte.

Geld für Fleisch, Brot oder die Pal-Dosen für seine Hunde. Gelbes Papier für seine Schreibmaschine. Klamotten. Die Bücher, die er liebte, alle auf spanisch, außer einem Saint-John Perse in der Ausgabe der Bibliothèque de la Pléiade.

Diesen Reisekoffer schloß Francis Sancher immer ab, aber unlogischerweise bewahrte er den Schlüssel für jedermann erreichbar in einem Kerzenhalter über seinem Bett auf.

Als er den Koffer geöffnet hatte, war Moïse verblüfft. Geld! Banknoten! Mehr, als er jemals gesehen hatte, seit er aus Shawns Bauch gekrochen war. Nicht nur französische Banknoten, so vertraut, aber auch ausländische, amerikanische, grüne, schmale, die sich auf perfide Weise alle ähnelten, so daß man sich in ihrem Wert täuschen konnte. Wie viele gab es davon?

Gegen seinen Willen drängten sich ihm alle die schmutzigen Geschichten, die die Leute von Rivière au Sel über Francis Sancher erzählten, wieder auf, und da sein Vertrauen schwankte, hielt er ein Geldbündel unter seine Nase, als ob der Geruch ihm Aufschluß über dessen Herkunft geben könnte. Ach! Ob recht- oder unrechtmäßig erworben, Geld hat immer denselben dreckigen Geruch.

In dem Moment fing der Regen heftig an, auf das Dach zu trommeln, als wollte er ihn vor einer Gefahr warnen. Fast sofort darauf erzitterte der Holzfußboden, und eine Stimme rief: »Na, da bin ich ja noch mal mit einem blauen Auge davongekommen!«

Als Francis Sancher das Zimmer betrat — das Wasser rann bis zu seinen Schuhen hinab —, kauerte Moïse wie festgenagelt am Boden, das Geldbündel klebte an seinen Fingern. Francis Sancher ließ ihn in der Verachtung seines Blicks schmoren, ehe er fallenließ: »Das wolltest du also? Ich habe mich schon gefragt, warum du jeden Tag an mir klebst, warum du mir das Blut wie ein richtiger Moskito aussaugst. So nennt man dich doch? Du bist also nichts als ein dreckiger kleiner Dieb? Aber wenn du Geld von mir haben wolltest, hättest du doch nur darum zu bitten brauchen! Wenn du wüßtest, was ich mir daraus mache!«

Verzweifelt, das Herz von einem schrecklichen Schmerz zerrissen, stammelte Moïse: »Ist es das? Ist es das, was du glaubst?«

Francis Sancher sah ihn nicht mehr an; er trocknete sein Gesicht und schleuderte ihm entgegen: »Hau ab!«

Moïse blieb nichts anderes übrig, als zu gehorchen.

Bei *Chez Christian* verfolgten sorglose Männer ein Fußballspiel im Fernsehen und skandierten: »Ma-ra-do-na, Ma-ra-do-na.« Dodose Pélagie saß in ihrem Schaukelstuhl auf der Veranda und las *Maisons et Jardins.*

Moïse fand sich wieder in seinem Haus ein, legte sich in sein Bett, das ständig von seinem nächtlichen Schwitzen feucht war, und fing an, seine Verteidigung vorzubereiten wie ein

Angeklagter, der zu arm ist, um sich einen Verteidiger zu leisten.
»Du glaubst, daß ich dein Geld will. Aber wenn ich Geld hätte haben wollen, hätte ich weitergeboxt. Ich wäre Champion im Fliegengewicht geworden. Doudou Robinson hat gesagt, ich hätte das Zeug dazu. Geld interessiert mich nicht. Ich habe nur nach etwas gesucht, um zu erfahren, wer du bist. Um dich zu verteidigen. Verstehst du mich?«
Das waren traurige Tage, diese Tage damals.
Der Regen hörte nicht auf. Die Ravine Vilaine (der Böse Sturzbach) trat über die Ufer und gebar in einem Strom schwärzlichen Wassers Tierkörper, die sie in der Savanne überrascht hatte. Gestank machte sich breit, und um ihn zu vertreiben, verbrannte man große Mengen Weihrauchs in den Kapellen am Fuße der Hügel.

Eines Abends, als Moïse es vor Kummer nicht mehr aushalten konnte und eine Wetterbesserung eintrat, lief er zu Francis, erklärende Worte auf den Lippen. Seine Füße versanken im Schlamm, der sie mit schmatzenden, gefräßigen Geräuschen wieder freigab. Die Dobermänner zerrten gähnend an ihren Ketten.
Er wollte gerade die Zauntür aufstoßen, als er die Silhouette einer Frau auf der Veranda entdeckte; ihr goldfarbener Körper und ihr helles Haar erleuchteten den Abend. Moïse konnte seinen Augen nicht glauben, es war Mira, und er blieb wie gelähmt stehen und betrachtete die Mestizin, als sähe er sie

zum erstenmal, als hätte er sie nicht von Jahr zu Jahr schöner und stärker werden sehen, diese verbotene Pflanze, deren Äste, Blätter und Blüten einen giftigen Duft verströmten.
Was machte sie da?
An allen Gliedern zitternd, hatte er sich im Schatten eines Ebenholzbaums verkrochen, bis der Regen, der mit unverminderter Heftigkeit wieder eingesetzt hatte, ihn bis auf die Haut durchnäßte. Dann war er, von Panik ergriffen, den Oberkörper gekrümmt, wieder nach Hause gelaufen.
Ein paar Tage später hatten die Männer bei *Chez Christian* von Vergewaltigung gesprochen. Natürlich hatte er nicht eine Sekunde an diese Vergewaltigung geglaubt. Wenn ein Mensch einen anderen vergewaltigt hatte, war es sicherlich nicht derjenige, von dem man es behauptete. Doch das war nicht das Wesentliche. Was zählte, war die Tatsache, daß von diesem Zeitpunkt an sein Leben wieder den faden Geschmack stehenden Wassers angenommen hatte. Daß die Bäume des Dorfes sich wieder um ihn wie die Mauern eines Gefängnisses schlossen. Daß er wieder wie früher mitten in der Nacht schweißgebadet vor Gram und Angst erwachte. Am Steuer seines Postautos — und auf die Gefahr hin, sich umzubringen — steckte er den Kopf zum Fenster hinaus und betrachtete den grenzenlosen Himmel, der über Menschen wachte, die er nie kennenlernen würde.
Fortgehen. Ja, aber in welches Amerika dieses Mal?
Oft ließen sich seine Arbeitskollegen von der Post nach Frankreich versetzen. Während ihres Urlaubs sah man sie dann mit einer blonden Frau, einen See von Traurigkeit in den Augen, und die bitteren Wogen des Exils gruben herbe Linien in ihre Mundwinkel.
Fortgehen. Aber wenn er Francis Sancher Glauben schenkte, der die Welt kannte, gab es nicht einen Winkel unter der Sonne, der nicht desillusionierend gewesen wäre; gab es kein

Abenteuer ohne einen Geschmack von Bitterkeit; gab es keinen Kampf, der nicht in einer Niederlage endete. Sollte er also ewig in Rivière au Sel leben? Seine Tage einsam wie ein männlicher Krebs in seinem Loch beschließen?
Entsetzt sah Moïse sich um, betrachtete die Runde der Betenden, als ob alle diese Gesichter ihm nicht vertraut wären: von dem erschlafften, deformierten, rauhen, zerfurchten, durch ihr hohes Alter alptraumhaft gewordenen Gesicht von Mademoiselle Léocadie Timothée bis zum Gesicht Miras, strahlende Obsession seiner Nächte, und das noch unfertige Gesicht Vilmas, kaum der Kindheit entwachsen. Ein Schmerz, dessen Ursprung er nicht kannte, wühlte in seiner Brust, und ein Strom salzigen Wassers quoll unter seinen Lidern hervor.
Dinah Lameaulnes stimmte einen neuen Psalm an:

»Lobet den Herrn!
Lobet den Herrn, ihr Engel Gottes,
Ihr Himmel, lobet den Herrn!
Alle Heere Gottes, lobet den Herrn!«

Er neigte tief den Kopf und sang mit den anderen im Chor.

Mira

Nach Sonnenuntergang muß man zur Ravine gehen, wenn ihre Wasser schwarz sind, hier ruhig, schwarzes Loch auf dem Schwarz des Nichts, dort bewegt, über Felsen wirbelnd, so daß das Auge ihnen nicht mehr folgen kann. Als Kind stieg ich jeden Spätnachmittag zur Ravine hinunter, und ich blieb dort stundenlang. Ich hatte entdeckt, daß das Wasser in jenen Momenten der immer dichter werdenden Dunkelheit besser schmeckt. Ich kuschelte mich unter die Blätter eines Riesenphilodendrons, und ich hörte ihre wütenden Stimmen.

»Wo ist sie denn schon wieder? Man sollte sie einfach dalassen!«

»Dieses Kind verdient eine richtige Tracht Prügel. Aber ihr Vater will nicht, daß man sie anrührt!«

Als die Stimmen verstummt waren, zog ich mein Kleid und alle anderen Kleidungsstücke aus. Ich ließ mich in das von der Sonne heiße Wasser gleiten, das bis ins tiefste Innere meines Körpers drang. Ich erzitterte unter dieser brutalen Berührung. Dann setzte ich mich ans Ufer und ließ mich vom Wind trocknen.

Man muß nach Sonnenuntergang zur Ravine hinuntersteigen, wenn der Himmel rund ist, hohl wie eine bemalte Muschel über unseren Köpfen.

Manchmal, wenn ich mitten in der Nacht nicht einschlafen konnte, ging ich auf Zehenspitzen den großen Flur im Haus hinunter. Rechts hörte ich das Schnarchen meines Vaters, der

damals Dinah, die aus Saint-Martin stammt, noch nicht in zweiter Ehe geheiratet hatte und der gerade mit Julia, unserem Dienstmädchen, geschlafen hatte. Links fiel ein Lichtstreifen unter der Zimmertür meiner Brüder auf den Flur. Einer von ihnen, zweifellos Aristide, las irgendein verbotenes Buch. Im Garten kamen die Hunde winselnd und schwanzwedelnd auf mich zu. Sie wollten mich begleiten. Aber ich verjagte sie, denn die Ravine gehörte nachts nur mir. Ich hasse das lärmende violette Meer, das die Haare zerzaust. Ich liebe die Flüsse nur wenig, ihre langsamen und trüben Wasser. Ich liebe nur die lebendigen, sogar gewalttätigen Sturzbäche. Ich bade in ihnen. Ich schlafe an ihren Ufern, wo die Frösche wohnen. Ich verstauche mir die Knöchel auf ihren glitschigen Kieseln. Das ist mein Reich; es gehört mir allein. Gewöhnliche Menschen fürchten sie und glauben, daß dort Geister hausen. Deshalb trifft man dort niemals jemanden an. Deshalb habe ich geglaubt, daß er meinetwegen kam, als ich in der Finsternis unerwartet auf ihn stieß.
Die Einsamkeit ist meine Gefährtin. Sie hat mich gewiegt, genährt. Bis zum heutigen Tag hat sie mich nicht verlassen. Die Leute reden, reden. Sie wissen nicht, was es heißt, wenn man brennend aus dem Bauch seiner Mutter kommt, der bereits kalt ist; was es heißt, ihr Lebewohl im ersten Augenblick auf dieser Welt sagen zu müssen. Mein Vater trocknete sich seine geröteten Augen. Er hatte sie geliebt, seine Negerin Rosalie, Rosalie Sorane, mit ihren Brüsten wie Auberginen. Die Hebamme sagte ihm immer wieder: »Nur Mut, Monsieur Lameaulnes!«
Mein Vater hatte keine Töchter. Seine erste Frau, Aurore Dugazon, die an einer Geschwulst gestorben war, hatte ihm nur Söhne geboren. Drei Söhne, einen nach dem anderen. So hat er mich denn in die Arme genommen, und seine heißen Tränen sind über mein Gesicht gelaufen. Aber ich, ich wollte von

diesem Augenblick an seine Liebe nicht. Ich wollte ihm nicht meine geben. Er war schuldig.
Denn wenn er sie in Ruhe gelassen hätte, Rosalie Sorane, wenn er sie im Haus ihrer Mama hätte schlafen lassen, die fünfmal die Woche auf dem Markt der rue Hincelin Tomaten, Gurken und Bohnen verkaufte, die aber wollte, daß ihre Tochter in Paris studierte, wäre sie nicht mit achtzehn Jahren gestorben, blutleer lag sie mit kalten Füßen zwischen zwei bestickten Leintüchern.
Mein Vater wickelte mich in einen blauen Burnus, denn Rosalie Sorane hatte gehofft, einen Knaben zu gebären, und die ganze Babyausstattung in dieser Farbe gewählt, und er legte mich auf den Rücksitz seines großen amerikanischen Wagens. Als wir nach einer Stunde Fahrt in Rivière au Sel ankamen, war es Abend. Ein frischer Wind wehte vom Gebirge her, dessen Massiv sich wie ein Schattenriß gegen den Himmel abhob. Aurore Dugazon, bleich und leidend, saß auf der Veranda. Mein Vater ging an ihr vorbei, ohne sie anzusehen, wie es seine Gewohnheit war, und übergab mich Minerve, dem Dienstmädchen, das beim Motorengeräusch herbeigeeilt war. Er sagte ihr nur: »Wir taufen sie nächsten Samstag.«
Den folgenden Samstag wurde ich in der Kirche in Petit Bourg getauft: Almira (nach meiner Großmutter väterlicherseits) Rosalie Sorane. Mein Vater duzte zwar alle Bankdirektoren, den Präsidenten der Handelskammer und den des Verkehrsamts, aber er konnte ein uneheliches Kind nicht zu einem ehelichen machen. Trotzdem wurde ich nie anders als Mira Lameaulnes genannt.
Als ich fünf Jahre alt war, lief ich zum erstenmal weg. Ich konnte nicht begreifen, daß es für mich in dieser Welt nicht irgendwo eine Mutter geben sollte. Ich war überzeugt, daß sie sich in den Bergen versteckte, daß die Giganten des dichten Waldes sie beschützten, daß sie zwischen den Zehen ihrer rie-

sigen Wurzeln schliefe. Eines Tages, seit dem frühen Morgen auf der Suche nach ihr, folgte ich einer Spur bergan. Ich war es müde, einen Fuß vor den anderen zu setzen. Sterbensmüde. So stolperte ich über einen Stein, und ich purzelte in einen Sturzbach, der unter einem Blätterdach verborgen war. Nie habe ich diese erste Begegnung mit dem Wasser vergessen, diesen subtilen, kaum hörbaren Gesang und den Geruch des vermodernden Humus.

Als ich nach dreitägiger und nächtlicher Suche wiedergefunden wurde, spottete mein Bruder Aristide: »Deine Mama war eine Negerin, die mit Männern schlief. Wie kannst du nur auf den Gedanken kommen, daß sie da oben in den Bergen ist? Sie ist unter der Erde und schmort in der Hölle. Ihre Haut ist so krustig wie eine Schweineschwarte.«

Sein Hohn berührte mich nicht. Ich hatte das Bett meiner Mutter wiedergefunden.

Seit jenem Tag und wenn mein Herz wegen der Boshaftigkeit der Einwohner Rivière au Sels blutet, die nichts anderes können, als das Messer ihrer bösartigen Worte zu schärfen, steige ich zur Ravine hinab. Ich steige dort jedes Jahr am Todestag von Rosalie Sorane hinab, der gleichzeitig mein Geburtstag ist, und ich versuche mir vorzustellen, wie es wäre, wenn sie in Fleisch und Blut existierte, um mich wachsen zu sehen, um mich auf der Veranda nach der Schule zu begrüßen und um mir alle Geheimnisse des weiblichen Körpers zu erklären, die ich allein entdecken mußte. Denn wenn ich mich in dieser Hinsicht auf Dinah verlassen müßte! Man könnte glauben, sie habe ihre drei Söhne allein durch die Vermittlung des Heiligen Geistes bekommen!

Aurore Dugazon, Aristides Mama, so bleich, so bleich, daß jeder wußte, ihr wurde auf dieser Erde nur eine Gnadenfrist gewährt, mochte ich sehr gern. Als sie starb, wurden alle Spiegel mit schwarzen und violetten Tüchern verhängt, damit sie nicht wiederkam, um sich darin zu betrachten und über ihre verlorene Jugend zu weinen. Die Leute sagten: »Gütiger Gott, sie sieht wie eine Braut aus!«

Was Aristide betraf, so hatte er sich in sein Zimmer eingeschlossen. Es war mein Vater, der ihn geholt hat und ihm drohte, er würde ihn schlagen, wenn er seiner Mutter nicht einen letzten Kuß gäbe, ehe der Sarg zugenagelt würde.

Ich habe geglaubt, auch er würde an jenem Tag sterben! Deshalb zogen wir auch unsere besten Kleider an für Vaters zweite Frau, als sie eines schönen Morgens aus Saint-Martin eintraf. Aristide hatte mich vorher informiert: »Du wirst schon sehen, ich werde sie ganz nach unserem Geschmack dressieren!«

Aber das war nicht nötig gewesen. Nicht wir haben sie dressiert.

Ach, am Anfang glich Dinah einer duftenden, weißen Agave! Morgens besang sie vor ihrem weit offenen Fenster die frische Gebirgsluft. Sie ließ das ganze Haus mit Vetiverwurzeln reinigen. Die Luft war mit Wohlgeruch erfüllt. Abends erzählte sie uns Geschichten.

Leider sahen wir jedoch bald, wie sie vertrocknete, verblühte wie eine Pflanze, die auf den Morgentau verzichten muß. Mein Vater sprach nicht mehr mit ihr. Er ging an ihr vorbei, ohne sie anzusehen. Bei Tisch schob er nach dem ersten Bissen seinen Teller von sich. Abends ging er aus, oder er schloß sich mit Frauen, die er weiß Gott wo aufgelesen hatte, in eines der armseligen Zimmer ein, und wir hörten sie lachen, lachen hinter der geschlossenen Tür.

Deswegen verspottete er mich jedesmal, wenn ich ihn ansah.

»Am liebsten möchtest du mich wohl umbringen, wie?«

Das stimmte, der Haß erstickte mich, ich suchte nach einer Möglichkeit, ihn zu verletzen. Deshalb habe ich Aristide erhört. In Wahrheit liebte ich ihn nur wie einen Bruder.

Aber ich glaubte mein Glück im Bösen, im Verbotenen zu finden.
Sehr schnell hat mir das nicht mehr gereicht. Seit man mich von der vierten zu zahlenden Schule verwiesen hatte, tat ich nichts mehr und wurde freudlos größer. Ich träumte einen Traum, immer denselben, Nacht für Nacht. Ich war in ein fenster- und türenloses Haus eingesperrt und versuchte vergeblich, da herauszukommen. Plötzlich klopfte jemand gegen eine Wand, die zusammenbrach, und ich stand vor einem großen, starken Fremden, der mich befreite.
Mehr schlecht als recht schlug ich jeden Tag die Zeit tot. Aristide hatte es sich vorübergehend in den Kopf gesetzt, mich in der Pépinière arbeiten zu lassen. Ich steckte Brautsträuße zusammen oder flocht Totenkränze. Aber wenn ich mich in der Nähe von Männern aufhielt, taten sie nichts mehr und verschlangen mich mit ihren sündigen Augen. Das konnte nicht so weitergehen. Manchmal sah mein Vater mich an.
»Ich muß einen Ehemann für dich suchen! Wenn ich für dich Zeit habe!«
Ich antwortete ihm nicht einmal.
Mein Leben begann, wenn ich zur Ravine ging. An einem Abend wie jeder andere, voller umherschweifender Leuchtkäfer, machte ich mich auf den vertrauten Weg. Ich näherte mich dem Wasser, als ich auf seinen unsichtbaren, unter Blättern verborgenen Körper stieß. Er hat sich aufgerichtet und gefragt: »Bist du es? Bist du es?«
Mit meiner Taschenlampe habe ich sein Gesicht der Dunkelheit entrissen. Da habe ich gekeucht: »Du hast mich erwartet?«
Er hat gestammelt: »Nicht so bald!«
Ich habe mich über ihn gebeugt. »Findest du, daß es zu früh ist? Ich warte schon seit fünfundzwanzig Jahren auf dich. Ich war der Verzweiflung nahe.«

Er hat gefragt: »Fünfundzwanzig Jahre? Wieso fünfundzwanzig Jahre?«
Ich habe ihm die Hand auf die Schulter gelegt. Er zitterte am ganzen Körper, und ich habe gefragt: »Wovor fürchtest du dich?«
»Vor dir. Und was wirst du tun?«
Ich bin ganz nahe auf ihn zugegangen, ganz nahe, und ich habe meinen Mund auf seinen gepreßt, der trocken und unbeweglich blieb, mir nicht antwortete.
»Das ...«
Nach diesem Kuß hat er mich mit Augen voller Entsetzen angestarrt, einem Entsetzen, das ich nicht verstand.
»Ist das alles?«
Ich habe gelacht. »Nein! Wenn du willst, machen wir weiter!«
Ich habe sein blaues Baumwollhemd aufgeknöpft, seinen Ledergürtel geöffnet. Er hat kein Wort gesagt. Wie ein Kind vor einem Erwachsenen. Wir haben uns auf der Muttererde unter den baumartigen Farnen geliebt. Er hat alles mit sich geschehen lassen, nicht widerwillig, aber jede meiner Gesten scharf beobachtend, als würde er glauben, ich könnte ihm den Todesstoß versetzen. Danach blieb er lange bewegungslos neben mir liegen, und dann hat er gesagt: »Ich heiße Francis Sancher.«
Ich habe geantwortet: »Stell dir vor, das weiß ich bereits.«
Er hat sich zu mir umgedreht. »Du bist nicht diejenige, die ich erwartet habe. Wer bist du?«
Ich bin aufgestanden und zum Wasser gegangen, das schwarz zwischen den Felsen glänzte, und habe ihm ironisch geantwortet: »Ich bin überrascht, daß du nicht weißt, wer ich bin! Die Leute in Rivière au Sel erzählen alle möglichen Geschichten über mich.«
»Sie gehen mir aus dem Weg, als hätte ich die Pest. Niemand redet mit mir.«
»Nicht einmal der Moskito?«

»Der Moskito?«
Ich ließ Wasser über mein Haar laufen. »Moïse, wenn du willst. So wird dein Freund, der Briefträger, genannt! Hat er nicht über mich gesprochen?«
Er hat mir nicht geantwortet.
Im Dunkeln hörte ich die Kröten mit schweren Sprüngen nach Insekten unter den Blättern jagen. Plötzlich kam ein eiskalter Wind auf und strich über meine Schulter. Und ich bin aus dem Wasser gestiegen, um mich wieder anzuziehen. Er betrachtete mich noch immer schweigend. Als ich ging, hat er gefragt: »Sehe ich dich wieder?«
Über meine Schulter habe ich ihm zugerufen: »Du hast wohl daran Geschmack gefunden, wie?«

Die Leute von Rivière au Sel mögen mich nicht. Wenn die Frauen mir begegnen, murmeln sie Gebete. Die Männer erinnere ich an ihre nächtlichen Träume, wenn sie Bettücher naß machen, und sie schämen sich. Deshalb sehen sie mich verächtlich an, um ihre Begierde zu verbergen.
Warum? Zweifellos bin ich gemessen an ihrer Häßlichkeit zu schön, zu hellhäutig gegen ihre schwarze Haut und schwarzen Herzen. Obwohl er es sich nicht anmerken läßt, hat mein Vater Angst vor mir. Er kann seine Vorarbeiter und Arbeiter aus Haiti schikanieren. Er kann seine Kinder aus zweiter Ehe drangsalieren, nicht mehr mit Dinah sprechen, die ein Zombie für ihn ist. Er kann aus nichtigem Anlaß seine Dienstmädchen entlassen, wenn er sie nicht mehr begehrt oder wenn sie

sich ihm verweigern. Doch mit mir, das ist eine ganz andere Sache. Er weiß, daß der Leichnam Rosalie Soranes zwischen uns steht. Auch Aristide hat Angst vor mir, vor meinen Wutausbrüchen, meinen Launen, wie er sie nennt. Als ich, in meinen blauen Burnus eingewickelt, in Rivière au Sel ankam, war er gerade drei Jahre alt geworden. Ich glaube, daß er die Hand seiner Mutter zurückgestoßen hat. Wir sind wie zwei Wilde aufgewachsen. Wir hatten keine Geheimnisse voreinander. Trotzdem habe ich ihn nie zur Ravine mitgenommen. Sie gehört nur mir. Dort ist mein Königreich, mein Zufluchtsort.

Aristide behauptet, nicht weit vom Gebirge entfernt leben zu können. Jeden Morgen dringt er in dessen Bauch ein und kommt zurück mit einem Rucksack voller Krammetsvögel mit gelben Füßen, Schwarzspechten, Rebhühnern und Ringeltauben, die er mit Vogelleim fängt und in große Bambuskäfige sperrt. Diese Käfige und seine Gewächshäuser voller Orchideen, das ist sein Königreich. Jene, die behaupten, er habe ein Herz aus Stein, kennen ihn nicht. Sein Herz ist so sensibel wie das eines ganz kleinen Kindes.

An dem Tag, an dem ich Francis Sancher getroffen habe, fand ich ihn beim Heimkommen rauchend auf der Veranda vor. Er hat gebrummt: »Wo bist du wieder herumgelungert?«

Ich habe ihm den Rücken zugekehrt und bin in mein Zimmer gegangen. Er ist mir gefolgt und hat sich schwer in den Schaukelstuhl fallen lassen. Ich habe mir das Haar gekämmt. Dann habe ich ihn vorsichtig — denn ich kenne seine Eifersucht — gefragt: »Was reden die Leute über Francis Sancher?«

Er hat mich angesehen, und seine Augen verbrannten mich.

»Du interessierst dich für ihn?«

»Interessieren sich nicht alle hier für ihn?«

»Die Leute sagen, er sei Kubaner. Als Fidel Castro das Land geöffnet hat, ist er fortgegangen.«

»Warum ist er hierhergekommen, wo er keine Arbeit hat, es für ihn nichts zu tun gibt?«

»Das ist die Frage!«

Schweigen herrschte. Dann fügte er hinzu: »Hör zu, ich will dir eine Geschichte erzählen.

Eines Sonntags, bei der Messe, sah Ti-Mari einen ihr unbekannten Mann. Er war ganz in Weiß gekleidet und trug einen Panamahut. Vor der Kirche fragte sie ihre Patin: ›Patin, Patin! Hast du den schönen Kerl mit dem Panamahut gesehen? Weißt du, wie er heißt?‹«

Ich habe die Schultern gezuckt.

»Hör mit deinen Geschichten auf! Hältst du mich für einen Säugling?«

Er ist aufgestanden und ohne ein Wort gegangen.

Die Nacht ist nicht zum Schlafen geschaffen, eingerollt im Bett wie ein Wagenrad, das im Schlamm eines Zuckerrohrfeldes steckt. Sie ist zum Wachträumen gemacht, die Nacht. Sie ist gemacht, damit man das ärmliche Glück des Tages noch einmal erleben kann. Ich habe die Augenblicke mit Francis Sancher noch einmal erlebt. Bis zu jenem Tag hatte ich nur einen mir vertrauten Körper gestreichelt, einen Körper ohne Geheimnisse, dem meinen so nah, wie der Stamm des Gummibaums es dem darunter wachsenden Philodendron ist. Jetzt mußte ich ergründen, was sich unter der mir fremden Gestalt verbarg. Wie Ti-Mari, die sich auf den ersten Blick in ihren Unbekannten mit dem Panamahut verliebt hatte, mußte ich herausfinden, wer er war.

Während des Frühstücks schlug mein Vater wie ein bösartiges Pferd aus. Er fing mit Joby an, dem Ältesten seiner Kinder aus zweiter Ehe, ein blasser Junge, der vor allem Angst hat.
»Warum gebe ich nur Geld aus, um dich zur Schule zu schikken? Du bist nicht mehr als die Neger aus Haiti wert, die den Mist auf meinen Beeten verteilen.«
Dieses eine Mal protestierte Dinah: »Vergiß nicht, er hat die Grippe gehabt. Gestern noch hat er krank im Bett gelegen!«
Er hat sie angefahren: »Halt den Mund, wenn ich mit meinen Kindern rede!« Dann hat er sich an Aristide gewandt. »Was soll das heißen, verdammt noch mal? Du willst die Savanne urbar machen?«
Aristide ist ganz ruhig geblieben und hat erst seinen Kaffee ausgetrunken.
»Ich war auf Martinique und habe dort die Balata-Gärten besichtigt. Irgendein Typ hatte die Idee, auf dem Ferienwohnsitz seiner Großmutter alle möglichen Pflanzen und Blumen zu kultivieren. Und Touristen kommen von überall her und zahlen Eintritt. Warum sollen wir das nicht auch probieren? Wir haben mehr als genug Land und das richtige Klima.«
Mein Vater hat hämisch gelacht.
»Nur, daß Touristen nie hierherkommen!«
»Sie kommen, wenn es etwas zu sehen gibt!«
Ich wußte, daß sie jetzt streiten, sich wie zwei Hunde zerfleischen würden, deshalb bin ich auf die Veranda gegangen. Den Morgen liebe ich am meisten. Dann tanzen die Blätter an den Ästen der Bäume, die kaum unter den Strahlen der Sonne erwacht sind. Die Luft riecht nach Wasser.
In den Schaukelstuhl gekuschelt, in dem Dinah jeden Tag von sechs Uhr abends an versucht, ihre Einsamkeit zu zähmen, habe ich Moskito gesehen, der Cornélia die Post gab.
Sollte mir jemand gefolgt sein, mir mit seinen Schlitzaugen hinterherspioniert haben, dann Moskito. Eines Tages ging ich

auf der Hochebene von Dillon spazieren, weil man von dort aus die dahineilenden Wolken über dem Meer sehen kann, und dort bin ich ihm begegnet, eine gequälte Seele. Er hat mich angelächelt.

»Guten Abend, meine Schöne! Darf ich dich ein Stück begleiten?«

Ich habe mir nicht einmal die Mühe gemacht, ihm zu antworten. Er blieb eine Weile, auf den Zehen wippend, stehen, und dann ist er gegangen, tölpelhaft.

Diesen Morgen jedoch erschien er mir als Geschenk des Himmels, und ich bin zu ihm hingelaufen.

»Nimm mich mit in den Laden. Ich möchte Briefpapier kaufen.«

Ich wußte nicht, wie ich unverblümt das Gespräch auf Francis Sancher bringen konnte, da entdeckte ich in dem Korb, in dem er seine Post nach Päckchen sortiert aufbewahrt, die mit Gummibändern zusammengehalten werden, einen Brief mit einem seltenen Namen, derart verschieden von denen der Leute in Rivière au Sel, die Apollon, Saturne, Mercure, Boisfer, Boisgris heißen. Doch der lautete: Francisco Alvarez-Sanchez.

Ich habe sofort begriffen, aber die Unwissende gespielt.

»Ist der Brief an einen adressiert, der hier wohnt?«

Er hat geschrien: »Leg den Brief wieder hin! Wenn du in Amerika wärst, würdest du jetzt in den Knast wandern! Weißt du das nicht?«

Was weiß der denn schon über Amerika? Aristide ist einmal dort gewesen. Wegen einer Orchideenausstellung in Monterey. Er hat mir von weißen Vögeln erzählt und Bäumen, die der große Wind nach seinem Belieben zurechtstutzt.

Ich habe meine Hand auf sein Knie gelegt, hart und spitz wie ein Kieselstein; er hat derart zu zittern angefangen, daß ich Mitleid mit ihm bekam, Mitleid mit seinem häßlichen Körper, der nie die Liebe kennenlernen wird.

»Was weißt du über ihn?«
Er hat versucht zu lachen, aber seine Augen glänzten wie die der Tiere.
»Was schenkst du mir, wenn ich dir sage, was ich weiß? Einen Kuß?«
Ich habe nicht einmal geantwortet. Er hat gestammelt: »Seine Familie stammt von hier, und er sucht nach den Spuren seiner Vergangenheit.«
»Ist das alles?« Ich habe ihn von oben herab angesehen. »Laß dir eins sagen. Wenn du einen Kuß willst, mußt du mir schon mehr erzählen.«
Daraufhin bin ich aus seinem Auto gestiegen und habe die Tür laut krachend zugeschlagen. Die Leute schauten sich bereits nach uns um.
Aber ich habe eine Woche, zwei Wochen gewartet. Moskito hat mich nicht besucht. Also bin ich jede Nacht zur Ravine gegangen. Francis Sancher ist auch nicht wiedergekommen.
Wieder zu Hause, habe ich Aristide fortgeschickt, der nichts begriff, und ich netzte mein Kopfkissen mit salzigem Wasser.

Die Liebe kommt überraschend wie der Tod. Sie macht keinen Lärm, wenn sie kommt. Ihr Fuß dringt weich, weich in die Erde der Herzen ein. Ganz plötzlich floh mich der Schlaf, ich fand an Essen und Trinken keinen Geschmack mehr. Ich konnte nur noch an jene Augenblicke, die ich mit ihm an der Ravine verbracht hatte, denken, die ich wahrscheinlich nie wieder erleben würde, da er mich offensichtlich vergessen hatte.

Jener Montag war ein Montag, an den ich mich erinnere, denn wie jede Woche war mein Vater nach La Pointe gefahren und hatte bei seinem Cousin Edgar, dem Kardiologen, zu Mittag gegessen, den er nicht ausstehen kann. Die Nacht öffnete die Tür für den großen Wind. Man muß sich immer vor dem großen Wind in acht nehmen, vor seiner Stimme eines Wahnsinnigen, die über die Hügel und Savannen heult, die sich in jeden Spalt schleicht, die Unordnung in unseren Köpfen schafft. Und es war dieser Wind, der mir die Idee in meinen Kopf pflanzte. Ich lag da, auf meinem Bett, als er mich umgarnte und mir auf die Nerven fiel.

»Geh hin! Geh hin! Tu's doch! Bleib nicht da liegen, heulend wie ein Schoßhund.«

Ich stieg gerade aus den Wassern der Ravine, die meinen verachteten Körper wie ein Leichentuch eingehüllt hatten. Warum hatte er mich gefragt: »Sehe ich dich wieder?«, wenn er die Bedeutung dieser Worte nicht kannte, wenn er nicht wußte, daß er sich mit mir verabredet hatte?

Während des ganzen Weges hatte mich der längliche Mond begleitet und sich über meinen Kummer lustig gemacht.

»Mira, Mira Lameaulnes, was ist nur aus dir geworden? Eine Stoffpuppe, die wegen eines Mannes weint.«

Jetzt, da ich das Ende dieser Geschichte kenne, meiner Geschichte, und da ich wie Ti-Mari aufgefressen wurde, begreife ich nicht mehr, wie ich alle meine Hoffnungen in diesen Mann setzen konnte, den ich überhaupt nicht kannte. Zweifelsohne weil er anderswoher stammte. Anderswoher. Von der anderen Seite des Wassers. Er war nicht auf unserer Klatschinsel geboren worden, hatte sich nie den bösartigen Stürmen, die in den Herzen der Neger hausen, aussetzen müssen.

Anderswoher.

Ja, der große Wind hatte mir diese Idee in den Kopf gesetzt.

Eine verrückte Idee, eine unvernünftige Idee, denn ich schenkte mein Leben und meine Liebe einem Mann, den nichts als der Tod erwartete.
Im Morgengrauen habe ich dann unordentlich alles, was mir in die Finger fiel, in einen Korb geworfen. Und dann bin ich gegangen. Der große Wind hatte sich gelegt. Regen strömte hernieder und beugte die grünen, frisch gewaschenen Gräser. Alles schien in Erwartung der Sonne zu sein. Ganz kurz hatte ich Angst. Ich sah mich, eine Verrückte, auf ihrem Weg ins Unglück. Fast wäre ich umgekehrt. Aber dann fiel mir das traurige Leben ein, das ich hinter mir gelassen hatte, und mein Wunsch, endlich in der Sonne zu leben, war stärker. Ich bin die Straße weitergegangen.

Aristide

»Auf diese Weise hätte er nicht sterben dürfen. Sein Blut, sein Blut hätte fließen und meine Schwester rächen müssen.«
Dieser Gedanke war wie ein Splitter aus Feuerstein in Aristides Kopf eingedrungen, und mit diesem Gedanken betrat er das Haus. Bis zu diesem Augenblick hatte er sich von diesem Toten ferngehalten, den er, obwohl er tot war, weiter haßte. Aber der Regen fing an, mit derartiger Heftigkeit auf die grüne Plane zu trommeln, daß sie z-förmig zerriß und er die Rumtrinker durchnäßte. Mit jedem Windstoß überschwemmte er ebenfalls die Veranda und durchweichte die Schwätzer. Vom Eßzimmer aus, wo er sich gezwungenermaßen vor diesen Gerüchen aus Schweiß, Blumen und geschmolzenen Kerzen hingeflüchtet hatte, konnte er den Aufgebahrten und einen Teil der trauernden Frauen sehen. Mira kniete im Gebet versunken, und er hätte sie am liebsten an den Haaren gerissen, sie geohrfeigt, sie wie in ihrer Kindheit geschlagen, um ihr bewußt zu machen, welche Schande dieser Mann über ihn und die Familie gebracht hatte. Trotz des Rums, den er runtergekippt hatte, ein Schluck brennenden Feuers nach dem anderen, fühlte sich seine Kehle rauh und trocken an.
An dem Tag, an dem Mira das Haus verlassen hatte, um — ahnungslos — mit diesem Kriminellen zusammenzuleben, war er wie jeden Morgen im Dunkeln aufgestanden und in die Berge gegangen. In den Bergen kannte er jede Fährte, jeden Pfad. Er war seinen Lieblingsweg gegangen, den Pfad Saint-

Charles, der in Bois Sergent beginnt, sich im vor Feuchtigkeit dampfenden Wald verliert und am Krater der Soufrière in ihren mauvefarbenen Dämpfen endet.
Nur dort fühlte er sich wohl, inmitten der großen Bäume: Kastanienbaum, Gummibaum, Mahagonibaum. Er verschmolz mit ihren heiteren, glücklich schweigenden Schatten, die kaum vom Zwitschern der Vögel gestört wurden. Früher, als sein Vater noch mit ihm sprach, ehe Eifersucht und Haß die Luft zwischen ihnen vergiftet hatten, erklärte er ihm, daß ehemals, bevor die brutale Hand der Menschen die Wälder Guadeloupes zerstört hatte, in ihnen eine Vielzahl aller möglichen Vögel gelebt hatte. Der Ara mit seinem glutroten Bauch, der Papagei mit rosarot geschminkten Augen und Schnabel, der Sittich, grün, rot, zutraulich, der leicht das Sprechen lernt. Er wendete die Seiten eines Buches namens *Nouveau Voyage aux Isles de l'Amérique* (Neue Reise auf die amerikanischen Inseln) um, und seine verzauberten Augen betrachteten Tafel auf Tafel, nur vom leisen Rascheln des Seidenpapiers unterbrochen.
Er träumte. Wie hatte seine Insel ausgesehen, ehe man sie aus Gier und Gewinnsucht versteigert hatte? Wie das Paradies, so wie es in seinem Katechismus beschrieben wurde. Ja, es war Loulou, der ihm diese Liebe für die Bäume, die Vögel eingepflanzt hatte. Leider war der Wald jetzt eine verwüstete Kathedrale. Er mußte sich mit armseliger Beute zufriedengeben...
Die Jagdtasche schwer von gewöhnlichen Ringeltauben, hatte er einen Umweg über den Wasserfall gemacht, auf dessen Grund die Flußkrebse hausen. Eine Horde kanadischer Touristen, die sich ihre bleichen Füße netzten und Schreie wie Seeadler ausstießen, hatten ihn in die Flucht getrieben. Als er wie gewöhnlich gegen neun Uhr nach Hause zurückgekehrt war, hatte Dinah ihn auf der Veranda erwartet.

»Sie ist fortgegangen.«
Er hatte die Schultern gezuckt. »Es ist nicht das erste Mal, daß sie verschwindet. Ist sie nicht schon Tage und Nächte draußen geblieben?«
Dinah hatte ihn mit nassen Augen angesehen. »Denk doch mal nach! Wenn sie früher ging, hat sie da jemals ihre Sachen mitgenommen? Schuhe, Kleider, Büstenhalter ...«
Die Nachricht hatte ihn kaum berührt; er hatte Dinah den Rücken zugekehrt und war gegangen, um die Arbeiter aus Haiti anzuschnauzen, die glaubten, sie könnten ihr Geld mit Nichtstun verdienen. Reue plagte ihn. Wäre er am vergangenen Abend eindringlicher gewesen, hätte er erfahren, was sie unter ihrem Haarschopf versteckte. Trotzdem machte er sich keine wirklichen Sorgen. Wie ein Zicklein würde sie auf den Felsen eines Sturzbaches herumspringen. Wenn sie es müde wurde, sich von Äpfeln und Pflaumen zu ernähren, würde sie nach Hause zurückfinden. Am nächsten Tag hatte er sich kaum Sorgen gemacht. Auch nicht am Morgen des übernächsten Tages.
Es war zu Beginn des Abends, als Moïse, der Briefträger, das Eßzimmer betrat, wo die Familie schweigend ihre Suppe löffelte und die Kinder darauf achteten, nicht — wie gewöhnlich — zu schlürfen, denn sie spürten nur zu gut die Wut ihres Vaters und die Besorgnis ihrer Mutter. Moïse schrie: »Sie ist bei ihm! Bei ihm!«
Dinah hatte dümmlich gefragt: »Bei wem? Von wem redest du?«
Aristide hatte bereits begriffen. Tatsächlich hatte er flüchtig etwas gewittert, an jenem Abend, als sie ihn mit dieser falschen Natürlichkeit gefragt hatte, was er über Francis Sancher wisse. Zu Unrecht hatte er seinen Argwohn einschlafen lassen.
So verrückt und wunderlich sie auch war, sie war auch schön und besaß eine helle Haut, die potentielle Ehemänner anzog.

Der Doktor Jouvenel — einer unter anderen Männern — war aus La Pointe gekommen und hatte für seinen drittältesten Sohn, den, der in Kanada studiert hatte, um ihre Hand angehalten.
»Ihre Launenhaftigkeit stört mich nicht! Das ist eine Jugendkrankheit. Wenn ein Mann sie erst einmal mit seinem Eisen an der richtigen Stelle gebrandmarkt hat, wird sie weich wie ein Handschuh.«
Jedesmal, wenn Mira gefragt wurde, schüttelte sie den Kopf. Sie wollte keinen Mann an ihrer Seite. Und Loulou sagte dem Bittsteller, seine Tochter sei noch zu klein. Darüber lachten die Leute von Rivière au Sel herzlich. Zu klein, zu klein! Konnte man nicht ihre Brüste unter der Bluse wachsen sehen? Sicherlich streichelte schon jemand diese beiden Früchte, denn niemand glaubte, daß sie zur Ravine ging, um ihren Körper im Wasser zu bewundern!
Deswegen machte sich Aristide überhaupt keine Sorgen. Miras Herz gehörte niemandem. Es war aus jenem nicht zu ergreifenden und rebellischen Stoff gemacht, der allen Kerkern entkommt.
Wie jeder konnte Aristide Moïse nicht ausstehen und hatte ihn seit seiner Schulzeit immer grausam verfolgt. Er hatte einen Wutanfall bekommen, als Mira ihm anvertraute, daß dieses Fliegengewicht es wagte, ihr zu folgen und mit den Augen zu verschlingen, wenn sie von der Schule heimging. Er hatte ihm also aufgelauert und ihn eines Nachmittags beim Baden im Fluß überrascht; Moskito trug eine lächerliche Badehose mit Blumenmuster. Ehe er ihn verprügelte, hatte er ihm gedroht, seinem Hahn den Hals umzudrehen.
Offensichtlich hegte Moïse deswegen keinen Groll, da er die Familie von ihrem Unglück in Kenntnis setzte!
Loulou war bereits aufgestanden und brüllte: »Nichts wie hin! Worauf wartest du noch, verdammt noch mal!«

Als sie bei Francis ankamen — Moïse hielt sich in gehöriger Entfernung hinter ihnen —, saß Francis Sancher bei Tisch, und Mira bemühte sich um ihn wie ein Dienstmädchen. Fassungslos betrachtete Aristide den Raum, in dem sie sich befanden. Das war also der Rahmen, den sie für ihr Leben gewählt hatte. Ein Tisch, ein paar Stühle aus weißem Holz. Auf einem Schemel stand ein Schwarzweiß-Fernseher. Deshalb konnte man bei Monique, der beliebtesten Ansagerin, nicht einmal die Schminke um die Augen sehen. Auf dem Boden stand ein Ventilator, der quietschend gegen die feuchtheiße Luft kämpfte.

Trotz des Entschlusses, den Aristide getroffen und während des ganzen Weges wiederholt hatte, ertränkte die Wut seinen Verstand. Worte schienen ihm nicht mehr ausreichend, und er hatte sich mit der Absicht auf Francis gestürzt, dessen schöne, unkeusche Visage mit Blut zu besudeln. Doch er hatte seinen Gegner unterschätzt. Der hatte nichts mit diesen Negern gemein, die er mit einem Faustschlag in die abgemähten Zuckerrohrfelder zu schicken pflegte. Francis Sancher hatte ihn mit Fußtritten in die Rippen traktiert, hatte tückisch seine Kehle umklammert und ihn in den Staub gestoßen, wo er keuchend lag. Es war Moïse, der — Demütigung aller Demütigungen — gelaufen war, um ihm ein Glas Wasser zu bringen.

Als wieder etwas Ruhe eingetreten war, hatte Francis erklärt, wobei er jedes Wort stark betonte: »Ich habe sie nicht gebeten zu kommen. Sie ist von sich aus gekommen. Ich halte sie nicht zurück. Im Gegenteil. Seit sie hier ist, bitte ich sie, nach Hause zurückzukehren.«

Da fing Loulou an zu brüllen, aber man konnte aus seinem Geschrei bereits seine Verwirrung heraushören.

»Das ist dummes Zeug! Ich weiß nur eins, du Hund, daß du dafür bezahlen wirst!«

Francis hatte laut aufgelacht.

»Was denn bezahlen? Was willst du, das ich bezahle?«
Es herrschte eine Weile Schweigen, währenddessen die Hunde wie rasend bellten. Dann hatte Francis gesagt: »Wenn du es wissen willst, ich war nicht der erste, und du hast schlecht über deine Tochter gewacht. Ein anderer hatte sich bereits einen Weg gebahnt.«
Unabsichtlich hatte sich Loulou Aristide zugewandt, der unter dem Gewicht dieses Blicks schwankte. Francis Sancher hatte von alledem keine Ahnung und fuhr spöttisch fort: »Und ich habe sie um nichts gebeten. Sie, sie allein hat sich mir angeboten! Aber sag es ihnen doch endlich, Mira!«
Mira hatte den Kopf gehoben, und ihre Augen waren voller Tränen gewesen. Sie hatte ruhig gesagt: »Er sagt die Wahrheit. Er war nicht der erste!«
»Du lügst! Du lügst!«
Wer hatte das geschrien? Aristide wußte es nicht.
Wieder hatte die Wut ihn wie eine schwarze Woge überrollt. Wieder hatte er sich auf Francis Sancher gestürzt, hatte Staub gefressen und sich mit blutigem Gesicht vor ein paar Neugierigen erhoben, die die Schläge zählten.
Jene, die an Francis Sanchers Totenwache teilnahmen, erinnerten sich später daran, daß um dreiundzwanzig Uhr sieben präzise das Haus zu schwanken und krachen anfing, während ein Grollen die Luft erzittern ließ. Die schwangeren Frauen preßten ihre Hände auf ihre Leiber, worin die ängstlichen Föten strampelten. Die Alten glaubten ihr letztes Stündlein gekommen und lebten noch einmal ihr Leben. Zwei Tage darauf, an einem Montag, verkündeten die Schlagzeilen von *France-Antilles* in den Straßen der Städte vergebens:

ERDBEBEN AUF GUADELOUPE

»Das Beben war in der Basse Terre und der Gegend von Petit Bourg besonders heftig...«

Die Einwohner von Rivière au Sel glaubten kein Wort davon und blieben überzeugt, daß Francis Sancher ihnen einen letzten bösen Streich gespielt hatte, ehe er sich in die Ewigkeit davonmachte.

Aristide war derart im Kerker seiner Gedanken gefangen, daß er das Erdbeben nicht einmal bemerkte, und alle wunderten sich über seine Gelassenheit, die einen so starken Kontrast zum allgemeinen Durcheinander bildete.

Als er nach diesem katastrophalen Zusammentreffen mit Francis Sancher wieder nach Hause zurückgekehrt war, hatte er seine Scham und seinen Schmerz in weißem Rum ertränkt, dann hatte er Loulou im Büro aufgesucht, der sich dort in seinem Sessel vergraben hatte.

»Wir müssen ihn wegen Vergewaltigung anzeigen.«

Loulou hatte ihn angefunkelt und gebrüllt: »Was denn für eine Vergewaltigung? Anstatt mir solchen Unsinn zu erzählen, solltest du lieber den Mund halten!«

Aber Aristide hatte nicht nachgegeben. »Ich gehe aufs Polizeirevier nach Petit Bourg und zeige ihn an.«

Denn der Kommissar war Ro-Ro, ein ehemaliger Klassenkamerad Aristides, der unter seinem richtigen Namen Romuald Romulus dieses Amt bekleidete und von dem Aristide im Hinblick auf ihre gemeinsamen Pennälereskapaden Hilfe erwartete. In seinem Büro, in dem ein Foto des Präsidenten der Republik hing, die Hemdenbrust mit Fliegendreck in Ermangelung von Orden verziert, machte Ro-Ro einem Rasta das Leben schwer. Aristide hatte ihn angefahren: »Mit solchen Nebensächlichkeiten gibst du dich ab? Und währenddessen kann sich jeder hergelaufene Vagabund hier niederlassen...«

Ro-Ro hatte bereits durch Klatsch vom Unglück der Lameaulnes erfahren. Er hatte den Rasta aus seinem Büro bringen lassen und Aristide einen mitleidigen Blick geschenkt.

»Was willst du eigentlich hier, so früh am Morgen?«

»Es geht um den Kubaner. Ich will, daß du ihn wegen Vergewaltigung einsperrst und daß er lange Zeit im Knast bleibt. Das will ich!«

Ro-Ro hatte gefragt: »Vergewaltigung? Aber wo ist Mira? Sie muß ihre Aussage machen.«

Aristide hatte mit der Faust auf den Schreibtisch geschlagen. »Mira brauchst du nicht dazu. Ich sage dir, was passiert ist!«

Ro-Ro hatte den Kopf geschüttelt und in offiziellem Ton erklärt: »Jemanden einer Vergewaltigung zu überführen ist keine geringfügige Angelegenheit. Vor allem, da...«

Er hatte geschwiegen, und Aristide war aufgesprungen.

»Vor allem, was? Was willst du damit sagen? Rede, damit ich dir eine runterhauen kann!«

Ro-Ro war aufgestanden und hatte mit den Schultern gezuckt.

»Ich habe keine Angst vor dir! Hör, was ich dir zu sagen habe! Es mußte ja eines Tages so kommen. Sie will ihr Leben leben. Dein Vater und du, ihr werdet niemals jemanden finden, der für sie gut genug ist, und ihr überwacht sie wie zwei Mangusten ein Hühnchen. Vielleicht wird sie mit diesem Mann glücklich!«

Aristide war zur Tür gegangen, um sich nicht länger dieses Gewäsch anhören zu müssen.

Draußen brannte eine gleichgültige Sonne auf die frisch geteerten Straßen der kleinen Stadt. Zwei Kinder standen mit großen Augen vor dem Schaufenster von *Tausendundeine Nacht*, dem neueröffneten Geschäft eines Libanesen.

Aristide war wie ein Wirbelsturm bei Isaure hereingeplatzt. Früher, ehe seine ungewöhnliche Liebe ihn ganz verzehrte, war er oft zu Isaure gegangen, einer spritzigen vierzigjährigen Negerin, der man ihr Alter kaum ansah und die ihre Kunden in einem einstöckigen Haus hinter dem Stadion empfing, das ihre Eltern ihr vererbt hatten, was zur Folge hatte, daß ihre

Liebhaber sie zum Orgasmus brachten, während im Hintergrund eine ausgelassene Menge schrie. Die Leute glauben an die Größe Gottes, und Isaures frömmelnde Mutter, die die »Gesellschaft der Töchter Marias« gegründet hatte, lebte nicht mehr, um das alles zu sehen. Eine Zeitlang war sie auch der Star der Gruppe »Paroka« gewesen, die kreolische Lieder sang, aber die Gruppe hatte sich aufgelöst und Isaure sich wieder dem galanten Gewerbe zugewandt.
Sie hatte Aristide in ihrem Schlafzimmer empfangen, auf dem Bett aus rotem Mahagoni, in dem sie geboren worden war und das mit kleinen runden Tischen, einem Spiegelschrank und Schaukelstühlen aus demselben Holz vollgestopft war und das sie außer an Sonntagen kaum verließ, denn obwohl sie ein gefallenes Mädchen war, hatte sie sich ihren Glauben bewahrt und ging regelmäßig zur Messe.
Auch sie hatte bereits die Gerüchte gehört, aber ganz mondän Überraschung geheuchelt.
»Wo hast du nur gesteckt? Hast du heute morgen von mir geträumt?«
Aristide hatte ihr nicht einmal geantwortet und sich grob neben ihr Platz gemacht, obwohl er sie nicht lieben konnte. Und Isaure, die an die Zeiten denken mußte, wo er ihr noch seinen Pfahl in den Körper gerammt hatte, war ganz traurig geworden; fast hätte sie geweint. Aristide hatte gebrummt: »Am liebsten würde ich ihn umbringen. Aber dann würde ich in den Knast wandern! So geht's in zivilisierten Ländern zu!«
Isaure wagte es zu sagen: »Weißt du, ich kenne diesen Typ da, und ich kann dir sagen, daß er gar nicht so übel ist, wie du glaubst!«
Aristide war in die Luft gegangen. »Er hat meine Schwester vergewaltigt, und du wagst zu behaupten, er sei nicht schlecht?«
Vergewaltigt, vergewaltigt! Der Kerl, der Mira Lameaulnes

vergewaltigen könnte, hatte sich noch nicht aus dem Sperma seines Papas materialisiert, soviel war gewiß! Gleichwohl hatte Isaure diesen Gedanken für sich behalten, und Aristide hatte gefragt: »Woher kennst du ihn?«
»Eines Tages ist er hierhergekommen. Ich weiß nicht, wer ihm von mir erzählt hat. Was er vorgefunden hat, scheint ihm wohl gefallen zu haben, denn er ist öfter wiedergekommen.«
»Was hat er dir erzählt?«
Isaure schmollte. »Ich habe nicht besonders auf seine Worte geachtet, denn ich, ich schlafe gern hinterher. Er redete wie ein Priester während der Karwoche. Er brauchte soviel Zärtlichkeit wie ein Kind.«
»Erspar mir dein Geschwafel, Negerin! Ich habe gefragt, was er dir erzählt hat!«
»Daß er in Afrika gelebt hat, wo er Arzt war ...«
»Arzt? Erzähl mir keinen Mist!«
»Das hat er gesagt!«
Erschüttert war Aristide gegangen und entging hundertmal dem Tod auf der kurvenreichen Straße, die durch die ständige Luftfeuchtigkeit rutschig war.
Wie viele Wochen zogen sich darauf im Rot des Leids, des Zorns und des Schmerzes endlos hin?
Aristide konnte nicht eine Minute stillsitzen, rastlos lief er wie ein Nachtwandler umher, beleidigte die Leute aus geringstem Anlaß. Er ging nicht mehr in die Berge. Die Vögel in seiner Voliere piepten kläglich dem Tod entgegen. Er betrat seine Gewächshäuser nicht mehr und erteilte seinen Gärtnern eine Abfuhr, die neue Züchtungen von ihm bewundern lassen wollten.
Seit er nicht mehr Tag und Nacht den Arbeitern aus Haiti im Nacken saß, klebten die mit den Ohren an ihren Transistorradios und versuchten, etwas über den politischen Umschwung zur Demokratie in ihrem Land zu erfahren.
Manigat? Warum nicht?

Manche unter ihnen träumten bereits von ihrer Rückkehr und sahen sich über die Avenuen in Port-au-Prince marschieren. Andere behielten einen kühleren Kopf, denn sie waren durch Schaden klug geworden. Was Aristide betraf, so zermarterte er sich Tag und Nacht mit einer Frage den Kopf bis zur Erschöpfung: Was tun? Was tun, was sollte er nun ersinnen, da die Geschichte mit der Vergewaltigung nicht geklappt hatte?

In einer Höhe von tausend Metern verkümmert der Wald auf Guadeloupe. Verschwunden sind sie, die Kastanienbäume, die Mahagonibäume, die Gummiharzbäume. Dort beginnt das Reich der Sträucher mit schwarz-grün gemusterten Blättern, die kaum größer als zwei Meter werden. Die Erde ist mit blauen, geruchlosen Blumen und weißen, kardinalrot gestreiften Orchideen bedeckt.

Aristide lag ausgestreckt auf diesem Pflanzenteppich und starrte in den blauen, gleichgültigen Himmel, als wollte er ihn herausfordern und ihm seinen Zorn signalisieren. Er wäre gern der Stein in einer Schleuder gewesen, um ihn ganz zu durchbohren. Ein Mann hatte ihm seine Schwester gestohlen, den Schatz in seinem Herzen, und dieser Mann lebte sein Leben, atmete, kam und ging, wohin er wollte. Er hatte ihn nicht in seine letzte Bleibe gebettet, auf den Friedhof.

In diesem Augenblick war ein Schatten auf sein Gesicht gefallen, während ein Fuß das Gras neben seinem Kopf zertrat. Er hatte sich mit einem Ruck aufgesetzt und Xantippe gesehen, in der Hand ein großes Messer. Er hatte gemurmelt: »Wie geht es dir?«

Aber Xantippe hatte, wie es seine Gewohnheit war, nicht geantwortet und sich schnell entfernt. Am Anfang hatten die Kinder Angst vor Xantippe. Wenn schwangere Frauen ihm begegneten, beschützten sie ihren Fötus mit einem Gebet an die Jungfrau Maria. Wenn Geflügel aus dem Hühnerhof verschwand oder ein Kalb sich verirrte, wollte man ihn dafür verantwortlich machen. Doch nach und nach merkten die Leute, daß er ein armer Kerl und nicht richtig im Kopf war. Jene, die immer alles wissen, behaupteten, er habe früher in Capesterre Belle Eau gelebt und an einem Weihnachtstag den Verstand verloren, als Gott der Herr sozusagen als Geschenk seine Bruchbude anzündete, worin seine Frau und seine vier Kinder verbrannten. Am nächsten Tag war er vollständig nackt herumgelaufen. Als die Gendarmen ihn verfolgten, hatte er Unterschlupf im Wald gesucht. Vier lange Jahre waren verstrichen, ehe er wieder auf einem Grundstück auftauchte, das einst der Fabrik Marquisat gehört hatte, die dann ihre Pforten geschlossen und wackere Familienväter auf die Straße gesetzt hatte. Niemand wußte, warum Xantippe eines schönen Morgens Rivière au Sel zu seinem Aufenthaltsort gemacht hatte.

Aristide hatte den Stand der Sonne abgeschätzt und beschlossen, sich auf den Weg ins Dorf zu machen. Er war bei *Chez Christian* eingekehrt. Bei seinem Eintritt war der tumultartige Strom der Wörter ohne Bedeutung verstummt. Aristide, der diese Männer immer wegen ihrer Hautfarbe verachtet hatte und weil die Pépinière seines Vaters ihr Einkommen sicherte, hatte gespürt, wie eine Hitze durch seine Venen floß, als er in ihre vertrauten Gesichter blickte. Auf die verschiedenen: »Wie geht's?« hatte er mit einer optimistischen Geste geantwortet und die Flasche ergriffen, die ihm Christian, ohne Zeit zu verlieren, barmherzig hinhielt. Als er wieder aus der Kneipe gekommen war, tanzten die Bäume auf ihren Stelzen. Die zerzausten Berge flatterten und sprangen über die bleiche Scheibe des Mondes, der sich auf einem Bett aus Flocken lümmelte. Dinah wartete auf der Veranda auf ihn; sie rieb sich die Hände.

»Sie ist zurückgekommen!«

Er hatte sie, ohne zu begreifen, angeschaut, und sie hatte wiederholt: »Sie ist zurückgekommen.«

Niemand weiß, aus welchem Material das Herz des Menschen gemacht ist. Es leidet, es leidet, und dann ist es eines schönen Morgens vorbei. Es verkündet: »Ich habe es satt! Ich will nicht mehr!«

Als Mira ins Haus zurückgekehrt war und Aristide sie durch den Auswurf eines Mannes beschmutzt, besudelt gesehen hatte, war seine Liebe erloschen. Er hatte diese Liebe so lange in sich genährt — vielleicht seit jenem Tag, als sie in ihren blauen Burnus gehüllt aufgetaucht war, als er noch an der Brust Aurore Dugazons saugte, seit ihrer gemeinsam verbrachten Tage in der Savanne, seit ihrer gemeinsamen Wunden und Beulen in der Kindheit, seit ihrem gemeinsamen Schmollen in der Pubertät —, daß ihre plötzliche Abwesenheit ihn taumelnd aus dem Gleichgewicht gebracht hatte. Nachts wachte er im Heulen des Sturms auf und fragte sich: »Es stimmt also, daß ich sie nicht mehr liebe? Wie ist das nur möglich?«

Er ertappte sich dabei, wie er anderen Frauen nachsah, leicht, weil er nicht mehr das Gewicht dieser schuldbeladenen Liebe

zu tragen brauchte, dem übermächtigen Rauschen seines Blutes ganz hingegeben.
An einem Morgen, der allen Morgen in Rivière au Sel glich, weder trüber, noch öder, betrachtete er die in der Wärme des Gewächshauses gerade aufgeblühten cremigweißen Kelche der Cattleyas, als plötzlich sein Leben vor seinen Augen in Scherben zerbrochen war, flach, ohne Konturen wie die Insel Marie-Galante. Er war achtundzwanzig, in dem Alter, wo manche ihre Muskeln spielen lassen und beweisen, wer sie sind. Und er, was hatte er gemacht? Nichts, außer einen Körper zu begehren. Ein Ekel vor sich selbst hatte ihn ergriffen, und er hatte in Richtung Meer geblickt, als könnte sein Salz ihn reinigen. Er hatte die Insel nur anläßlich kurzer Reisen verlassen. Er hatte sich nie darüber Gedanken gemacht, was auf der anderen Seite des Horizonts geschah, auf der anderen Seite der Welt, und plötzlich erwachte dieser drängende Wunsch in ihm, unwiderstehlich wie die Sehnsucht nach einer Frau. Seit diesem Tag ließ er ihm keine Ruhe mehr. Ständig überfiel er ihn und ließ ihn kraftlos zurück.
Fortgehen, wie seine beiden Brüder vor ihm fortgegangen waren; sehr bald waren sie der Beschimpfungen und Fußtritte Loulous müde gewesen und lebten nun, der eine in Paris, der andere in La Pointe.
Fortgehen. Oh, das würde nicht leicht sein. Er würde von Loulou die Früchte seiner jahrelangen Arbeit erbitten, und sollte der alte Pfennigfuchser auf diesem Ohr taub sein, würde er ihn zwingen.
Ja, er würde diese Insel ohne Weite verlassen, wo ein Mann, abgesehen von der Dimension seines Penis, nicht wußte, daß er ein Mann war. Blumen haben kein Vaterland. Sie duften auf jeder Erde. Amerika? Europa? Die ungeheure Größe seiner Wahl machte ihn schwindelig. Mußte er im Grunde Francis Sancher nicht dankbar sein, weil der ihm die Freiheit geschenkt hatte, indem er ihn von Mira befreite?

Er betrachtete sie, wie sie zusammengesackt gegen Moïses Schulter lehnte, gleich einer schwarzgekleideten Braut, und — unlogischerweise — erweckte der Anblick dieses Kummers, dessen Grund er nicht war, eine Wut in ihm, die die Farbe verschmähter Liebe annahm. Er mußte an alle diese Küsse, alle diese Umarmungen denken, das Geheimnis, die Leidenschaft, die Eifersucht ihres Vaters, und er fragte sich, was in Zukunft sein Leben ausfüllen würde.

Welch großer Plan? Und in Ermangelung welche neue Liebe?

Er stand auf und fand sich mitten unter den Männern wieder, deren Geist bereits vom Alkohol benebelt war und die hellauf lachten. Da Cyrille, der Märchenerzähler, noch nicht in Aktion getreten war, damit sich die Atmosphäre weiter aufheizte, erzählte Jerbaud, der große Aufschneider vor dem Ewigen, eine Geschichte zum Einschlafen. Aristide hätte alle diese Schwätzer, alle diese Parasiten, alle diese Säufer am liebsten davongejagt. Der Tod ist eine ernsthafte Angelegenheit, mein Gott! Was sollten diese Narreteien, die zur Zeit der Sklaverei noch amüsant waren?

Während er das dachte, ging er zum Tisch und goß sich wieder Rum ein. Die Flüssigkeit explodierte in seinem Kopf, bahnte sich brennend einen Weg durch seinen ganzen Körper bis zu seinen Füßen und flößte ihnen die Lust ein, sich zu bewegen, die Trommel zu schlagen, zu tanzen, was ihn, in gewisser Hinsicht, nicht erstaunte. Brach er nicht zu seinem wirklichen Leben auf?

Man Sonson

Seit dreiundsechzig Jahren wohne ich jetzt hier, in Rivière au Sel. Hier wurde ich geboren. Hier werde ich die Augen schließen. Aber hier wird man mich nicht zur ewigen Ruhe betten. Denn es gibt in Rivière au Sel keinen Friedhof. Man muß sich auf dem Friedhof in Petit Bourg zwischen Fremden zur Ruhe betten lassen, zwischen Männern und Frauen, die man überhaupt nicht kennt und von denen man nicht weiß, welchen Tod sie gestorben sind.
Ich wünschte, man würde mich hier, hinter der Holzhütte, beerdigen — die Siméon, mein verstorbener Mann, ganz allein mit seinen Händen errichtet hat, denn er war ein beherzter Neger von der Sorte, die von der Erde verschwunden ist, und soviel man auch suchen mag, in allen vier Himmelsrichtungen gibt es nicht mehr einen wie ihn —, unter dem Mangobaum, den ich an einem Septembermorgen bei zunehmendem Mond gepflanzt habe, auf diesen Ort, den ich nie verlassen habe, selbst als mein zweiter Sohn Robert sich in Paris mit einer weißen Frau verheiratet hat, die er in dem Postamt kennengelernt hat, wo er arbeitet. Eine weiße Frau! Ich habe mir die Seele aus dem Leib geweint. Weil wir nicht irgendwelche Neger sind. Das Blut der Weißen hat sich nie mit dem unseren vermischt. Siméon, mein verstorbener Mann, erzählte, wie sein Großvater, Léopold, ein paar Jahre nach Aufhebung der Sklaverei von einem Weißen zu Tode gepeitscht wurde, weil er ihn nicht vorbeilassen wollte. Diese Geschichte versetzte die

ganze Region in Aufruhr, denn Léopolds Freunde wollten ihn rächen. Blut war geflossen. Es hatte Tote gegeben. Die Zuckerrohrfelder hatten in Flammen gestanden, und ihr Rauch war hoch in den Himmel gestiegen. Eine weiße Frau in unserer Familie!
Ich habe ihm gesagt: »Glücklicherweise ist dein Papa nicht mehr auf dieser Erde, um das zu sehen! Die Weißen haben uns versklavt. Die Weißen haben uns Eisen um die Füße gelegt. Und du heiratest eine weiße Frau!«
Er hat gelacht. »Maman, das alles, die Sklaverei, die Fußeisen, das ist Vergangenheit. Man muß mit der Zeit gehen.«
Vielleicht hat er recht. Vielleicht müssen wir aus unseren Köpfen die böse Pflanze alter Rachsucht reißen. Vielleicht müssen wir unsere Herzen lehren, einen neuen Takt zu schlagen. Vielleicht bedeuten diese Worte, Schwarze, Weiße, nicht mehr viel! Das sage ich mir, während ich mich in meinem Schaukelstuhl wiege und mir das Herz mit einem Tropfen Rum, mit etwas Honigsirup gemischt, wärme.
Schauen Sie sich doch mal alle hier an!
Sie tun so, als würden sie für den unglücklichen Francis Sancher zu Gott beten, und setzen Trauermienen auf, als würde der Kummer sie ersticken.
Doch wenn ich Ihnen eine komplette Liste von all jenen aufstellen würde, die bei mir vorbeigekommen sind und mich gebeten haben, ihm etwas Böses anzutun, oder glattweg forderten, die Erde der Lebenden nicht mehr mit seinem Gewicht zu belasten, Sie würden es nicht fassen!
Ich weiß, daß über den Herzen der Neger die Sonne der Güte niemals leuchtet. Trotzdem! Ich frage mich, was die Leute Francis Sancher vorzuwerfen hatten, der ein aufrechter Mann war. Es gab welche, die konnten den Lärm seiner Hunde nicht ertragen, wenn sie durch die Nacht liefen und ihre Reißzähne in weiches Fleisch schlugen. Es gab welche, die haßten es, ihn

Rum und Wind trinkend auf seiner Veranda zu sehen, wenn sie unter Gottes heißer Sonne ihren Schweiß ausschwitzen mußten. Vor allem gab es jene, deren Wut nie nachließ, weil er Mira genommen hatte, Mira, von der sie jahrelang in ihrer sinnlichen Hemmungslosigkeit geträumt hatten. Die Frauen waren am unbarmherzigsten. Was sie betrifft, so haßten sie Mira, wie Wasser Salz haßt. Um die Wahrheit zu sagen, waren sie auf Mira eifersüchtig und ließen sie nicht in Ruhe.

»Was bildet sie sich ein? Nein, was bildet sie sich eigentlich ein? Hat sie vergessen, daß sie aus dem Bauch einer Negerin, genauso schwarz wie du und ich, stammt? Und hat sie außerdem vergessen, daß sie unehelich geboren wurde?«

Mir tat sie leid im Innersten meines Herzens, Mira, denn ich sah das Unglück über ihr. Eine schwarze Wolke über ihrem Kopf. Eine helle Haut ist noch kein Schlüssel zum Glück!

Meine Maman hatte vor mir die Gabe des Zweiten Gesichts. Den Wirbelsturm im Jahr 1928 hat sie vorausgesehen. Eines Morgens, als es Tag wurde, war der Tag vor Zorn schwarz, seine Stirn zerfurcht, und sie hat gesagt: »Oweh! Guadeloupe wird heute zerstört!«

Sie hat den Krieg von 39—40 vorausgesehen und daß zwei ihrer Söhne den Tod in einem fernen Land finden würden. Sie hat die große Feuersbrunst in La Pointe vorausgesehen, als die wütenden Flammen vom Kino Rialto aus alle Häuser in der Carénage verzehrten, ehe sie gelöscht werden konnten. Als Kind, Gott sei gedankt, besaß ich diese Gabe nicht. Meine Augen sahen nur das Sichtbare, das Vertraute. Das Hüpfspiel, das mit Kreide auf den Schulhof gezeichnet war, die Murmeln, die meine Brüder im Sand rollen ließen, die zerrissenen Seiten der Märchenbücher, die ich abends las. Weil ich keine gute Schülerin war, mochte ich die Schule nicht, wo die Lehrerinnen sich nicht um mich kümmerten und mit den Schmeichlerinnen tuschelten, die ihnen Blumensträuße, frisch gelegte Eier

und weiche, weiße Karnickel brachten. Aber das Lesen liebte ich! Lesen! Ich fand es nur schade, daß in den Büchern nie etwas von mir stand, von dem, was ich war — eine kleine Negerin aus Rivière au Sel. Also erfand ich im Kopf Geschichten, stellte mir Dinge vor. Erst als ich Siméon kennenlernte und wir dann in der Kirche heirateten, ich mit Brautkranz und Schleier, er im schwarzen Anzug, habe ich damit aufgehört. Meine Kinder haben meine Träume ersetzt.
Ja, am Anfang meines Lebens blieb ich von diesem Los verschont.
Dann, eines Tages, mitten in der Nacht — Siméon schlief neben mir, nachdem er mir geschenkt hatte, was er mir jeden Abend schenkte —, hat mich etwas geweckt. Die Augen in der Dunkelheit weit aufgerissen, sah ich, wie ich in diesem Moment das von Kerzen umgebene Bett sehe und das Bild von unserem Heiland, das Rosa sicher mitgebracht hat, denn in diesem Haus gab es nichts Religiöses, meinen großen Bruder Samuel — der letzte, der Maman geblieben und ihr ganzer Stolz war — in seinem Blut zwischen den Wurzeln eines Baumes liegen. Zwei Tage später sollte er den Tod finden, als er von einem Brotbaum Früchte für das Mittagessen erntete.
Von diesem Moment an haben mich Leiden, Unfälle, Todesfälle aller Art ständig verfolgt. Manchmal mache ich die Augen zu, fest, ganz fest. Ich möchte nichts mehr sehen. Doch unerbittlich beharrt der nächste Tag darauf, mich darüber zu informieren, was er gnädigerweise vor den Blicken anderer Menschen verbirgt. Die Leute glauben, daß ich alles Unheil von ihnen abwenden kann. Ach, das kann ich nur mit der Hilfe Gottes versuchen! Ich kämpfe dagegen, und wegen dieser Erschöpfung ist mein Haar vor der Zeit ergraut. Seit meinem vierzigsten Lebensjahr und schon davor trage ich diese Perücke aus stählernem Stroh, das den Zinken des Kamms Trotz bietet.

Ich liebte Francis Sancher, ich habe keine Angst, es zu sagen, und ich wünsche mir, daß seine Seele die Ruhe findet, die er zu Lebzeiten nicht gekannt hat; stets unruhig, verängstigt, in Bewegung, das war er.

Ich sagte ihm: »Genug! Genug! Du bist wie ein Topf kochender Erbsen!«

Es nützte nichts.

Ich erinnere mich genau, wie unsere Wege sich kreuzten.

Da ich nicht mehr viel schlafe, stehe ich immer vor der Sonne auf. Sie steckt noch irgendwo hinter dem Meer, und über den Gärten regieren noch die Schatten, da bin ich schon auf und stehe vor meinem Herd.

Ich mahle meinen Kaffee, ich lausche dem kleinen, quietschenden Lied meiner Mühle, die ich noch immer benütze, obwohl mir mein Sohn eine elektrische geschenkt hat. Ich lasse den Kaffee durchlaufen, ich verspritze ein paar Tropfen davon auf dem Boden und denke an meinen Siméon, mit dem ich weiterhin alles teile, ich trinke ihn, an meinem Küchentisch sitzend, sein bitterer Duft steigt in meine Nüstern. Dann mache ich meine kleine Runde; die Luft riecht nach Regen und Erde am frühen Morgen. Ich blicke in Richtung Meer, damit ich weiß, welche Farbe der Tag haben wird, dann tauche ich in den Wald ein, um dort Pflanzen zu suchen, die die Schmerzen in meinen alten Knochen lindern. In meinem linken Auge ist es Nacht geworden, aber ich erkenne sie an ihren Düften, pfeffrig wie der des Anis, brackig, leicht salzig, bitter.

Ich glaube, auf diese Weise bin ich ihm eines Morgens rein zufällig begegnet, diesem Mann, der, anstatt im Bett neben dem heißen Körper einer Frau zu bleiben, schon seit Sonnenaufgang die Wälder durchstreifte. Er hat mich sehr höflich gegrüßt, denn was man von ihm auch sagen will, er stammte nicht aus der Gosse und war gebildet. Dann hat er mich gefragt: »Wie nennt man diese Pflanze da bei euch?«

Ich habe geantwortet: »Lassen Sie mich riechen! Das ist das Kraut Katzenschwanz.«
»Ich kenne es unter dem Namen *Diviri*. Es hilft ausgezeichnet gegen Durchfall.«
Ich war erstaunt. »Woher wissen Sie das?«
Er hat gelacht und entblößte dabei alle seine zweiunddreißig schönen Zähne. »Ach, ich könnte Ihnen eine Menge erzählen! Früher war ich einmal Arzt. Manchmal waren meine Patienten so arm, daß sie sich nicht einmal eine Aspirintablette kaufen konnten. Und dann waren wir weit, so weit von jeder Zivilisation entfernt. So mußte ich improvisieren. Mit meiner Lupe, meinem Mörser und kleinem Stößel. Und so haben sie mich dann *Curandero* genannt. Heute kann ich sagen, daß diese Jahre die schönsten meines Lebens waren. Mittellos, tief in den Wäldern...«
Ja, so sind wir Freunde geworden.
Seitdem kam er, wenn die Sonne schlafen gegangen war; sein Schatten folgte ihm wie ein Hund, der nie seinen Herrn verläßt, und er sagte zu mir: »Wie geht es Ihrem Körper, Man Sonson?«
Ich seufzte: »Er ist langsam wie ein Karren, der von zwei müden Ochsen gezogen wird, die zu müde sind, weiter den Hügel des Lebens hochzugehen.«
Er protestierte: »Aber, aber! Die Jugend sprüht aus Ihren Augen!«
Die Leute, die behaupten, er sei ein geschwätziger Mann gewesen, irren nicht. Immer erzählte er irgend etwas. Aber ich, ich hörte ihm nicht zu. Nur einmal. Ich hatte erfahren, was er mit Mira gemacht hatte, und ich schaute ihn an, ich schaute ihn an, weil ich nicht glauben konnte, daß dieses Gesicht, diese Augen einem Schuft gehörten, wie es so viele andere sind, alle anderen.
Fast gegen meinen Willen habe ich zu ihm gesagt: »Heiraten Sie sie, heiraten Sie sie. Das hat sie nicht verdient!«

Er hat den Kopf gehoben, und ich habe den Schmerz der Welt in seinen Augen gesehen.
»Das kann ich nicht, das kann ich nicht. Sie darf dieses Kind nicht einmal behalten. Ich habe ihr das von Anfang an gesagt. Aber die Frauen hören einem nie zu, wenn man mit ihnen redet. Ich bin nicht hierhergekommen, um Kinder zu zeugen und zuzuschauen, wie sie sich auf dieser Erde tummeln. Ich bin gekommen, weil ich ein Ende machen will, ja, eine verfluchte Rasse beenden will. Und er ist schon da und lauert mir auf. Sehen Sie, Man Sonson, das alles habe ich ihr erklärt. Also hat sie einen Fehler gemacht. Nicht ich.«
Ich habe versucht, diese Worte zu verstehen, und ich habe beharrlich gefragt: »Wollen Sie damit sagen, daß in Ihrem Land Ihre Frau auf Sie wartet? Ihr Land ist weit weg, Monsieur Francis. Wollen Sie auf diese Weise noch einmal heiraten?«
Er hat den Kopf geschüttelt. »Wie hätte ich heiraten können, da ich weiß, was ich weiß? Ich, ein lebender Toter, ich habe immer die Frauen geflohen.«
Ich habe laut aufgelacht. »Sie ein lebender Toter? Ich möchte gern wie Sie sein!«
»Das dürfen Sie nicht sagen, Man Sonson, das dürfen Sie nicht sagen!«
Beim Klang seiner Stimme ist mir eiskalt geworden.
Ich kann sagen, daß er diesen Tod nicht verdient hat. Wie ein Hund mitten auf einem Weg zu krepieren!
Die Leute behaupten, die Schwere seiner bekannten und unbekannten Sünden habe ihn sterben lassen. Das glaube ich nicht.
Ich wünschte, er käme auch zu mir, der Tod, und würde meine roten Augen — rot, weil sie soviel Leid und Trauer gesehen haben — mit einer dicken schwarzen Decke aus Samt bedecken. Mein Körper ist müde wie der Stamm eines Gummi-

baums, der von den Wogen des Meeres herumgestoßen wird. Meine Knochen knacken.
Die Nacht wird lang sein. Schon bin ich inmitten eines »Gegrüßet seist du, Maria« eingeschlafen, aber Man Rosa hat mich mit einem sanften Stups ihres Ellbogens in die Rippen geweckt. Sie wirkt erleichtert, Rosa. Vilma wird in ihr Elternhaus zurückkehren, und niemand würde sich darüber wundern, wenn Sylvestre mit dem vielen Geld, das er hat, sie trotz ihres vaterlosen Kindes verheiratet. Das ist heute eben so!
Armer Francis Sancher, nur wenige beweinen ihn! Nur wenige helfen ihm, das Tor zum ewigen Leben zu finden.

Joby

Das ist das zweitemal, daß ich einen Toten sehe, aber es ist das erstemal, daß ich an einer Totenwache teilnehme. Ich hatte geglaubt, Totenwachen gäbe es nicht mehr. Ich hatte geglaubt, daß nur die alten Leute darüber schwatzten, wie sie über Dinge schwatzen, die nichts als nebelhafte Erinnerungen in ihren Köpfen sind.
Als die Mutter von Maman Dinah starb, meine Großmutter mütterlicherseits, haben meine Eltern mich mit nach Saint-Martin genommen. Dort gab es keine Totenwachen. Wir kamen vormittags mit dem Flugzeug an, und ein Auto brachte uns zum Trauerhaus. Überall waren Blumen. Mitten im Salon stand der Sarg in einer Art Metallschachtel, und meine Großmutter lag darin, kümmerlich und zusammengekrümmt, die Augen halb offen, die Haut durch ihre lange Krankheit fahl. Maman Dinah hat angefangen zu weinen, und Papa hat zu ihr gesagt: »Was nützt das schon, wie? Kannst du sie dadurch wieder zum Leben erwecken?«
Nur wir wurden noch erwartet. Die Leichenträger haben den Sarg aus der metallenen Schachtel gehoben. Man konnte das alte verschrumpelte Gesicht sehen. Jemand hat gesagt: »Ah! Man muß ihr die Augen schließen!«
Maman Dinah hat heftiger geweint, dann hat sie sie geküßt. Danach war Papa an der Reihe. Ich bin schnell davongelaufen und habe mich in der Küche versteckt, unter dem Spülbecken. Von dort aus — so scheint mir — hörte ich Papa wütend schimpfen: »Aber wo ist denn der Junge geblieben?«

Ich habe die Augen geschlossen. Ich bin lange, lange unter dem Spülbecken geblieben, zusammengekauert zwischen Eimern und feuchten Scheuerlappen. Ich hatte Angst. Mir war heiß. Schließlich hat mich Marty, das Dienstmädchen, gefunden. Sie hat mir sehr freundlich gesagt: »Du kannst jetzt herauskommen. Der Sarg wird gerade versiegelt. Du brauchst sie nicht mehr zu küssen.«
Ich bin wieder in den Salon gegangen, wo niemand mir Beachtung schenkte, weil alle weinten. Die Leichenträger hantierten mit ihrem Lötrohr; es roch nach Feuer und geschmolzenem Metall. Irgendwann hat Papa mich entdeckt und gefragt: »Wo hast du gesteckt? Hasenfuß!«
Diesmal hat Maman Dinah mich verteidigt. Sie hat gesagt: »Laß ihn in Ruhe!«
Auf dem Friedhof waren die Gräber von Muschelschalen umgeben. Es gab auch imposante Grabstätten, groß wie Häuser. Die meiner Großmutter war so eine. Der Marmor war mit Fotos bedeckt, worunter Namen standen, die ich nicht lesen konnte. Ich hatte keine Angst mehr. Als wir wieder nach Rivière au Sel zurückkehrten, hat Papa mich als »ängstliches Huhn« beschimpft und ständig wiederholt, daß ich nicht meine Großmutter küssen wollte. Er hat gesagt, daß ich vor allem Angst habe und daß das Minerves Fehler sei, unseres Dienstmädchens, die mich seit meiner Geburt kennt, weil sie mich verwirrt, indem sie mir Geschichten von Zauberern und Leuten erzählt, die mit Geistern verkehren, von Leuten, die sich in Hunde verwandeln. Das stimmt nicht. Es ist schon lange her, seit Minerve mir solche Geschichten erzählt hat. Sie ist Adventistin des Siebten Tages geworden und spricht nur noch über Gott. Sie liest die Bibel in der Küche.
»›Alles, was ich euch gesagt habe, das haltet ein. Aber die Namen anderer Götter sollt ihr nicht anrufen, und aus eurem Munde sollen sie nicht gehört werden.‹«

Allein deshalb hat mich Papa mit hierher genommen. Damit ich einen Toten sehe und mich in seiner Gegenwart wie ein Mann benehme.
Die Leute sagen, daß Francis Sancher keinen anständigen Anzug besaß und daß man ihm ganz schnell diesen schwarzen, viel zu engen Anzug nähen ließ und ihm diese Krawatte kaufte, die seinen Hals schier erdrosselt.
Das ist schrecklich! Da wir doch eines Tages alle sterben müssen, frage ich mich, warum man eigentlich geboren wird. Wie Quentin, ein so hübsches Baby, der Sohn Miras.
Als Mira niederkam, war es Nacht. An jenem Abend hatte der Wind nicht geweht. Mit Einbruch des Abends war ein großes Schweigen von den Bergen übers Land gefallen. Nur das Zirpen von ein paar Grillen war zu hören gewesen, die die Dienstmädchen aus Unachtsamkeit eingeschlossen hatten, und das Bellen der Hunde, die der Wärter freigelassen hatte. Ich schlief nicht, und ich mußte gerade an Mira denken — allein in ihrem Zimmer, ohne jeden Besuch, außer Maman Dinah, die sie spazierenführt, wobei Mira sich auf ihren Arm stützt —, als ich die Schreie hörte. Maman Dinah telefonierte.
»Schnell, Doktor! Sie hat gerade ihr Fruchtwasser verloren!«
Ihr Fruchtwasser verloren? Was hatte das zu bedeuten? Ich hatte den Eindruck, der Sturzbach hätte sein Bett verlassen und würde sich mitten ins Haus ergießen, seine kalten, schäumenden Wasser voller Kröten, ertrunkener Zicklein und Hunde. Dann hat Maman Dinah die Dienstmädchen gerufen.
»Minerve! Sandra! Cornélia!«
Sie sind die Treppe hochgeeilt.
Ich, ich hatte Angst. Ich bin auf die Veranda gegangen. In der Dunkelheit habe ich den roten Punkt von Aristides Zigarette gesehen, der dort gegen einen Pfosten gelehnt stand. Ich habe zu ihm gesagt: »Hast du gehört? Sie kommt nieder.«

Er hat geschrien: »Habe ich nicht zwei Ohren wie du zum Hören? Hau ab!«
Also bin ich in den Garten gegangen und habe mich auf die Stufen des alten Bassins gesetzt.
Wie es heißt, war früher einmal — zu der Zeit, als Papa noch klein war — das Bassin voll frischen Wassers, das aus den Bergen kam und sich durch unseren Besitz schlängelte. Die Dienstmädchen füllten dort ihre Krüge, denn damals, sagen die Leute, brauchte man noch keine Kühlschränke. Dann hat ein Pflanzer das Wasser umgeleitet, um seine Bananenplantage zu bewässern, und seitdem ist das Bassin trocken. Auf dem Grund wachsen nur Moose und Flechten.
Quentin, Miras Sohn, wurde genau um Mitternacht geboren. Was bedeutet, daß er es mit Geistern zu tun bekommen wird.
Ich frage mich, ob andere Jungen ihren Vater so wie ich verabscheuen. Ich möchte, daß er stirbt. Ich möchte, daß er da vor mir anstelle von Francis Sancher liegt, der ebenfalls viel Böses getan hat.
Tatsächlich habe ich nur ein einziges Mal Francis Sancher leibhaftig vor mir gesehen, obwohl ich jeden Tag viel Geschwätz über ihn gehört habe. Das war lange, bevor Mira mit ihm lebte und Quentin geboren wurde. Seit bekanntgeworden war, daß er aus Kuba stammte, hatte Papa erklärt, es gäbe zu viele Ausländer auf Guadeloupe, und man müsse ihn zusammen mit allen Leuten aus der Dominikanischen Republik und Haiti hinauswerfen. Lucien Evariste, unser Französischlehrer, hatte uns im Gegensatz dazu versprochen, ihn einzuladen, denn Francis Sancher hatte an Fidels Seite in der Sierra Maestra gekämpft. Lucien Evariste sagte, wir brauchten auch eine Revolution und einen Fidel, aber leider würde das nicht passieren. Die Konsumgesellschaft hat das Herz der Guadeloupianer verdorben wie der Zucker die Zähne der Polynesier.

Das einzige Mal, wo ich also Francis Sancher getroffen habe, geschah an jenem Tag, als ich bestraft worden war, weil meine Algebraaufgaben miserabel waren. Ich mußte also nachsitzen und sie im Studierzimmer noch einmal machen, wo es nach Pisse und Scheiße stinkt, weil es direkt neben den Toiletten liegt, die immer verstopft sind. Deshalb konnte ich auch nicht mit dem Bus um halb sechs fahren. Anstatt allein auf den Bus um sechs vor der Schule zu warten, die so dicht neben dem Friedhof liegt, daß man die schwarzen und weißen Vierecke der Gräber sehen kann, habe ich die Abkürzung über Grande Savane genommen. Von der Hügelkuppe aus kann man die ganze Bucht überblicken. Ich sah die Pariser auf ihren Surfbrettern; das Meer war voller roter, grüner, violetter Flecke. Sie sahen wie Heißluftballons aus. Früher ging Aristide mit uns ans Meer und brachte uns das Surfen bei. Aber er kümmert sich nicht mehr um uns. Er kümmert sich nicht einmal mehr um seine Gewächshäuser. Obwohl er neue Orchideen hat, gestreifte, die Skorpione heißen. Wie es scheint, essen sie Insekten. Ich bin in den Wald gegangen. Ich liebe die grünen Schatten zwischen den Bäumen. Da habe ich keine Angst, denn ich kenne jeden Baum bei seinem Namen. Ich rufe sie, und sie knien, damit ich auf ihren Rücken steigen und sie mit einem Zweig schlagen kann. Wir durcheilen den Raum. Plötzlich habe ich diesen Mann gesehen, diesen Unbekannten; er saß auf einer Wurzel, ohne etwas zu tun. Ich habe sofort erraten, wer er war, und ich habe höflich gesagt: »Guten Tag, Monsieur!«
Er ist aufgestanden und ist neben mir hergegangen, wobei er mit seinen großen Riesenfüßen Farne und Blumen zerdrückte und mir Fragen stellte.
»Wie heißt du? Wie alt bist du? Klappt's in der Schule?«
Das ist mir auf die Nerven gegangen, weil er mit mir wie zu einem Baby redete. Ich habe knapp geantwortet: »Oh, nein, es

klappt überhaupt nicht. Mein Vater sagt, daß ich wohl eines Tages wie die Haitianer Mist karren werde.«
Er hat mit den Schultern gezuckt. »Dein Vater hat unrecht, derartige Dinge zu sagen. Die Haitianer sind ein großes Volk. Ich habe welche in Amerika, in Angola, vor allem in Zaïre kennengelernt.«
Plötzlich hat er mich interessiert, denn wenn ich groß bin, werde ich auch reisen. Ich habe ihn gefragt: »Kennen Sie alle diese Länder?«
Er hat gelacht, aber sein Lachen klang traurig wie eine rostige Glocke in einem verlassenen Haus.
»Ja, ich bin ziemlich in der Welt herumgekommen. Ich habe gesehen, wie die Leute überall Scheiße verbreiten mit ihren Ideen, ob gut oder böse, ob gerecht oder ungerecht, mit ihrer Unterdrückung und Ausbeutung.«
Das hat mir nicht gefallen. Ich habe nichts gesagt, aber er hat trotzdem gespürt, daß ich nicht einverstanden war. Er hat mir den Arm um die Schulter gelegt und gesagt: »Interessierst du dich für Politik?«
Sein Arm wog schwer wie ein abgestorbener Ast. Ich habe geantwortet: »Na, etwas.«
Er hat laut aufgelacht. »Ach, ja? Komm, setzen wir uns. Ich werde dir etwas über Politik erzählen.«
Ich habe gezögert, aber er hat mich zu einem Baumstumpf gezogen.
»Hast du schon einmal von der Operation Carlotta gehört?«
»Carlotta?«
»Nein, natürlich nicht. Das war vor deiner Geburt. Sie war es, die mich verführt hat. Ich war sehr jung. Ich glaubte damals, damit könnte ich alles wiedergutmachen. Übrigens hatte mir das Vater Luandino Vieira geraten, der mich über das Taufbecken gehalten hat. Er sagte mir: ›Stirb, gib deinen Geist auf. Kleide die Nackten. Heile die Leidenden.‹ Wir sind auf Coral

Island angekommen, und wenn du das gesehen hättest! Das war nichts als Freude! Alle Sterblichen fetteten ihre russischen Gewehre ein.«

Nachdem ich dieses ganze Blabla gehört hatte, sagte ich: »Entschuldigen Sie, Monsieur. Ich muß nach Hause.«

Aber er hat mich festgehalten. Seine Hände waren wie Schraubstöcke!

»Bald verflog unsere Begeisterung. Meine als erste. Die Verwundeten in den Lastwagen riefen nach ihren Müttern, und niemand begriff noch etwas. Also bin ich eines Nachts aufgebrochen, und so bin ich *Curandero* geworden. Wie sagt ihr hier? *Doktè fèye?*«

Ich habe ihm nicht geantwortet, ich dachte nur daran wegzulaufen. Er hat weitergeredet.

»Ich wette, du willst auch die Unterdrückten verteidigen? Aber was du auch tust, die Unterdrückten werden dich hassen. Sie wittern, woher du kommst, und hassen dich deswegen. Und weißt du, daß es keinen abscheulicheren, gemeineren Menschen als einen Unterdrückten gibt, den man von seinen Ketten befreit?«

Ich wollte nichts mehr hören. Ich habe mich mit einem Ruck von ihm losgerissen und bin gelaufen. Er ist hinter mir hergelaufen, aber ich war schneller als er. Meine Füße verfingen sich nicht in Wurzeln und Lianen.

Ich hörte ihn schreien: »Warte auf mich! Aber warte doch auf mich!«

Aber ich flog wie ein Vogel.

Einmal tat ich einen falschen Schritt, und ich fiel ins Moos. Ich habe mich auf einen Baumstamm gestützt, um wieder zu Atem zu kommen, und da sah ich ein paar Meter entfernt von mir Xantippe stehen, der mich beobachtete. Das Blut gefror mir in den Adern wie jedesmal, wenn ich diesem Hexer begegne. Ich weiß nicht, wie ich mich wieder aufgerappelt habe.

Ich bin unter dem Dach der Bergoliven davongeeilt, die mir zumurmelten: »Schneller! Schneller!«
Auf der Lichtung traf ich völlig atemlos auf Mademoiselle Léocadie Timothée, die mit kleinen Greisenschritten wie jeden Abend trippelnd spazierenging, um frische Luft zu schöpfen, und die mir mit derselben Stimme wie die Ziege von Monsieur Seguin zurief: »Lauf nicht so schnell! Erst ist dir heiß, und dann wirst du dich erkälten. Weil du zu Hause den Kühlschrank öffnen und eiskaltes Wasser trinken wirst.«
Ich bin weitergelaufen, den Bauch am Boden, und bin zu Hause angekommen. Ich habe mich auf die Stufen des alten Bassins gesetzt und heiße Tränen geweint. Warum? Weil Francis Sancher mir dummes Zeug erzählt hatte?
Ich werde Lucien Evariste sagen, daß Francis Sancher sicherlich nicht in der Sierra Maestra gekämpft hat; nur Kubaner zu sein, ist dafür kein ausreichender Grund.
Ja, Francis Sancher war genauso böse wie Papa, und ich verstehe nicht, daß Mira zu seiner Totenwache gekommen ist. Die Leute werden sagen, daß sie keine Selbstachtung hat!
Armer Quentin! Er wird nie eine Erinnerung an seinen Vater haben. Nicht mal ein Foto. Wir, wir haben viele Familienfotos. Sogar von unserem Urahn Gabriel. Das war ein Pflanzer aus Martinique, der eine Negerin geheiratet hat. Deswegen hat seine Familie ihn verstoßen, und er hat sich auf Guadeloupe niedergelassen. Sein Foto gefällt mir am besten. Er mit seiner Brille und seinem Schnurrbart wie d'Artagnan. Sie mit ihrem Kopftuch und ihrer großen Halskette. Wenn ich groß bin, möchte ich auch etwas Schreckliches und Verbotenes tun, damit Papa wütend wird.
Aber was?

Dinah

»Ah, n'aimez pas, n'aimez pas
Sur cette terre
Quand l'amour s'en va
Il ne laisse que les pleurs
Ah n'aimez pas, n'aimez pas
Sur cette terre
Quand l'amour s'en va
Il ne laisse que les pleurs
J'ai pris mon cœur
J'ai donné à un ingrat
A un jeune homme sans conscience
Qui ne connaît pas l'amour.«

»Ach, liebt nicht, liebt nicht
Auf diesem Erdenrund.
Wenn die Liebe erlischt,
Bleibt nichts als ein Herz, so wund.
Ach, liebt nicht, liebt nicht
Auf diesem Erdenrund.
Wenn die Liebe erlischt,
Bleibt nichts als ein Herz, so wund.
Ich nahm mein Herz.
Ich schenkte es einem Undankbaren,
Einem jungen Mann ohne Gewissen,
Der die Liebe nicht kennt.
Seitdem weine ich in mein Kissen.«

Meine Mutter sang diesen Schlager, während sie ihr tintenschwarzes Haar kämmte, das seltsamerweise einen rötlichen Schimmer hatte. Sie zog einen Mittelscheitel und zwang die widerspenstigen Strähnen, die sich sonst wie Lianen um ihren Kamm gewunden hätten, mittels der Brillantine Roja und Wasser zu ordentlichen Wellen, die ihre Ohren bedeckten. Dann bürstete sie ihre Schultern mit einer kleinen elfenbeinernen Bürste, betupfte ihren Hals mit Soir de Paris und setzte sich hinter die Kasse des Geschäfts meines Stiefvaters. Um halb eins präzise verließ sie ihren Arbeitsplatz und kehrte erst wieder um vierzehn Uhr dorthin zurück. Sie hatte holländisches Blut in den Adern (Saint-Martin ist in zwei Hälften geteilt, eine französische, eine holländische), wurde in Philipsburg geboren und haßte die Einwohner von Marigot: »Roh und ungebildet«, sagte sie, »wie ihre Herren, die Franzosen.« Ihr Vater hatte sie nach Amsterdam zum Studium geschickt, und sie erzählte mir ständig vom Reichsmuseum, wo sie die Bilder Rembrandts bewundert hatte und das glänzende träge Wasser der Kanäle, worin sich zwischen den Kähnen die Fassaden der Häuser spiegeln. Anstatt jedoch Pharmazie zu studieren, hatte sie sich von einem indonesischen Studenten ein Kind machen lassen — mich nämlich —, den sie als den Sohn eines, wahrscheinlich verarmten, Sultans ausgab, der ebenso einsam und verlassen wie sie selbst unter diesem Himmel ohne Sonne gewesen war. Wieder in der Heimat, war ihr Vater mehr als zufrieden, sie mit meinem Stiefvater verheiraten zu können, einem reichen, verwitweten Händler mit fünf Kindern, unter dem sie viel zu leiden hatte. Als sich dann Loulou Lameaulnes an unseren Tisch setzte, die Stirn bereits kahl, im weißen gestärkten Leinenanzug, erkannte sie sofort die Situation und hat mir gesagt: »Er hat drei flegelhafte Söhne und eine uneheliche Tochter. Alles, was er sucht, ist ein Kindermädchen. Das, und nichts anderes, wirst du für ihn sein!«

Ich habe nicht auf sie gehört, weil niemand jemals auf Mütter hört und weil Loulou zu jener Zeit braune träumerische Augen hatte. Loulou gefiel meinem Stiefvater, weil er mit Autorität sprach.

»Die Insel Guadeloupe von gestern ist tot. Jene, die keine Augen haben, um das zu sehen; jene, die glauben, daß die Zeiten des Zuckerrohrs wiederkehren, sind verrückt. Mein Ahn Gabriel hätte ein Denkmal verdient, denn er hat als erster die Dinge erkannt und diese Pépinière aufgebaut. Man lachte ihn aus. Die Leute sagten zu ihm: ›Blumen kann man nicht essen, Monsieur Lameaulnes.‹ Und in der Folge hat immer derjenige die Pépinière geerbt und bewirtschaftet, den man für den Unfähigsten hielt, wie meinen armen Vater, wie mich, wie Aristide nach mir. Die Leute sollen doch reden! Bald gibt es den europäischen Binnenmarkt, und dann verkaufe ich meine Blumen sogar in England. Ja, meine Blumen werden die Tafel der Königin von England schmücken. Her Majesty the Queen. Ich habe bereits einen Werbeslogan: ›Die Blumen haben ein Paradies auf Erden: die Pépinière Lameaulnes.‹«

Nachdem Loulou gegangen war, schüttelte mein Stiefvater den Kopf. »Das ist mal ein Mann von Entschlußkraft.«

Als ich nach Rivière au Sel kam, war ich voller Freude. Ich wollte die Frauen nicht hören, die sich vor ihren Haustüren frisierten und tuschelten: »Das ist sie, die aus Saint-Martin kommt ...«

Ich wollte nicht wahrhaben, daß die Kinder meinem Streicheln auswichen. Ich wollte in der Pépinière arbeiten. Alle diese Blumen, alle diese Pflanzen, deren Düfte und Farben mich schwindelig machten! Aber Loulou hat sich dem widersetzt.

»Die Damen Lameaulnes haben immer im Haus genug zu tun gehabt.«

Also bin ich zu Hause geblieben, mit meinen Dienstboten,

meinen Kindern; und nach und nach ist dieses Holzhaus am Rande des dichten Waldes, ohne Licht, ohne Sonne, regenreiches Paradies der Lianen mein Gefängnis, mein Grab geworden. Meine Jugend schwand dahin. Manchmal schien es mir, ich wäre bereits tot, daß mein Blut nicht mehr heiß durch meine Adern pulsierte, daß es bereits geronnen wäre.

Seit Jahren schon schläft Loulou nicht mehr in meinem Bett. Wenn die Dunkelheit niedergesunken ist, verschließe ich meine Tür, und ich schrumpfe, einem Fötus gleich, in meinem Bett.

In den Nächten des großen Windes, wenn er die Äste der Bäume zu Boden schleudert und die noch grünen Früchte abschüttelt, wenn er die Ziegel von den Hütten abdeckt, zittere ich am meisten. Es nützt nichts, zu Gott zu beten, nichts. Ich rufe alle jene zu Hilfe, die bereits gestorben sind und mich geliebt haben. Meinen Vater, in meinem Traum braun und rassig wie Pandit Nehru, meine Mutter, die sanfte Lina, die Augen immer voller Tränen. Sie erhören mein Flehen. Sie setzen sich an mein Bett und trösten mich, indem sie mir die Märchen meiner Kindheit erzählen.

»Vor langer, langer Zeit, ich spreche von der Zeit vor den Zeiten, herrschte der Mond über alles. Jeden Morgen beugte er sich über den Himmel, betrachtete die Erde und sagte: ›Ich meine, da müßte es einen Fluß geben. Dort eine Reihe Königspalmen. Und da Schwertlilien.‹

Und sein Wille geschah.«

Ich lausche ihren Worten, ich lausche ihren Worten, und schließlich überfällt mich der Schlaf gegen fünf Uhr morgens, wenn die Sonnenstrahlen, die durch die Spalten der Jalousie fallen, bereits Muster ins Zimmer malen und die Dienstmädchen in ihren Dachkammern aufstehen.

Niemand weiß, daß ich der Grund des Dramas bin, das gerade seinen Abschluß gefunden hat. Ja, ich. Ich allein.

Das Unglück der Kinder resultiert immer aus den verborgenen Fehlern der Eltern.
Die Dienstmädchen habe ich als erste über Francis Sancher reden hören. Cornélia erzählte Gitane, daß er einen Zimmermann suche und Marval, ihren Mann, gebeten habe, ihm zu helfen. Sie sagte, daß Marval nicht für ihn arbeiten würde, selbst für alles Geld Guayanas nicht. Am selben Tag während des Mittagessens schimpfte Loulou lautstark, daß man ihn wie alle Dominikaner und Haitianer von der Insel jagen müsse. Daraufhin antwortete Aristide, daß er zufrieden sei, diese Leute für die Arbeit auf der Pépinière einstellen zu können, da keiner aus Guadeloupe sie machen wolle. Wie gewöhnlich fingen sie an zu streiten, unflätige Worte ergossen sich wie ein Sturzbach aus Loulous Mund.
Nach dem Mittagessen, als Dodose Pélagie gekommen ist und mir ein Kuchenrezept gebracht hat, beklagte sie sich, daß Sonny, ihr bejammernswerter Sohn, seine ganze Zeit bei Francis Sancher verbringt.
Schließlich wurde ich neugierig, und ich bin gegangen, um zu sehen, wie er aussieht, dieser Mann, der Rivière au Sel in Aufruhr versetzte.
Ein Mann redete mit Moïse, dem Briefträger. Sehr groß. Sehr stark. Zusammengekrümmt überragte er Moïse noch um Haupteslänge. Trotz der abendlichen Kühle war sein Oberkörper nackt, und über dem dichten Wald seiner schwarzen Haare, die in seltsamem Kontrast zu seinem grauen Kopfhaar standen, zeichneten sich seine harten Brustmuskeln ab. Seine Arme hatten zwei Farbtöne. Fast schwarz vom Ellbogen ab. Darüber golden. Ohne es zu wollen, habe ich gedacht: »Gütiger Himmel! Diesen Mann Nacht für Nacht im Bett zu haben!«
Genau in diesem Augenblick hat er mir den Kopf zugewandt und seinen Blick in meinen versenkt, als könnte er meine Ge-

danken lesen. Ich wollte schnell vorbeigehen, blieb aber wie gelähmt stehen. Er hat mich gegrüßt.
Sein Gesicht war fleischig, von der Farbe gerösteten Mais'. Seine Augen versprachen lange Reisen. Sein Mund unendliche Zärtlichkeit. Seit Jahren hatte ich gezwungenermaßen vergessen, daß ich eine Frau war, und ich hatte Angst vor der Begierde, die vehement in mir aufflammte.
Ich bin eilig nach Hause zurückgekehrt. Aber noch am selben Abend ist er zu mir gekommen, trotz geschlossener Türen und Fenster. Und die folgende Nacht und die nächste...
Dank ihm habe ich Loulou nicht mehr gesehen noch gehört. Der konnte gleichgültig an mir vorbeigehen, seinem Vergnügen über meinem Kopf, in den Dachkammern, mit meinen Dienstmädchen nachgehen, rumkommandieren, beleidigen, das alles war mir egal. Manchmal schrak ich auf und kniete nieder, um Gott für meine hemmungslose Sinnlichkeit um Verzeihung zu bitten. Jedoch vergaß ich, kaum hatte der Abend sich gesenkt, meine Gewissensbisse und daß meine Träume mich davontrugen.
Eine Nacht, nachdem wir uns geliebt hatten, blieb ich an seiner Seite wie eine Meeralge, und wir haben in der Dunkelheit geredet. Ich habe ihm von Loulou erzählt.
»Kannst du das verstehen? Was habe ich ihm getan? Warum hat er mich von Philipsburg hierhergebracht, wenn er mich so behandelt, wie er es tut? Habe ich keine helle Haut? Schwarzes gelocktes Haar? Habe ich ihm nicht drei schöne Söhne geschenkt? Ich habe kein Verbrechen begangen. Müßte er mich eigentlich nicht wie eine Heilige behandeln?«
Er hat mein Gesicht mit Küssen bedeckt.
»Kleines Mädchen, das an Gott glaubt. So sind wir eben, wir Männer! Weder die Haut noch das Haar spielen irgendeine Rolle. Die Weißen in Paris leiden genauso. Das ist einfach das Los der Frauen. Wir werden als Henker geboren. Aber du bist

noch jung und schön. Warum bleibst du? Warum gehst du nicht?«

Ich gehen? Wohin denn?

Wie lange hat dieses armselige Glück gedauert?

In der Nacht, in der Mira geflohen ist, habe ich ihn umsonst erwartet. Die folgende Nacht ebenso. Dann hat Moïse uns erzählt, daß sie mit ihm zusammenlebt. Mit ihm! Mira ist wie eine Tochter für mich. Als ich zu Loulou kam, habe ich sie sofort geliebt, diese Wilde mit dem blutenden Herzen. Später habe ich sie auch verstanden, und ich betete, betete zu Gott, damit er ihre Sünde vergibt und ihr einen Retter schickt, der sie aus ihrem Gefängnis befreit.

Warum mußte sie mir Francis Sancher nehmen? Warum nahm sie mir gerade den Mann, der meine Wüste bewässerte?

Haß brannte in meinem Herzen wie die Savanne zur Fastenzeit. Ich habe Unglück auf sie beschworen, und Satan, immer auf der Lauer, hat mich erhört, denn sie ist zurückgekommen, mit ihrem Bauch, ihrer Scham und ihrem Schmerz.

Ich bin der Grund ihrer Verzweiflung. Ich und ich allein.

Da sie nichts ahnte, vertraute sie sich mir an. Aber die Geschichte, die sie mir erzählte, machte mich nicht eifersüchtig, im Gegenteil, sie trieb mir das Wasser in die Augen.

»Ich bin mit ihm nie glücklich gewesen. Selbst wenn sein Körper auf meinem lag, wußte ich, daß sein Geist Regionen durchstreifte, die ich nie erreichen würde.

Manchmal wurde ich wütend. Ich sagte zu ihm: ›Siehst du mich denn nicht mehr? Rede!‹

Er zuckte die Schultern. ›Was soll ich dir sagen? Ich habe weder Bogen noch Lanze oder Pfeil. Ich habe alle Kämpfe verloren. Bald werde ich den letzten verlieren, den Kampf ums Leben.‹

Er ging zum Fenster und murmelte: ›Siehst du nicht, wer mir da auflauert?‹

Ich ging zu ihm und antwortete: ›Ich sehe nichts als Glühwürmchen, die durch die Dunkelheit schwirren.‹
Oder: ›Ich sehe nur Xantippe, der Kaninchenfutter sucht.‹
Dann lachte er traurig. ›Du hast zwei Augen und siehst nichts.‹
Als ich ihm sagte, daß ich mein Blut nicht mehr fließen sähe, ist er ganz sanft, fast zärtlich geworden. Ich dachte: Das ist ein Wunder, dieses Kind! So etwas ist schon öfter vorgekommen.
Jeden Morgen gab er mir einen Tee zu trinken, den er selbst aus Blättern braute, die er im Morgentau sammelte, und Wurzeln, die er in Alkohol einweichte. Er behauptete, der Tee würde mich kräftigen. Im Gegenteil, ich fühlte mich immer schwächer. Manchmal wurde ich ohnmächtig. Eines Abends gab er mir einen sehr bitteren Aufguß zu trinken, und ich schlief sofort ein. Mein Geist löste sich von meinem Körper, friedlich, friedlich. Mir schien, als würde ich wie einst im schattigen Bauch meiner Mutter leben, Rosalie Sorane mit den Perlenzähnen. Ich trieb, schwamm außer mir vor Glück im Meer ihres Uterus, und ich hörte schwach die traurigen Geräusche einer Welt, die ich nie wieder betreten wollte. Plötzlich durchfuhr mich ein fürchterlicher Schmerz. Ich erwachte und sah ihn, wie er sich über mich beugte. Er riß mir brutal die Schenkel auseinander und versuchte, in mich mit einer langen, glänzenden Nadel einzudringen. Als er gemerkt hat, daß ich wach war, hat er angefangen zu weinen und gestammelt: ›Dieses Kind darf niemals seine Augen öffnen. Es darf nicht sein. Auf ihm lastet ein Fluch, wie auf mir. Es wird ein unglückliches Leben leben, und am Ende wird es wie ein Hund sterben, so wie ich bald sterben werde. Ich bin hierhergekommen, um Schluß zu machen. Den Schlußstrich zu ziehen, verstehst du? Aufhören. Wenn der Kaffeestrauch voller Läuse ist und nur noch verdorbene Früchte trägt, schwarz und steinhart, muß man ihn verbrennen.‹«

Eine traurige Geschichte, die ich mit der meines Lebens verglich. Auch dieser Mann, den ich anders geglaubt hatte, war nichts als ein Mörder. Er hatte es selbst gesagt: ein Henker. Ein schleichendes Gefühl mit einem unbekannten Geschmack, dem der Revolte, überkam mich. Eine Frage, die er mir übrigens gestellt hatte, ließ mich nicht mehr los. Warum blieben wir? Ja, warum? Ich stellte sie mir Tag und Nacht.
Eines Abends hat Aristide gegen die Schlafzimmertür getreten und geschrien: »Weißt du, wen er in sein noch warmes Bett geholt hat? Ah, er hat keine Zeit verloren! Vilma! Vilma Ramsaran!«
In diesem Augenblick habe ich einen Entschluß gefaßt.
Um mich herum beten die Frauen zu Gott: »Ich verkünde, daß die Toten glücklicher als die Lebenden sind; und am glücklichsten sind jene, die niemals existiert haben, die nicht die bösen Taten kennen, die unter der Sonne geschehen.«
Mein Entschluß ist gefaßt. Ich werde Loulou und Rivière au Sel verlassen. Meine Söhne nehme ich mit. Ich werde Sonne und Luft und Licht für die restlichen Jahre meines Lebens suchen.
Wo werde ich sie finden? Ich weiß es nicht. Ich weiß nur, daß ich sie suchen werde!

Sonny

Die Augen starr auf den Sarg gerichtet, drückte Sonny mit einem Lied seinen Schmerz aus, von dem sein Herz übervoll war. Seine Mutter, die zu seiner Rechten saß, drückte ihm fest die Hand, und er gab sich Mühe, die Laute seines Schmerzes zu unterdrücken. Ringsum fragten sich die Leute wieder einmal, warum Dodose diesen bedauernswerten Jungen, der die Kinder verwirrte und die schwangeren Frauen erschreckte, nicht zu Hause gelassen hatte. Alle waren überzeugt, daß es seine Schuld war, daß Luciana, die blutjunge Frau von Lucien, dem Zimmermann, monatelang ein totes Kind getragen und es zur Verzweiflung ihres Ehemannes eines Morgens ausgestoßen hatte. Sie war Sonny vorher begegnet, und er hatte sich ihrer bemächtigt! Danach war das Blut ihres Kindes in ihrem Bauch geronnen!

Als Sonny alt genug gewesen war, hatte Dodose, die vor der Wahrheit die Augen verschloß — ungeachtet dessen, was die Ärzte in La Pointe ihr gesagt hatten, und einer Reise nach Paris, auf die sie ihr Mann Emmanuel nicht begleitet hatte, um einen Professor des Krankenhauses la Salpêtrière zu konsultieren —, ihn zur Schule gebracht. Mademoiselle Léocadie Timothée, die seinerzeit noch unterrichtete, war abends gekommen, sie zu bitten, ihren Sohn zu Hause zu behalten. Grund: Er störe die anderen Kinder.

Während Dodose sich in beleidigenden Worten erging und Gottes Strafe für diese Herzlose forderte, die niemals die Zärt-

lichkeit eines Mannes gewärmt hatte und die nicht wußte, was es bedeutete, Mutter zu sein, hatte Sonny viel geweint. Warum störte er die anderen Kinder, er, der auf der hintersten Bank säße, ganz für sich allein sänge und Zeichnungen auf sein Papier kritzelte? Während der Pause würde er nicht in den Schulhof gehen — damit er nicht ausgelacht würde — und auf seinem Platz sitzen bleiben, indem er sich ganz klein machte.
Deshalb faßte er einen Entschluß. Ohne jemandem etwas zu sagen, packte er jeden Morgen seine Schultasche: Schiefertafel, Kreide, Hefte und Kugelschreiber, und er ging aus dem Haus. Trotzdem hatte er begriffen, daß er in einiger Entfernung von der Schule bleiben mußte, nah genug, damit er die kleinen Mädchen mit ihren glänzenden Zöpfen sehen konnte, aber weit genug entfernt, um nicht die Aufmerksamkeit der Lehrer zu erregen, schlimmer noch, die der Jungen, die ihm mit Steinen das Wort »Idiot« zuriefen.
Schnell hatte er einen ausgezeichneten Beobachtungsposten entdeckt: die Veranda des Hauses Alexis. Von dort aus konnte man das Geschrei der Kinder hören, bis zu dem Moment, wo die Glocke ertönte und abrupt Stille herrschte. Wenn er sich über das Geländer beugte, konnte er alle in Reih und Glied angetretenen Klassen sehen.
Sonny hatte einen Vorrat an Liedern in seinem Kopf und wußte selbst nicht, woher sie kamen. Das fing schon morgens an, wenn er seine ständig trüben Augen öffnete, und hörte auch nicht auf, wenn sein Vater schimpfte.
»Dodose, bringen Sie Ihren Sohn zum Schweigen!«
Das ging den lieben langen Tag so. Es gab Lieder für jeden Augenblick des Tages. Lieder für den Moment, wo die Sonne — noch schwach — über dem Meer aufgeht. Den Moment, wo sie triumphierend im Zenith steht und alle blendet. Den Moment, wo sie sich faul hinter Wolken mit offenem Mund lümmelt, und schließlich jenen, wo sie bluttrunken hinter dem

Gebirge verschwindet. Nachts jedoch verstummten die Lieder, wenn die verzehrende Angst ihn ergriff.
Nachts wiederholte ihm Dodose müde, so müde, da sie ihn jeden Tag trösten mußte: »Es ist nichts! Was du da siehst, ist nur ein Flugzeug auf dem Weg nach Martinique. Was du da hörst, ist ein Ast des Mangobaums, der über das Dach der Zisterne streift.«
Aber diese Worte blieben ohne Wirkung! Sonny blieb schwitzend, zitternd, wie erstarrt sitzen und folgte mit den Augen einer unsichtbaren Kavalkade auf ihrem Ritt durch den Raum.
Das Reich des Tages glich in keiner Weise jenem der Nacht. Das erste war von verzauberter Klarheit, Pfützen auf den Straßen, Hühnernestern, Tautropfen an Gräsern und den geheimen Mitteilungen der großen Bäume in der kühlen Frische des Waldes.
Sonny kannte jeden Pfad. Wenn Schulferien waren, ging er auf die Hochebene von Dillon, die er nach gut zwei Stunden schwitzend und außer Atem erreichte. Da oben kam er sich wie ein König vor; mit seiner Größe dominierte er die niedrig wachsenden Pflanzen, von dem kargen Boden schlecht genährt. Er pflückte Jakobspflaumen oder Guaven, die er Dodose einfach mitbringen mußte, obwohl er wußte, daß sie sie wegwerfen würde, indem sie seufzte: »Wo hast du diesen Dreck schon wieder aufgesammelt?«
Nichts liebte er mehr als die Tage, an denen sich urplötzlich der große Wind erhob oder der Regen prasselte, heißer Segen des Himmels.
Doch das ungezügelte Reich der Nacht war düster geheimnisvoll und zu fürchten. Dort verbargen sich Geister und verrieten sich nur durch die Schimmer ihrer kugelförmigen Augen.
Sonny war sich sicher: Nur seinetwegen war das Leben seiner Eltern das, was es war. Emmanuel redete nur mit Dodose,

wenn er ihr Befehle erteilte oder Vorwürfe machte. Sich zum Beispiel über eine Falte in seinem Oberhemd beklagte. Eine Schuhbürste verlangte, da seine Schuhe nicht genug glänzten. Wenn Dodose auf der Veranda mit Madame Ramsaran oder Madame Mondésir plauderte, gesellte sich Emmanuel nie zu ihnen. Er verkehrte nur mit Agénor Siméus. Jeden Samstag, Schlag sechzehn Uhr — die beiden Flügel des Gartentors standen dann immer offen —, fuhr Agénor Siméus mit seinem Peugeot 506 die von Zwergpalmen gesäumte Allee hoch und parkte seinen Wagen vor der Freitreppe. Er stieg aus und tätschelte im Vorbeigehen Sonnys Wange, obwohl letzterer einen Kopf größer als er war, wobei er ihm ein freundliches »Wie geht's, junger Mann?« zuwarf, ehe er sich mit Emmanuel in den Salon setzte. Emmanuel holte zwei Gläser und eine Flasche Whisky der Marke Glennfiddich, dann schaltete er die Stereoanlage ein, die er anläßlich einer Holzexpertentagung in Manaus gekauft hatte und die niemand anrühren durfte. Dann legte er mit der Vorsicht einer Hebamme, die ein Neugeborenes wickelt, eine Compactdisc auf. Madame Butterflys klagende Stimme erklang eine Weile, ehe Agénor Siméus fragte:
»Hast du die letzte Ausgabe des *Magazine Caraïbe* gelesen?«
Emmanuel tönte: »Du weißt doch, daß ich diesen Mist nicht lese!«
Worauf Agénor seine Brille aufsetzte, aus seiner Tasche ein paar zerknitterte Blätter fischte und begann, einen der langatmigen offenen Briefe irgendeines wütenden Bürgers, an die Adresse irgendeines Politikers gerichtet, vorzulesen. Emmanuel lauschte der Lektüre in profundem Schweigen und folgerte dann: »Es hat nur einen einzigen ehrlichen Politiker in diesem Land gegeben. Rosan Girard!«
Agénor fuhr in die Höhe. »Verzeihung! Du vergißt Légitimus!«
»Ja, auch er ist ehrlich!«

Und damit begann ein heftiger Wortwechsel, jeder bekam gehörig einen auf den Deckel, die Sozialisten, die Kommunisten, die Patrioten, die Assimilationisten.
Um halb sieben wurde es im Salon dämmrig, und Emmanuel schrie: »Dodose, wir sehen nichts mehr!«
Während diese sich im Zimmer zu schaffen machte, erhob sich Agénor Siméus und verabschiedete sich von allen.
Kurz darauf kam das Dienstmädchen aus der Küche und verkündete: »Madame, es ist angerichtet!«
Eines Morgens war die Sonne wie alle anderen Tage aufgegangen, nicht strahlender, nicht trüber. Das Gebirge war grün. Der Himmel von verwaschenem Blau. Sonny nahm eine Flasche Petroleum, stopfte alte Lumpen in seine Schultasche und machte sich auf den Weg zum Besitz Alexis. Denn je mehr ganz Rivière au Sel diesen Ort fürchtete, um so mehr betrachtete er ihn als seinen alleinigen Besitz. Die Geister, die dort hausten, mochten ihn und hatten ihn nie geärgert, selbst nicht während der langen Stunden seines regelmäßigen Nachmittagsschlafs, wenn er sich auf den kühlen Fliesen der Veranda einzurollen pflegte. Er machte sich also auf den Weg und nahm wie gewöhnlich die Abkürzung durchs Unterholz, wo Phanerogamen den Boden mit einem karminroten Teppich bedeckten.
Als er auf die Straße kam, glaubte er, seinen Augen nicht trauen zu können. Das Haus, sein Haus stand offen.
Ein Unbekannter stand auf der Veranda neben Moïse, dem Briefträger.
Als letzterer Sonny entdeckte, rief er brutal: »Hau ab!«
Dann erklärte er seinem Kameraden: »Das ist der Sohn von Dodose Pélagie, der größten Nervensäge von Rivière au Sel. Du wirst sie bald kennenlernen. Oh, die, die hört sogar die Flöhe husten.«
Der Unbekannte lächelte. »Wie heißt du?«

Und da Sonny stumm blieb, der Speichel ihm aus dem Mund lief und er groteske Verrenkungen machte, sagte Moïse: »Siehst du denn nicht, daß er verrückt ist?«

Wer weiß schon, wie und warum das kleine Korn der Freundschaft austreibt, zu wachsen anfängt, Wurzeln und Stengel bildet? Sonny hätte Francis Sancher eigentlich hassen müssen, da dieser in sein Königreich eingedrungen war und es zerstörte. Statt dessen fand er einen Freund. Jemand, der seine unverständlichen Laute zu verstehen suchte. Der ihm Stirn und Mund mitleidig mit einem Taschentuch abwischte. Der ihm das Leben in den Farben weiter Reisen und großer Abenteuer malte.

Unter Moïses verächtlichem Blick, der Francis erbittert klarzumachen versuchte, daß in seinen, Moïses, Augen, Sonny nichts als ein ekelerregender Wurm sei, klatschte Francis rhythmisch zu Sonnys Gesang in die Hände und erklärte: »Du bist ein wundervoller Musiker!«

Francis Sancher mochte auch seine Zeichnungen, und er fragte: »Wo hast du das her? In welchen Träumen hast du es gefunden?«

Eines Tages rief er: »Mein Gott! Du kennst also Italien? Man könnte meinen, das ist die Villa Melzi, am Ufer des Comer Sees!«

Sonny war nie mehr allein! Seine Hand in der großen warmen Hand geborgen, durchstreiften sie die Wälder. Er hob den Kopf zu den Bäumen mit ihrem silbrigen Blätterdach. Francis Sancher fragte ihn, als würde er wirklich eine Antwort erwarten.

»Stimmt es, was die Leute sagen? Daß man den Gummibaum so nennt, weil er Gummi ausscheidet, mit dem man Boote herstellen und das Meer befahren kann?«

Bei den ersten Schatten der Dämmerung kehrten beide nach Rivière au Sel zurück, denn Francis Sancher teilte Sonnys Entsetzen vor der Nacht. Er beschleunigte den Schritt.

»Schnell! Schnell! Bald werden sie ihre Ketten sprengen.«
Vor allem teilte Francis Sancher seine Furcht vor Xantippe. Wenn er ihn über die Savanne streifen oder unter einem Lorbeerbaum stehen sah, stammelte er: »Hast du ihn gesehen? Hast du ihn gesehen?«
Manchmal entdeckten sie den Burschen in der Nähe der Drachenbluthecke und sahen, wie er sie mit seinem verschleierten Blick betrachtete. Dann verschloß Francis Sancher sein Innerstes.
»Er ist mir überall gefolgt. Als ich die Flüsse durchquerte, war er da. Als ich bis zur Brust im Sumpf steckte. Er ist nicht einen Schritt zurückgewichen. Eines Nachts habe ich ihn angefleht: ›Kennst du denn keine Gnade? Mein Vergehen geschah vor langer Zeit. Und dann war ich nicht der einzig Schuldige.‹«
Moïse gab ihm ein Glas Rum und sagte: »Komm! Hör auf, diesen Unsinn zu reden!«
Francis Sancher leerte sein Glas, wischte sich den Mund mit dem Handrücken ab und sagte mit flehender Stimme: »Ich war es nicht, ich war es nicht, der das Blut dieses Mannes vergossen hat, bevor er gehängt wurde!«
In solchen Momenten, wenn Sonny ihn wie ein Kind zittern sah — Sonny plötzlich stark, groß, schön —, fühlte er Ströme der Liebe aus seinem Herzen fließen, um seinen Freund zu trösten.
Sonny hatte es sich angewöhnt, aus Dodoses Garten noch taufrisches Obst oder Gemüse mitzubringen, das sie zum Frühstück verzehrten. Eines Morgens, als er mit seiner täglichen Gabe kam, wen sah er auf der Veranda Francis Sancher gegenübersitzen? Wen? Ja, wen? Mira Lameaulnes.
Sie war da, mit ihrer stolzen Blondheit, die andere sich ihrer Hautfarbe schämen ließen. Mit ihrer Mähne, sonnenfarben. Mit ihrem Duft nach verbotenen Früchten.
Wenn jemand Sonny verspottet, gequält, verfolgt hatte, dann Mira. Wenn sie mit ihren Eltern vor dem Kirchenportal ste-

henblieb, um sich nach der vergangenen Woche zu erkundigen, brannte in ihren Augen – die einer streunenden neugierigen Katze – nur Verachtung. Einmal, als er ihr auf der Hochebene Dillon begegnet war und sie nur angeschaut hatte, hatte sie einen Stock genommen, um ihn damit zu bedrohen.

Wer hatte diesen tödlichen Manzanillabaum an sein Gestade gepflanzt?

Schon bellte sie: »Verschwinde!«

Sonny nahm beide Beine in die Hand, während Francis Sancher aufstand und schrie: »Warte! Warte wenigstens, bis ich dir alles erklärt habe!«

Was erklären? Was gab es da zu erklären?

Seit diesem Verrat hatte Sonny Francis Sancher nicht wiedergesehen. Er war nicht mehr zum Besitz Alexis gegangen. Tatsächlich hatte er kaum sein Zimmer und sein Bett verlassen; er betrachtete die Deckenbalken und sang Lieder, um sich Mut zu machen.

Als Dodose, verrückt vor Sorgen, ihn ins Krankenhaus von La Pointe gebracht hatte, wo der Arzt, ein Pariser mit Augen wie Regenwasser, ihn eine gute Stunde untersucht hatte, ehe er seine Verwirrung kundtat.

Er war tot, sein Freund!

Um ihn herum, im Licht der Kerzen, wirkten die Gesichter der Frauen wie diese Masken, die ihn derart erschreckt hatten, als Dodose, in dem Glauben, ihn zu zerstreuen, einmal zum Karneval nach La Pointe mitgenommen hatte.

Ein Lied stieg aus seinem Mund empor, und Dodose, die ihm vergeblich die Hand darauf gepreßt hatte, mußte ihn auf die Veranda zerren.

Durch das Trommeln des Regens fast taub geworden, hatten die Männer ihre Stühle zusammengerückt und lachten, hatten die Köpfe zusammengesteckt. Gegen einen Pfosten gelehnt und diesem Lärm gegenüber gleichgültig, starrte Loulou Lameaulnes auf einen Punkt im leeren Raum.

Loulou

»Die Königin von England, Elisabeth II., ihre Diamantkrone gerade auf dem Kopf, sitzt am Ende einer langen Tafel, die von Blumen aus unserem Land bedeckt ist. Natürlich gibt es kultivierte Blumen, Aronswurz, Orchideen, vor allem *spathoglottis plicata*, die ursprünglich aus Malaysia stammen; und auch Skorpionsblumen mit ihren gestreiften, auf langen, gebogenen Stengeln sitzenden Blüten; Jungfrauenlilien mit ihren schweren bläulichen Blütenblättern; Porzellanrosen, die auf ihren blätterlosen Stengeln künstlich wirken. Aber es gibt auch wildwachsende Blumen, die durch ihre unerwartete Farbenpracht überraschen, die Meereskartoffel; das Kraut Kopfschmerz, das im Unterholz wächst; die Liane; das rote und gelbe indische Blumenrohr und viele andere.
Die Königin lächelt mich an, sie hat im Unterkiefer einen Goldzahn, und sagt zu mir: ›Sie kultivieren alle diese Blumen?‹
Ich neige bejahend das Haupt, und sie fragt mich: ›Wie heißen Ihre Gewächshäuser?‹
Ich antworte: ›Seit 1905 tragen sie den Namen unserer Familie. Es sind die Pépinière Lameaulnes.‹
Daraufhin sagt die Königin von England zu mir: ›Bravo! Von jetzt an sind Sie Unser Hoflieferant! *By appointment to Her Majesty Queen Elizabeth II*...‹«
Seit mehr als dreißig Jahren träumte Loulou, kaum hatte er die Augen geschlossen, denselben Traum. Und deshalb

merkte er auch, daß er trotz des Trommelns des Regens, des Murmelns und des Lachens der Männer und des monotonen Hersagens der Gebete der Frauen eingeschlafen war.
Er wußte nicht, woher sein Interesse für den englischen Königshof stammte, und er wußte ebensowenig, warum dieser Traum ihn verfolgte. Als er ihn das erstemal träumte, war er ganz überrascht an der Seite seiner Mätresse Mélissa aufgewacht, die wie ein Klotz neben ihm schlief; ein Speicheltröpfchen glänzte in ihrem Mundwinkel. Damals lebte seine Mutter noch, die ungerechterweise seinen jüngeren Bruder Paulo ihm vorzog. Als er diesen Traum das zweitemal träumte, hatte er sich gesagt, er sei vielleicht ein Zeichen für eine Zukunft, die schließlich ein Lächeln auf seine ständig zusammengepreßten Lippen zaubern würde. Seine Mutter würde seine Liebe verstehen. Sie würde seine Bemühungen zu schätzen wissen. Aber die Jahre waren vergangen, und der Traum war nicht Wirklichkeit geworden.
Loulou wäre gern gegangen, um die Wärme seines Bettes wiederzufinden. Denn warum sollte er vorgeben, um Francis Sancher zu trauern, da er ihm nichts anderes als eine schreckliche Fahrt in das brennende Meer der Hölle wünschte? Er, der Atheist, der nicht mehr an dieses ganze religiöse Gewäsch glaubte, fand jedoch seinen Kinderglauben wieder, wenn die Verwünschungen seiner Mutter ihn erzittern ließen.
»Im Knast wirst du noch enden! Wenn Gott dich nicht auf dieser Welt straft, dann in der anderen! Worauf wartest du noch?«
Warum hatte sie ihn nicht geliebt? Wieder einmal stellte sich Loulou diese Frage. Wieder einmal fand er keine Antwort darauf.
In einem Moment, wo das ständige Geschwätz plötzlich aufhörte, stand er — sein noch volles Glas in der Hand — auf. Schon fing Jerbaud, der Maurer, wieder an. Er räusperte sich.

»Messieurs, hören Sie ...«
Ah, nein, nach Scherzen war ihm nicht zumute. Bittere Rachegedanken, mörderische Gedanken bevölkerten seinen Kopf, hier an diesem Ort, wo dieser bösartige Tote zu Lebzeiten sein Leben verpestet hatte.
»Nein, nein, nein! Auf diese Weise hätte er nicht sterben dürfen! Viel zu sauber, zu sanft, dieser Tod! Man hätte ihn, das Gehirn bis auf die Lianenblätter verspritzt, das Moos und die Flechten blutgetränkt, auffinden müssen. Weil dieser Hodenlose, dieser Aristide, nichts ausgerichtet hat. Ich hätte etwas tun müssen. Und ich habe auch nichts getan.«
Er trank einen Schluck Rum, und die Flüssigkeit verbrannte seinen Gaumen, ehe sie brennend seine Kehle hinunterlief. Trotzdem zitterte er. Vor Kälte, vor Feuchtigkeit, denn der Regen war nicht schwächer geworden. Nicht nur, daß er Tropfen für Tropfen auf seinen Panamahut fiel, den er wahrscheinlich als einziger noch auf Guadeloupe trug, auch eine riesige Pfütze hatte sich rings um seine Füße gebildet, die in Lackstiefeln steckten, die er seit mehr als dreißig Jahren von einem Schuhgeschäft in New Orleans anfertigen ließ. Anläßlich seiner Hochzeitsreise war er nach New Orleans gefahren, und da die arme Aurore, seine erste Frau, nie bei guter Gesundheit gewesen war — der Beweis: Sie war mit dreißig gestorben —, hatte sie die Flitterwochen bei Kaffee und Hörnchen in dem Bett eines Hotelzimmers im Quartier Français verbracht. Deshalb war er allein spazierengegangen, wobei er diese Stadt wenig anziehend fand. An einer Straßenkreuzung war er auf diesen Schuhladen gestoßen. Phantastische Stiefel im Schaufenster! Damals hundert Dollar teuer! Er hatte sie ohne zu handeln bezahlt. Das war seine einzige positive Erinnerung an zehn Tage Zweisamkeit mit einer völlig unnützen Ehefrau.
Er trank noch einen Schluck Rum und fragte sich, was er da

machte, warum er den ordinären Witzen zuhörte, diesen Erzählungen, die er schon hundertmal gehört hatte, diesem scheinheiligen Gemurmel der Gebete. Warum besitzt der Tod diese Macht? Warum gebietet er Haß, Gewalt und Groll Schweigen und zwingt uns auf die Knie, wenn er sich zeigt? Mehr noch! Schnell wandelt er die Gesinnung. Bald schon würde irgend jemand eine Legende um die Person von Francis Sancher stricken und aus ihm einen unverstandenen Riesen machen.

Ach, ja! Die Erinnerung der Menschen in Rivière au Sel hatte aus seinem Ahn Gabriel — jenem Mann, der die Pépinière gegründet hatte — einen herzensguten Mann gemacht, der allen Arbeit gegeben hatte. Wo dieser Teufel, von seiner Familie wegen seiner Ehe mit einer Negerin verstoßen, die Neger, die er beschäftigte, verabscheute und sie es auch merken ließ. Dieses Verhalten kam nicht von ungefähr. Der erste Lameaulnes, Dieudonné Désiré, der eine Zuckerfabrik auf Martinique besessen hatte, pflegte die Köpfe seiner Sklaven als Zielscheibe zu benutzen und sich vor Lachen zu krümmen, wenn sie in ihren letzten Zuckungen lagen. Während dieser Epoche der absoluten Freiheit für die Stärksten hätte Loulou leben müssen. Nicht während einer Epoche der Arbeitslosenunterstützung und Krankenversicherung. Vor zwei Wochen hatte ihn einer dieser Lakaien vom Arbeitsamt aufgesucht. Er habe gehört, daß auf der Pépinière illegale Arbeiter aus Haiti beschäftigt wurden, und Loulou eine beträchtliche Strafe angedroht. Geldstrafe. Gefängnis. Loulou hätte ihn am liebsten zusammengeschlagen.

Ja, er hätte zu einer anderen Zeit geboren werden müssen. Oder in einem anderen Land. Guadeloupe war für ihn zu klein. Dort konnte ein Mann nicht alle seine Talente entfalten. Australien! Dort hätte er geboren werden müssen! Weite, jungfräuliche Ebenen, von der Sonne versengt. Seinen Körper

an den der Natur gepreßt wie an den eines jungen Mädchens, das sich gegen die Liebe wehrt.
Die Phantasie der Leute funktioniert auf diese Weise. Sie verändert einen Mann, wäscht ihn rein oder zieht ihn in den Schmutz, bis seine eigene Mutter, die ihm das Leben geschenkt hat, ihn nicht mehr wiedererkennt.
Was hatten sie aus seinem Bruder Paulo gemacht? Einem Begabten, einem Künstler, denn er hatte eine Auszeichnung für ein Sonett bekommen. Während er, Loulou, als der Idiot der Familie galt.
Als Ferdinand, sein Vater, unerwartet an einem Bienenstich in der Kehle starb — damals war Loulou sechzehn —, hatten seine Onkel, die ihren Bruder immer wie einen Bauern behandelt und ihn Kuhkacke genannt hatten, plötzlich gemerkt, daß die Ländereien viel wert waren. Sie hatten seine Witwe zu überreden versucht, sie zu verkaufen und ihnen dann das Geld und die Erziehung ihrer beiden Söhne anzuvertrauen. Mathilda hätte gern akzeptiert, müde, wie sie war, mit ihren beiden Söhnen, die sich überhaupt nicht verstanden und wie tolle Hunde miteinander rauften. Aber Loulou hatte mit der ganzen Arroganz seiner sechzehn Jahre gesagt: »Ich werde mich um alles kümmern.«
Und er hatte Wort gehalten.
Er war vom Gymnasium abgegangen und hatte auf jedes Vergnügen verzichtet. Er war um vier Uhr morgens aufgestanden, wenn die Nacht noch den Horizont verdunkelte, und hatte unter der Sonne bis abends geschuftet, wenn er tastend, tappend in sein Bett fand, zu müde, um Frauen zu bumsen oder auch nur daran zu denken.
Während dieser Zeit fiel Paulo im Abitur durch, drei-, dann viermal, blieb bis mittags im Bett, redete schlecht von ihm hinter seinem Rücken und ließ sich von ihrer Mutter verwöhnen. Bis zu dem Tag, wo er sich ans Steuer des alten Peugeot gesetzt

hatte und gegen einen der Birnbäume am Straßenrand gefahren war. Seit diesem Tag trug seine Mutter Trauer und hatte sich — Mahlzeit für Mahlzeit — ihm gegenüber gesetzt, den Blick wie in einem stummen Vorwurf versteinert, als hätte er den Wagen mit seinen eigenen Händen verunglücken lassen. Trotzdem wuchs der Ruf der Pépinière Lameaulnes. Nizza, Cherbourg, Paris bestellten Anthurium bei ihm. Seine Rosenstöcke dufteten im Garten der Präfektur, und seine *filaos* spendeten auf den Rasenflächen Schatten. Aber dafür war ihm niemand dankbar. Ausdauer und Hartnäckigkeit werden als menschliche Qualitäten nicht geschätzt.

Der vom Wind gepeitschte Regen durchnäßte seine Hosen. Er stand auf, weil er jetzt gezwungen war, ins Haus zu flüchten, und begegnete dem Blick Aristides, der in sich gekauert wie ein Tier dasaß, das sich darauf vorbereitet, seine Ketten zu sprengen. Der Haß auf seinen Sohn kochte in seinem Herzen. Verächtlich mußte er an ihren gemeinsamen Besuch bei Francis Sancher denken, als Aristide schmachvoll im Staub gelandet war. Nach diesem Besuch hatte er beschlossen, allein zu handeln.

Allein.

Er hatte sich gesagt, daß er keine Drohungen mehr ausstoßen oder Gewalt anwenden dürfe — schließlich hatte das zu nichts geführt —, und im Geist eine kleine Rede vorbereitet. Früh am Morgen hatte er sich auf den Weg gemacht, als die Landarbeiter sich zu ihren Werkzeugen schleppten, und Francis Sancher mürrisch und verkatert auf seiner Veranda angetroffen. Mira wischte, als sei sie ein Dienstmädchen, den Boden auf.

Er hatte Überzeugung, ja fast ein Flehen in seine Stimme gelegt.

»Hör mir gut zu, was ich dir zu sagen habe. Wir gehören derselben sozialen Schicht an. In den Geschichtsbüchern nennt man unsere Vorfahren die Entdecker. Gut, sie haben ihr Blut mit dem von Negerinnen vermischt; in deinem fließt wohl auch Indianerblut, wie ich glaube. Trotzdem haben wir mit den gewöhnlichen Negern, die für uns arbeiten, nichts gemein. Behandele Mira nicht, als wäre sie das Kind eines dieser Hohlköpfe.«

Francis Sancher hatte ihn lange angesehen, ehe er schließlich sagte: »Du hast unrecht. Und ich will dir sagen, daß ich überhaupt keiner Schicht mehr angehöre. Aber auf eine gewisse Weise hast du schon recht. Am Anfang, das stimmt, gehörten wir zur selben Schicht. Deshalb bin ich ans andere Ende der Welt gereist. Ich kann nicht behaupten, daß diese Reise ein glückliches Ende nahm. Ich habe Schiffbruch erlitten, wurde an den Strand gespült ...«

Loulou hatte höflich zugehört. Doch da sein Gesprächspartner ziemlich abschweifte, hatte er ihn auf den rechten Weg zurückgeführt.

»Erzähl mir keinen Unsinn, wenn ich von meiner Tochter rede.«

Dann war Francis auf ihn zugegangen. Loulou, der Angst hatte, dasselbe Schicksal wie Aristide zu erleiden, hatte bedauert, nicht seine Schrotflinte mitgenommen zu haben. Aber Francis Sancher hatte ihn nicht angerührt und sich damit zufriedengegeben, ihm ins Gesicht zu schleudern: »Du nennst das Unsinn? Es stimmt, du kannst es nicht verstehen. Hau ab!«

Woraufhin Mira langsamer gescheuert und ihn angefleht hatte: »Geh! Geh!«

Loulou war nach Hause gegangen und hatte sich gefragt, wer sich rächte. Seine Mutter, die sich für die Ewigkeit in ihrer blinden Bevorzugung eingekerkert hatte? Paulo, seiner Jugend beraubt, der ihn zahlen ließ? Aurore Dugazon, um die er sich so wenig gekümmert hatte? Zum erstenmal wünschte er sich, er, der Kämpfer, der Schmerzunempfindliche — der sich in fünf-

unddreißig Jahren zweimal zehn Tage Ferien gegönnt hatte, einmal mit Aurore Dugazon in New Orleans, das zweitemal mit Dinah in Amsterdam, dieser Stadt voller Regen, wo (welch eine Wahl für eine Bigotte wie sie) die Huren halbnackt in rot beleuchteten Schaufenstern saßen —, endlich und für immer seine Ruhe. Wünschte sich, seine alten Knochen im marmornen Gefängnis der Grabstätte der Lameaulnes unter den mitfühlenden *filaos* auszustrecken.
Als die Affäre eine schreckliche Dimension angenommen hatte, da Mira mit ihrem dicken Bauch wieder nach Hause gekommen war, um ihren Platz Vilma, Vilma Ramsaran, zu überlassen, einem Kind, dessen Firmung erst vor ein paar Jahren gefeiert worden war, war der fassungslose Loulou zu der Überzeugung gelangt, daß das allein Paulos Werk war. Er allein war einer derartigen Boshaftigkeit fähig. Er hatte Sylvestre Ramsaran aufgesucht. Er wußte nie, in welchem Ton er mit ihm reden sollte. Denn wenn sie auch beide gleich vermögend waren, so stammten sie nicht von derselben Rasse ab. Noch vor zwanzig Jahren hätte ein Ramsaran vor einem Lameaulnes den Blick gesenkt. Durch das gleiche väterliche Unglück einander nähergekommen, hatte Loulou ängstlich gefragt: »Was gedenkst du zu tun?«
Sylvestre hatte mit einer Geste der Ohnmacht geantwortet: »Carmélien und Jacques wollen ihn umbringen. Aber ihre Maman fragt sie, was es uns nützt, noch zwei Jungen im Knast zu haben. Da Vilma noch nicht achtzehn ist, könnten wir einen Prozeß anstrengen, aber außer unseren Namen in *France-Antilles* gedruckt zu sehen, werden wir wohl nichts gewinnen.«
»Du unternimmst also nichts?«
Kurz herrschte Schweigen. Dann hatte Sylvestre geheimnisvoll gesagt: »Moïse erzählte, daß er gestohlenes Geld in einem Koffer versteckt.«
Loulou hatte die Schultern gezuckt und war gegangen.
Die Gebirgskette schmückte sich mit dem zarten Grün regen-

loser Tage. Denn die Wasser des Himmels, die mit einer Ausgiebigkeit gefallen waren, daß man Krüge und Fässer damit hätte füllen können, waren für einen Moment ihrer Natur überdrüssig geworden. Zwei Vögel mit granatroten Halskrausen tauchten ihre Schnäbel in Hibiskusblüten. Mutter Sonne wachte über ihr Königreich.

Gedankenverloren war Loulou an Xantippe vorbeigegangen, dem er nicht einen Blick schenkte; dann an zwei Frauen, die der Bus an der Kreuzung abgesetzt hatte und die den steilen Hügel hinaufstiegen. Sie konnten sich ihrer Kommentare nicht enthalten.

»Man kann sagen, was man will, das Unglück ist gerecht! Es überkommt nicht nur die, die arm sind oder schwarz, wie du und ich. Nein! Es schlägt rechts und links zu. Mulatten, Mestizen und, wie ich gehört habe, sogar die Weißen werden von ihm betroffen! Dieser Mann ging aufrecht, so aufrecht. Man hätte niemals geglaubt, daß er sich eines Tages wie jeder in ein Erdloch zum Schlafen legen würde. Schau ihn dir doch an!«

Und es stimmte, Loulou war alt geworden. Ihm fehlten nur noch die geröteten Augen und eine Pfeife zwischen schwärzlichen Zahnstummeln, um wie ein Greis auszusehen.

Loulou suchte mit dem Blick einen Stuhl, und mit einem einzigen Stirnrunzeln scheuchte er den armen Sonny auf, der sich jetzt beruhigt hatte und mit rhythmischen Seufzern das Psalmodieren der Frauen begleitete.

»Es gibt eine Zeit für alles; es gibt unter der Sonne einen Augenblick für jedes Ding. Es gibt eine Zeit zum Geborenwerden und eine Zeit zum Sterben...«

Er nahm aus der Hand von Mademoiselle Léocadie Timothée ein Glas Rum, die sich humpelnd erhoben hatte – ihr Kopf wackelte ob ihres hohen Alters, und ihr Mund murmelte Gebete – und trotz ihrer Beschwerden noch die anderen bediente.

Sylvestre Ramsaran

»Carmélien und Jacques wollten ihn umbringen. Rosa hat geweint und gesagt, es nütze nichts, wenn noch zwei Jungen ins Gefängnis müßten. Schließlich hat sie recht gehabt, denn heute hat Gott Gerechtigkeit geübt.«

Beim Gedanken an diese vom Himmel gefallene Gerechtigkeit, um die er sich nicht hatte kümmern müssen, konnte sich Sylvestre Ramsaran eines kleinen triumphierenden Lächelns nicht enthalten, das am Bett eines Verstorbenen so unpassend war. Aber konnte er einen Schmerz vortäuschen, den er nicht empfand?

Dieses kleine Lächeln entging niemandem und verstärkte die Meinung, die man in Rivière au Sel über ihn hatte: Das Herz von Sylvestre Ramsaran war durch das Geld völlig versteinert. Er hatte nichts von seinem Vater Rodrigues, vor dessen Küche die Bedürftigen zur Essenszeit zweimal am Tag Schlange standen. Denn wenn der Tod erst einmal einen Menschen dahingerafft hat, muß mit dem Groll, den Rachegelüsten Schluß sein. Deshalb dürfte Sylvestre auch nicht öffentlich über Francis Sancher triumphieren. Sylvestre jedoch wußte, was die Leute von ihm dachten, und es machte ihm nichts aus. Im Gegenteil. Er war glücklich in seinem Mantel aus Büffelhaut! Er hatte Jahre – schwierige Jahre – zu ihrer Herstellung gebraucht.

Er hatte angefangen, sie Stück für Stück zusammenzunähen, nach jenem ersten, unheilvollen Besuch im Tempel. Sylvestre war nur der vierte Sohn von Rodrigues Ramsaran. Deshalb interessierte er seinen Vater nicht wirklich. Er lebte ungestört das Leben eines schlechten Schülers, den die Lehrer nur der Form halber befragten und nicht einmal bestraften. Am schulfreien Donnerstag durchstreifte er mit seinen Kameraden die Gegend, schoß mit seiner Schleuder auf Vögel oder pflückte Sträuße wildwachsender Blumen für seine Mutter, die er anbetete. Als er eines Tages aus dem Wald kam, das Gesicht von Mangosaft verschmiert, hatte sein Vater ihn ganz erstaunt betrachtet.

»Danila, wie alt ist der Junge eigentlich?«

Danila, deren rote Hände gerade ein Huhn rupften, hatte schnell nachgerechnet. »Am zweiten September wird er zehn Jahre alt!«

»Zehn Jahre!«

Den folgenden Sonntag hatte ihn Danila auf Befehl hin ganz in Weiß gekleidet, ihm sein dickes schwarzes Haar gescheitelt und ihm stolz ins Ohr geflüstert: »Heute wirst du mit deinem Papa in den Tempel gehen!«

In den Tempel? Dieses Wort rief keine Erinnerung in ihm wach. Sylvestre hatte zwar bemerkt, daß sich im Schlafzimmer seiner Eltern — das er nie betrat — Bilder befanden, die von Girlanden aus bunten kleinen Glühbirnen umgeben waren und die vielarmige Frauen darstellten oder Personen mit Elefantenrüsseln, die auf ihren vorgewölbten Bäuchen ruhten. Das alles ging ihn nichts an und gehörte zu der geheimnisvollen und beunruhigenden Welt der Erwachsenen.

Der Tempel war kümmerlich, eine Hütte, auf die eine rote Fahne montiert war, die regendurchnäßt sich wie ein Lappen um ihren Mast wickelte. Obwohl die feierlichen Mienen um ihn herum erwarten ließen, daß etwas Großes geschehen würde. Bald stieg der Duft von Weihrauch auf, während ein Orchester aus Zimbeln, Becken und Trommeln immer betäubender wirkte. Das alles geschah wie im Traum, und Sylvestre hätte nicht zu sagen gewußt, was ihn am meisten faszinierte: die singenden Priester, der Duft der Blumen oder das Licht der Kerzen. Er, der nichts von der Vergangenheit seines Volkes wußte und dessen Phantasie sich aus diesem Grund nie über die funkelnden Grenzen der Insel emporgeschwungen hatte, fühlte sich auf geheimnisvolle Weise in ein fernes Land — murmelnd, duftend wie das Meer — getragen.

Dann hatten weißgekleidete Knaben störrische, blökende Zicklein hereingeführt. Man hatte sie Weihrauch einatmen lassen. Und plötzlich, mit einem einzigen Schlag, waren sie enthauptet worden. Ihre kleinen Köpfe mit den unschuldigen Augen waren durch die Luft geflogen, während ihr Blut strömte und den Boden überschwemmte. Ein entsetzliches Geheul war erklungen, aber Sylvestre wußte nicht, daß es aus seinem Munde kam, während ein heißer Strom von Urin ihn durchnäßte und seine schönen weißen Hosen beschmutzte.

Von diesem Tag an war Sylvestre zu dem geworden, der-seinem-Vater-Schande-gemacht-hatte. Jedesmal, wenn die Ramsarans zusammenkamen, wärmten sie diese Geschichte wieder auf. Die Münder voll mit einem Currygericht, fügten sie erfundene Einzelheiten hinzu, Halbwahrheiten, so daß Sylvestre schließlich nicht mehr wußte, ob er sich übergeben, uriniert, seinen Darm entleert hatte oder geschrien hatte oder weggelaufen war. Wenn Sylvestre später zu einem glühenden Hindu geworden war, der kein religiöses Fest ausließ und die Köpfe seiner Kinder am Ufer des Flusses Moustique rasierte, dann nur, um diese Bilder auszulöschen. Leider half das alles nicht. Mit wackelndem Kopf wiederholte der über achtzigjährige Rodrigues immer noch: »Er hat mir Schande gemacht!«

Als Sylvestre Ramsaran im Schweiße seines Angesichts mehr Geld, als ihm jemals träumte, zusammengerafft hatte, wollte er mit seiner jungen Frau nach Indien reisen. Nicht in der Gruppe, wie es üblich war. Nur er mit seiner Frau. Sie würden das Flugzeug in Roissy-Charles-de-Gaulle besteigen, und nachdem sie den halben Erdball überflogen hätten, in einem unendlich weiten Land landen, dort wild und ausgedörrt, dort grün und lärmend vom Geschrei der Vögel, willkommen heißend wie eine Mutter, rebellisch wie eine junge Ehefrau. In der Stadt Jaipur streicht der Wind seufzend durch Tausende von Palastfenstern.

Aber Rosa hatte geschmollt. Sie träumte allein von einem Winter in Paris, einer Stadt ohne Charme, wo Sylvestre zweimal gewesen war. So hatte Indien in jener Traumecke Zuflucht gesucht, die nie Wirklichkeit wird.

Sylvestre war seinen Söhnen ein aufmerksamer Vater gewesen, so beschützend, daß er sich um Carmélien bis zu dessen Rückkehr aus Bordeaux Sorgen gemacht hatte, als der Junge dann mit Hosannah Taillefer zusammenlebte, die nicht einen Tropfen indisches Blut in den Adern hat — aber die Zeiten haben sich geändert, sie sind vorbei, wo Inder nur Inderinnen heirateten —; er hatte sich wegen Jacques gequält, der im Gegensatz zu seinem älteren Bruder seinen Samen im Wind verstreute; er hatte Alain versucht zu ändern, der von Natur aus abgrundtief faul war, und Alix verwöhnt, der zufällig an seinem vierzigsten Geburtstag auf die Welt gekommen war. Doch er hatte immer gefunden, daß Vilma zu Rosa gehörte, und sich schüchtern dem Kreis der Frauen ferngehalten. Die Liebe zu seiner Tochter hatte er nur gezeigt, indem er ihr einen Ehemann ausgesucht hatte, Marius Vindrex, Sohn eines Nachbarn und mütterlicherseits reicher Erbe von Ländereien in Dillon und Besitzer des größten Sägewerks in der Region. Denn auf dem Guadeloupe von heute zählt nicht mehr die Hautfarbe, oder nicht mehr ausschließlich, noch die Ausbildung. Es waren unsere Väter, die sich abrackerten, um an ihre Wände Diplome zu hängen, auf die jetzt Fliegen scheißen. Heute sitzen die Studenten vor ihren Türen und warten auf ihre Schecks vom Arbeitsamt.

Nein, was zählt, ist Geld, und Vilma würde so viel davon haben, daß sie es verkaufen könnte. Marius hatte schon ein Stück Land in Sainte-Anne gekauft und plante, dort ein Touristendorf bauen zu lassen.
Sylvestre verstand nicht, warum dieses Kind, das ihm mit gesenktem Blick nie etwas anderes als: »Ja, Papa!« gesagt hatte, revoltiert hatte, indem sie sich einen Fremden, faul, halb verrückt und so alt, daß er ihr Vater hätte sein können, gewählt hatte. Was geht in dem Kopf eines jungen Mädchens vor? War sie ihm böse, weil er sie von der Schule genommen hatte? Wollte sie ihn bestrafen, indem sie seinen Namen beschmutzte?
Bis zu dem Zeitpunkt, wo Francis Sancher seine Tochter verführte, hatte Sylvestre nicht einen Gedanken an ihn verschwendet. Er hatte ganz andere Sorgen im Kopf! Zu Beginn des Jahres hatte ein tropisches Unwetter seine Bananenstauden zerstört. Unglück über Unglück! Tonnenweise Verluste, und was die Entschädigung betraf, so schwieg Präfekt Diablotin wie ein Grab. Dann war seine experimentelle Limonenpflanzung von einer Krankheit befallen worden. Diese neuen Kulturen waren genauso zart und zerbrechlich wie junge Mädchen, und alle beklagten immer wieder die gute alte Zeit des Zuckerrohrs, wo, ganz gleich, ob das Jahr gut oder schlecht war, vollgefüllte Karren zur Fabrik rumpelten. Nur ungern hatte Sylvestre das Zuckerrohr aufgegeben. Aber man muß mit der Zeit gehen!
Ohne Zweifel, mit dem Zuckerrohr war etwas im Land gestorben! Aber wie sollte man es nennen?
Sylvestre erinnerte sich, wie er noch für seinen Vater jeden Landarbeiter Woche für Woche auszahlte, indem er jeden Namen aufrief.
»Louis Albert!«
»Louison Fils-Aimé!«
Wie er ihnen bei der Unterschrift die steifen, ungeschickten

Finger führte. Wie er mit der Peitsche über den Köpfen der Ochsen knallte, die seinen Karren zogen. Heutzutage ging alles elektronisch, und Carmélien sprach ernsthaft darüber, für seinen Handel mit den Krebsen einen Computer zu kaufen!
Nein, er hatte kaum einen Gedanken an Francis Sancher verschwendet! Eines Tages war er zu *Chez Christian* gegangen, was selten vorkam, da er die Säufer-ohne-Durst nicht leiden konnte, die hier von morgens bis abends tranken, und er hatte ihn an der Theke stehen sehen. Selbst wenn er um fünf Uhr nachmittags betrunken war, merkte man doch sofort, daß er ein Mann von Bildung und guter Erziehung war, der nichts mit diesen Erdärschen um ihn herum gemein hatte. Er grölte irgendein Gedicht.
»Jeden Sommer kehre ich wieder, mit einem grünen und geschwätzigen Vogel auf der Faust...«
Und die Männer lachten hinter seinem Rücken und tippten auf bedeutungsvolle Weise an ihre Stirnen. Vor einiger Zeit hatte Sylvestre von Miras Vergewaltigung gehört und sich ohne Mitleid innerlich gesagt, daß sie, weil sie immer an der Ravine herumstrolchte, wohl gefunden hätte, was sie dort suchte. Welch ein Unglück! Er wußte nicht, daß der Morgen ein häßlicheres Gesicht haben würde und daß seine Tochter, seine eigene Tochter... Eine Welle des Zorns überkam ihn. Was sollte er mit dem Kind ohne Vater machen, das bald die Augen öffnen würde? Was sollte er aus Vilmas geplünderter Jugend machen?
Er drehte sich nach ihr um, sah ihr vom Weinen zerstörtes Gesicht, und sein Blick kreuzte sich mit dem Rosas, seiner Frau, deren Augen immer feindlich, immer beschuldigend blickten und ihre zur Schau gestellte Friedfertigkeit Lügen straften. Was konnte Rosa ihm denn vorwerfen? Während ihres fast dreißigjährigen Zusammenlebens hatte Sylvestre ihr gemeinsames Bett — obwohl sie ihn nicht gern darin willkommen hieß — nur einmal verlassen. Ach, Céleste Rigaud! Noch auf seinem

Sterbebett würde er sich an den Meeresgeruch ihrer Schenkel erinnern. Bei diesem Gedanken mußte er lächeln, und die Trauernden tauschten schockierte Blicke. Vergaß Sylvestre Ramsaran denn, wo er sich befand und das, was sich im Bauch seiner Tochter bewegte?

Léocadie Timothée

Dieser Tote da gehört mir. Es war kein Zufall, daß ich ihn gefunden habe, das Gesicht schon gedunsen, auf dem Weg, zu der Stunde, als der Himmel hinter dem Gebirge blutete. Ich bin seine Geliebte und seine Komplizin geworden. Ich werde ihn erst verlassen, wenn die Schaufeln Erde hohl auf das Holz seines Sarges fallen.

Und dennoch, zu seinen Lebzeiten trug ich ihn nicht in meinem Herzen, diesen Mann; ich stimmte mit jenen überein, die dem Bürgermeister einen eingeschriebenen Brief schicken wollten, damit man ihn wie die Haitianer und Dominikaner des Landes verweist, die die Fußballplätze von Petit Bourg in Kricketplätze verwandeln. Wahrhaftig, dieses Land wird versteigert. Heutzutage gehört es jedem. Parisern, allen möglichen Weißen aus Kanada oder Italien, Vietnamesen und dann noch dem da, der sich unter uns häuslich niedergelassen hat. Ja, unser Land hat sich verändert, das kann ich Ihnen sagen. Früher kannten wir die Welt nicht, und die Welt kannte uns nicht. Kühne Männer trotzten dem Meer und fuhren bis Martinique. Fort-de-France war am anderen Ende der Welt, und wir träumten vom gelben Gold Guayanas. Heute gibt es nicht eine Familie, die nicht Verwandte in der Metropole Paris hat. Die Leute fahren nach Afrika und Amerika. Die Inder kehren zum Bad in ihren heiligen Fluß zurück, und die Erde ist so winzig wie ein Stecknadelkopf.

Ich war die erste Lehrerin hier in Rivière au Sel. Damals bestand die Schule aus einer einzigen Klasse. Das war 1920, ich war zwanzig Jahre alt. Damals beschäftigte die Fabrik Farjol noch etwa tausend Männer, die in Negerhütten lebten, rings um das Haus des Verwalters verstreut; dies war das einzige, wo die elektrische Sonne an- und ausging. Jeden Tag stießen die Schornsteine Rauchwolken in die Luft, höher als die größten Mangobäume und schwarz wie Teer, die den Himmel verschmutzten. Die Luft roch nach ausgepreßten Zuckerrohrstengeln. Meine Schüler, mit Haaren wie der Samen des roten Pfeffers, schwarz wie das Elend ihrer Eltern, banden ihre Schuhe an den Schnürsenkeln zusammen und trugen sie so vorsichtig über der Schulter. Es gab keine Kantine, deshalb aßen sie mittags im Schulhof ihr Maniokmehl und ihre sauren Heringe. Ich bewohnte vier Zimmer, und da ich vorher nie das Haus meiner Mutter verlassen und allein in einem Bett geschlafen hatte, fern von der Wärme des Körpers meiner Schwester, hielten mich die galoppierenden Pferde der Nacht bis zum Morgengrauen wach mit ihrem Wiehern und dem Lärm ihrer beschlagenen Hufe.

Donnerstags, an meinem freien Tag, spazierte ich über den mit Muscheln übersäten Strand von Viard. Ich konnte nicht schwimmen. Deshalb blieb ich weit vom Meer weg, das mich mit der Stimme einer verrückten Frau rief: »Komm näher, ganz nahe. Zieh deine Kleider aus. Tauch in mich ein. Laß mich dich umspülen, umarmen, deinen Körper mit meinen Algen reiben. Weißt du nicht, daß ich dich geboren habe? Weißt du nicht, daß du mich in dir trägst? Ohne mich würdest du nicht leben.«

Einmal bin ich auf einen Mann und eine Frau gestoßen, die sich unter einem Mandelbaum liebten. Sie genierten sich nicht und riefen mir derart obszöne Worte zu, daß ich weglief. Sonntags ging ich in die Messe in Petit Bourg. Die überfüllte Kirche roch nach Schweiß, Kölnisch Wasser und Weihrauch. In respektvoller Entfernung vom Tabernakel unterhielten sich die Männer über den Niedergang des Zuckerrohrs. Gläubige Frauen lobten Gott, und Chorknaben, überdies kleine Teufel, sangen mit ihren engelhaften Stimmen. Ich schlug mir auf die mit blauem Serge bedeckte Brust, und ich schluchzte beim Agnus Dei wegen all der Sünden, die andere für mich begangen hatten.

Warum hatte ich beschlossen, mich mit zwanzig in diesem Loch zu vergraben? Weil ich für meine Rasse arbeiten wollte. Mein Vater gehörte der Partei von Monsieur Légitimus an, er wurde in einer Hütte auf Marie-Galante geboren. Mit fünfzehn mußte er bei einem Schreiner in die Lehre gehen, deshalb konnte er nicht weiter aufs Gymnasium gehen wie andere Kinder, die das Elend ihrer Eltern nicht mehr ertragen konnten. Später wurde er die rechte Hand dieses Vorkämpfers für die Freiheit und ritt auf dem Rücken eines Pferdes über die Grande-Terre, um den trägen Geist der Neger wachzurütteln. So hätte er fast vor einer Fabrik, zu Unrecht Bonne-Mère (gute Mutter) genannt, den Tod gefunden. Er hat mich in seinem Geist erzogen.

Aber in Rivière au Sel begriffen die Leute nichts. Die Eltern meiner Schüler verstanden nicht, aus welchem Grund ihre Kinder Zeit mit mir verschwenden sollten. Die Jungen behielten sie zu Hause, damit sie die Ochsen zur Tränke führten, Zuckerrohr schnitten oder beim Schweineschlachten halfen. Die Mädchen brauchten sie Tag und Nacht.

Wenn ich ihnen begegnete, murmelten sie Worte, deren Bedeutung mir an ihren Mienen klar wurde. Ich habe Zeit gebraucht, um den Grund ihres Verhaltens zu verstehen. Unsere Haut hatte dieselbe Farbe. Unser Haar dieselbe Struktur. Und trotzdem lebte ich im Überfluß in einem Haus mit Veranda und Dachkammer. Ich ließ meinen Fisch von einem Dienstmädchen schuppen, das mir zwei Mahlzeiten am Tag servierte. In ihren Augen war ich eine Verräterin! Ich litt unter dieser Iso-

lation, denn ich wollte, daß man mich liebte, mich. Ich wußte nicht, daß der Neger den Neger nicht liebt.
Im Laufe der Jahre verhärtete sich mein Herz. Ich rächte mich an den Kindern. Ich befahl ihnen, sich mitten auf den Schulhof zu knien, wo die Sonne wie ein Messer zwischen ihre Schulterblätter schnitt und salziger Schweiß von ihren Stirnen rann. Ich befahl ihnen, bis zur Heiserkeit das kleine Einmaleins aufzusagen und Seiten über Seiten abzuschreiben. Ich ließ sie nicht vor der schwarzen Nacht gehen und war glücklich, wenn sie vor Angst vor den Geistern taumelten, die der Wald ausspeit.
Nach fünf Jahren kam ein Weißer aus Frankreich, um mich zu prüfen, und er rief erfreut: »Mademoiselle Léocadie! Sie haben Wunder vollbracht!«
Und mit neununddreißig Jahren bin ich Direktorin einer Schule mit vier Klassen geworden. Meine Mutter hat vor Freude geweint.
Damals hat sich mein ganzes Leben verändert. Man schrieb das Jahr 1939. Die Leute sagten, daß Deutschland Frankreich den Krieg erklären würde. Manche Leute legten Vorräte von gesalzenem Fleisch an, andere Kabeljau, wieder andere Mehl und behaupteten, daß es bald an allem mangeln würde. Ich, ich hatte meine eigenen Sorgen. Ich sah meine Jugend schwinden. Wie sie vergangen war! Sie war wie eine Kerze vor dem Altar der Heiligen Jungfrau geschmolzen, und nichts als eine kleine lauwarme Lache geschmolzener Träume war übriggeblieben. Lange hatte ich gehofft, daß ein Mann mich bei der täglichen und nächtlichen Wache vor meiner Einsamkeit ablösen würde. Und dann war auch diese Hoffnung gestorben.
Zum Schulbeginn im Oktober wurde Déodat Timodent aus Moule hierher strafversetzt. Im ganzen Land kannte man seinen Namen, denn er hatte einen Artikel in *La Voix du Peuple* veröffentlicht, in dem er behauptete, daß der Schulunterricht uns nicht gemäß sei, da wir keine Nachkommen der Gallier wä-

ren. Doch jetzt warf die Behörde ihm weit schwerwiegendere Dinge vor. In einem Lagerhaus am Hafen war er mit vier guten Freunden zusammengetroffen, einem Schuster, einem Zimmermann, einem Lehrer und einem Arzt, der Mulatte war, und hatte mit ihnen über den Kommunismus diskutiert. Damals herrschte die Meinung, der Kommunismus sei eine gefährliche Doktrin, daher war er verboten. Heute ist jeder Kommunist oder Liberaler.

Déodat Timodent war ein roter Neger, nicht sehr groß, nicht sehr kräftig, nicht sehr elegant in seinem weißen, zerknitterten Anzug und Tropenhelm; seine Erscheinung war nicht besonders bemerkenswert. Doch als er mich mit seinen strahlenden Augen angeblickt hatte, bewegte sich etwas im Schatten meines Körpers. Er stellte sich mir respektvoll vor und zog in ein kleines Haus, ganz in meine Nähe. Bald klatschten in Rivière au Sel alle über ihn. Jeden Samstag wurde in seinem kleinen Salon Biguine, Mazurka, Polka getanzt. Frauen, Männer kamen aus La Pointe, und die Nächte vibrierten von ihrem Lachen. Ich krümmte mich auf meinem Bett zusammen und gab mir Mühe, nichts zu hören. Sonntag morgens, wenn ich nach Petit Bourg ging, kam ich an seiner geschlossenen Tür vorbei, die die Sünder bewachte, schuldiger in ihrem Schlaf als während ihres Bacchanals am vergangenen Abend.

Wenn ich am frühen Nachmittag wiederkam, saßen Negerinnen in Unterröcken aus Satin in Schaukelstühlen und kämmten sich wollüstig ihre Haare, während sie sich wiegten. Mich redete Déodat Timodent immer nur mit einem: »Mademoiselle la Directrice«, an, ohne mir ein Lächeln zu schenken. War ich in seinen Augen keine Frau? Bis dahin hatte ich niemals wirklich auf das Gesicht noch auf den Körper geachtet, die Gott mir geschenkt hatte. Mir hatte meine Intelligenz gereicht, mit der ich es von dem Stehausschank meiner Eltern bis zur Lehrerin, dann zur Schuldirektorin gebracht hatte. Trotzdem spürte ich

genau, daß für Déodat Timodent dieses Gepäck nicht schwer wog. Eines Tages, müde dieses ganzen Respekts, stellte ich mich vor einen Spiegel und betrachtete mich prüfend.
Was sah ich?
Eine tiefschwarze Negerin, deren fettige Haut wegen der Hitze glänzte. Ein Gesicht mit gierigen und gleichzeitig traurigen Augen, hohle Wangen und einen zusammengepreßten Fischmund, der zweiunddreißig unregelmäßige, wenngleich sehr weiße Zähne verbarg. Eine dicke, gekräuselte Haarmähne über einer gewölbten Stirn. Eine Figur flach wie ein Brett, ohne Busen und Hintern. Überhaupt keine Anmut. Überhaupt keinen Charme. Das war ich. Ja, das war mein Körper. Das war das Gefängnis, in dem ich zu leben verurteilt war. Von diesem Tag an wurde ich verbittert. Ich zürnte der ganzen Welt, vor allem meinen Eltern, die glaubten, man könnte unsere Rasse verbessern, indem man sie unterrichtet, ihre Schädel mit Lektionen über lokale Geschichte und Geographie vollstopft! Mir hätte schon ein wenig Schönheit gereicht. Oder in Ermangelung dessen eine helle Haut, was bei uns dasselbe ist.
Die Konsequenz meines neuen Seelenzustandes bestand darin, daß meine Liste bestrafter Schüler wuchs und ebenso die Zahl derer, die erfolgreich die Schule abschlossen.
Seit vier Jahren lebte Déodat Timodent in Rivière au Sel, vier Jahre stummen Leidens. Sind Männer blind und erkennen die Liebe nicht, die man ihnen entgegenbringt? Jedenfalls erkannten andere sie sehr wohl.
Sie sahen sie, wie sie die Sonne und den Mond sahen, und ganz Rivière au Sel amüsierte sich darüber. Abends setzten sich die Männer vor ihre Hütten und zupften die Saiten ihrer Banjos, während die Frauen zwischen Gelächter sangen:
»Maladie d'amour, maladie de la jeunesse...«
(Liebeskrankheit, Krankheit der Jugend...)
Mein Dienstmädchen, das an dem Komplott beteiligt war,

stellte überall im Haus Vasen mit verblühten Rosen auf — verblüht aus hoffnungsloser Liebe —, während meine Schüler mit roter Kreide auf die Tafel schrieben: »Limbé, limbé.«
An einem schulfreien Donnerstag konnte ich nicht mehr. Ich lief zum Strand von Viard. Das Meer, bösartig an jenem Tag, da es von einem eisigen Wind gepeitscht wurde, schalt mich aus, während es sein Haar aus Schaum in alle Richtungen schüttelte.
»Hör mir gut zu! Warum behältst du dein Hymen? Dann wirst du niemals wissen, daß ein Mann nach der Liebe noch schwerer wiegt. Dann wirst du niemals die Schreie der Lust ausstoßen. Wenn du diesen Déodat willst, geh und nimm ihn dir!«
Voller neuer Energie ging ich wieder nach Rivière au Sel; der Schweiß der Entschlossenheit lief mir den Rücken hinunter. Déodat Timodent wohnte dem jetzigen Forsthaus gegenüber, wo heute Dodose und Emmanuel Pélagie mit ihrem bedauernswerten Sohn leben. Im Vorgarten wuchs ein blaßrosa Hibiskusstrauch, und es gab eine Maracujalaube. Ich stieß das Tor auf und betrat die Veranda wie ein Wirbelsturm, der über dem Atlantik Kraft gesammelt hat und jetzt seine größte Stärke entwickelt. Déodat kam sofort aus seinem Haus. Er trug eine kleine gelbe Unterhose, die über diesen unbekannten Tiefen halb offenstand, und ich konnte den Körper bewundern, diesen Männerkörper, der mir, wie allen Frauen, vom ersten Schöpfungstag an versprochen war, doch den ich nie in Besitz genommen hatte. Seine geschwollenen Bizeps, die Brustmuskeln über einem flachen Bauch, von schwarzem gelocktem Haar bedeckt, das zum Nabel hin dichter wurde, Taille und Hüften schmal, die Beine wundervolle Säulen, und die Region, die im Moment meinen Blicken verborgen war, doch deren Weiche und auch feste Macht ich unter der Schwellung ahnte. Mir war, als würden mir die Sinne schwinden; vor Erwartung war ich einer Ohnmacht nahe. Da sprach Déodat:

»Mademoiselle la Directrice, ich muß mich entschuldigen. Morgen habe ich meine Hefte fertigkorrigiert. Morgen.«
Meine Augen wanderten von seinem Körper zu seinem Gesicht. Sein Mund zitterte, in seinen Augen stand Entsetzen. Er hatte Angst. Ja, er hatte vor mir Angst. Gerade hatte ich mich ihm mit allem, was ich besaß, angeboten, mit meiner Schule und den akademischen Auszeichnungen, die mir der Gouverneur im letzten Jahr verliehen hatte. Und er hatte Angst. Er mißverstand mein Schweigen und wiederholte: »Ich verspreche es Ihnen, Mademoiselle la Directrice. Ich schwöre es!«
Alle Worte, die ich vorbereitet hatte, erstarben in meiner Kehle. Mein Blut wurde eiskalt. Ich konnte ihm nur den Rücken zuwenden, um das Salzwasser in meinen Augen vor ihm zu verbergen, und ich zog mich so schnell zurück, wie ich gekommen war. Zu Hause warf ich mich auf mein Bett und fing an zu weinen. Ich weinte von morgens bis abends. Ich sah nicht die Nacht über Rivière au Sel wie ein böses Ende hereinbrechen. Mir schien, daß mein Leben sehr wohl jetzt aufhören könnte, da Déodat Timodent mir nicht gehören würde.
Als ich am nächsten Morgen erwachte, betrachtete ich mich im Spiegel, und ich sah mich noch häßlicher, mit einem Gesichtsausdruck, den ich nicht an mir kannte: einer bösen und harten Ausstrahlung, verschlossen wie eine Gefängnistür. Ich begriff, daß ich eine andere Frau geworden war. Ohne Liebe verhärtet sich das Herz der Frauen. Es wird zu einer verödeten Savanne, wo nur Kakteen wachsen. Von diesem Tag an wurden noch schrecklichere Geschichten über mich verbreitet. Die Leute sagten, daß ich zaubern könnte. Sie nannten mich ganz offen »alte Hexe«, »vié Satan«.
Es herrschte Krieg. Da ich ein Stück Land besaß, das die Schüler am Donnerstag- und Samstagnachmittag bearbeiteten, litt ich keinen großen Mangel. Ich hatte Brotfrüchte, Jamswurzeln, Bohnen und Erbsen. Ein Karnickelpaar warf Junge.

Meine Hennen legten Eier, so groß wie die Faust. Was das Übrige betraf, wußte ich mir zu helfen. Ich nähte meine Kleider aus dem Stoff von Mehlsäcken und schnitt mir Sandalen aus alten Autoreifen zu. Ach nein, elegant war ich nicht! Die Leute hatten schon recht, wenn sie hinter meinem Rücken lachten, aber das war mir egal.

Eines Nachmittags, es war an einem Dienstag, daran werde ich mich bis zur Stunde meines Todes erinnern, lehrte ich meine Schüler ein Gedicht von Dominique Guesde, das ich aus *La Guadeloupe Pittoresque* ausgeschnitten hatte, denn ich fand es seltsam, daß man die kleinen Guadeloupianer nicht über ihre Insel unterrichtete.

»Guadeloupe! Ton ciel resplendit sur nos têtes
De son bleu lumineux très doux et très profond;
Comme un flot colossal qui monte à l'horizon
Ta montagne est plus bleue encore dans tes crêtes.«

»Guadeloupe! Dein Himmel erstrahlt über unseren Köpfen
Mit seinem so weichen und tiefen leuchtenden Blau;
Wie eine riesige Woge, die zum Horizont emporsteigt
Sind deine Berge noch blauer auf ihren Kämmen.«

Plötzlich hörte ich auf dem Schulhof Lärm und sah eine Reihe bewaffneter Gendarmen aufmarschieren. Déodat Timodent hatte sie ebenfalls gesehen und lief wie ein Verrückter aus seinem Klassenzimmer. Doch nicht schnell genug! Die Gendarmen ergriffen ihn, legten ihm Handschellen an und zerrten ihn nach draußen in die Sonne, wo er tobte und schimpfte. Wie es hieß, hatte er Transporte nach Dominique für Männer organisiert, die sich den Dissidenten anschließen und dem General de Gaulle helfen wollten. Erst nach dem Weggang Sorins wurde Déodat Timodent befreit. Die Leute feierten ihn als

Held. Danach wurde er Politiker und war zwei oder drei Legislaturperioden kommunistischer Abgeordneter. Ich, ich habe ihn nie wiedergesehen.

Das ist die einzige Liebesgeschichte, über die ich reden kann. Seit jener Zeit ist das Alter schweigend über mich gekommen. Jahr häufte sich auf Jahr. Mein Herz, mein Körper haben vergessen, daß sie einer Lebenden gehören, und ich gab mich damit zufrieden, die rebellische Erde des Unterrichts umzugraben. Aus dieser kleinen unscheinbaren Dorfschule – grün und rosa gestrichen, wo im engen Schulhof zwei schöne Mangobäume wachsen, deren Früchte die frechsten Schüler mit Schleudern herunterschossen –, ist ein Kardiologe hervorgegangen, der unserer Rasse zur Ehre gereicht, und der Direktor des Gymnasiums Gerville-Réache in Basse-Terre.

Die Lameaulnes und Loulou wie die anderen haben sich immer geweigert, ihre Kinder dorthin zu schicken. Es schickt sich nicht, daß sie zusammen mit kleinen Negern, den Kindern der Unglücklichen, Lesen und Schreiben lernen. Obwohl ich, das können Sie mir glauben, wäre Mira mir anvertraut worden, etwas aus ihr gemacht hätte, denn ich konnte Felsen zum Bluten bringen. Sie wäre nicht ungebildet, ohne das Zeug, ihr Kind erziehen zu können, das vaterlos ist. Wie ich gehört habe, will Loulou das Kind nicht sehen und sagt, es müsse der Fürsorge übergeben werden. Wenn das nicht eine Schande ist! Ein Kind müßte immer als das schönste Geschenk Gottes angesehen werden!

Ach, er hat viel Böses getan, dieser Francis Sancher, ehe er den Weg des ewigen Lebens gegangen ist.

Zu seinen Lebzeiten bin ich ihm nur einmal begegnet! Das hat mir gereicht! Um meine alten Knochen vom Rost zu befreien, mache ich jeden Morgen und jeden Abend einen Spaziergang, abends einen längeren. Morgens schleppe ich meinen Körper bis zur Pépinière Lameaulnes, manchmal mache ich einen kleinen Umweg über den Weg Côte de Fer. Ich atme den Duft des Taus ein, ich beobachte die Sonne, zuerst noch schläfrig und faul, wie sie Kraft gewinnt und am Himmel emporsteigt, ich pflücke Blätter vom wildwachsenden Eisenkraut für meinen Tee am Abend. Manchmal treffe ich Man Sonson, die wie ich schon im Morgengrauen auf ist, und wir halten ein Schwätzchen.

So habe ich eines Tages, eines Morgens, Francis Sancher getroffen. Ich hatte die Straße verlassen und war ins Unterholz eingedrungen, nachdem ich an einem Feld mit Jamswurzeln entlanggegangen war. Sie gediehen prächtig, diese Jamswurzeln! Ihre Blätter glänzten, als hätte man sie lackiert. Ihre Blütenblätter rollten sich graziös um ihre Stengel.

Oh, ich hatte schon von ihm gehört, bis in alle Einzelheiten. Aber ich hatte ihn nie mit eigenen Augen gesehen, diesen Mann, der Rivière au Sel in Aufruhr versetzte. Doch ich war mir nicht eine Sekunde im ungewissen. Ein dunkelhäutiger Mulatte, kräftig, das Haar zu grau für sein Gesicht, das von keiner Falte gezeichnet war, saß auf einem Baumstumpf am Anfang des Pfades und schien so fern, fern der Welt der Lebenden. Neugierig ging ich näher, um ihn zu betrachten, weil ich mir eine Meinung über ihn bilden wollte, als ich fehltrat und drei Steine sich lösten, die fortrollten und vor einem Stubben liegenblieben. Bei dem Geräusch hob er den Kopf, sah mich und sprang auf. Ein irres Entsetzen verzerrte seine Züge, vergrößerte seine Augen. Er hatte Angst. Vor mir. Ich ging auf ihn zu und schrie: »Ich heiße Léocadie Timothée. Ich wohne in den Trois Chemins, in der Nähe der Hügelkuppe.«

Aber er fing an zu laufen, rannte, ehe er in der Dunkelheit zwischen den Bäumen verschwand, und ich blieb da stehen, die Hand auf meinem Mund, der den vergessenen Geschmack alten Leids wiederfand. Es ist wahr. Ich hatte vergessen, daß ich eine Vogelscheuche war, die Männer, die Liebe und das Glück in die Flucht schlug. Sie würden sich nie mehr auf meine Äste setzen. Ich bin nach Hause gegangen, ich habe meine Einsamkeit eingeschlossen, und ich habe alle Tränen aus meinem Körper geweint, ich habe so geweint wie seit fünfzig Jahren nicht mehr. Mir ist bewußt geworden, daß mein Herz eine zarte Zwiebel geblieben war, die aus Häuten besteht, die ich zäh geglaubt hatte, die sich aber leicht vom Messer des Leidens durchdringen lassen.

Ich habe Francis Sancher nie wiedergesehen. Ich habe gehört, daß er seine Missetaten fortsetzte und dieses Mal sein Auge auf die unschuldige Vilma geworfen hatte, die ich damals in Rosas Bauch wachsen gesehen hatte, der von Monat zu Monat dicker wurde, die trotz allen guten Zuredens nicht aufhörte, ihre kleine Shireen zu beweinen, die ein paar Monate zuvor gestorben war, ehe sie in unsere freudlose Welt gekommen war, an einem Junimorgen, als Sylvestre in Moule Ochsen gekauft hatte, weshalb er seine Tochter erst sah, als sie zwei Tage alt war. Ich will es Ihnen nicht verbergen, ich habe diesem Mann, der gekommen war, das Unglück bei uns zu pflanzen, viel Böses gewünscht, und ich glaube, daß Gott mich dieses eine Mal erhört hat. Ich zwinge mich vergeblich, ich kann nicht behaupten, etwas anderes als dieses egoistische Gefühl zu empfinden, das der Anblick eines Toten auslöst: die Angst vor dem morgigen Tag. Es fehlt nur wenig, und ich setze mich ins Nebenzimmer oder auf die Veranda, wo jene sitzen, die nicht so tun, als ob sie trauerten, die betrachten, wieviel Rum noch in den Flaschen ist, und die ihre Teller mit der fetten Suppe essen, während sie Cyrille »yé krik, yé krak« schreien hören.

Cyrille, der Märchenerzähler

»Yé krik, yé krak!
Mesdames, Messieurs, ich wünsche Ihnen einen guten Abend; ich wünsche Ihnen von ganzem Herzen einen guten Abend. Guten Abend, alle miteinander! Ich, der hier vor Ihnen steht wie eine Marionette, die man zum Karneval in den Straßen von La Pointe spazierenführt, bin trotzdem kein gewöhnlicher Neger. Denn das glauben Sie doch, wie? Sie sagen sich: Cyrille ist jetzt fast fünfzig, und alles, was er unter der Sonne sein eigen nennt, ist ein Haus aus Stein, nicht einmal gestrichen, die Regenrinne defekt, und wenn es heftig regnet, platsch, platsch, rinnt der Regen vom Dach. Aber ich will Ihnen etwas erzählen, als ich zwanzig war, hatte ich die Enge dieser Hügel und Berge auf diesem winzigen Stück Erde satt, und ich sagte: ›Auf Wiedersehen!‹ Ich bin nach Marseille gefahren. Dort bin ich an Bord eines Schiffes gegangen, das mich schlingernd übers Meer trug, bis ... bis nach Dakar. In Afrika. Ganz richtig, in Afrika. Und dort, was habe ich dort gesehen, Mesdames, Messieurs? Nicht das, was man sich erzählt. Nackte Neger, die sich gegenseitig auffressen. Nein! Autos der Marke Mercedes-Benz. Kennen Sie die? Fahren davon welche auf unseren Straßen herum? Mit eigenen Standarten in ihren Landesfarben gelb-rot-grün. Präsidentenpaläste mit Präsidenten im Frack. Huren in Seidenkleidern, die gurren: ›Kommst du, chéri?‹; oweh, Papa! Ich wäre gern dageblieben, in Afrika. Aber die Afrikaner haben mir einen Tritt in den Arsch gege-

ben und geschrien: ›Geh wieder nach Hause!‹ Und so stehe ich wieder vor Ihnen, um Ihnen diese Geschichte zu erzählen, die ich dort gehört habe. ›Eines Tages trafen sich die Hyäne, der Affe und der Löwe ...‹«
Cyrille stand unter der regendurchnäßten Plane und machte seine albernen Scherze, und die Leute lachten schallend. Aber mit dem Herzen war er nicht dabei. Als Alix Ramsaran ihn aufgesucht hatte, um ihm mitzuteilen, daß Francis Sancher hingeschieden war und daß man seine Anwesenheit bei der Totenwache wünsche, stand er gerade mit beiden Füßen in seinem Jamswurzelfeld und war über die Nachricht bestürzt gewesen. Denn erst vor wenigen Tagen, vor nicht einmal einer Woche, hatte er Francis Sancher zufällig getroffen. Sehr früh morgens, auf dem Saint-Charles-Weg, hatte er auf einem Baumstumpf gesessen. Da Cyrille sich nicht um den Klatsch in Rivière au Sel kümmerte und es ihm gleichgültig war, wie viele Mädchenbäuche Francis Sancher hatte schwellen lassen, hatte er ihn höflich gegrüßt.
»Wie geht es dir?«
Der andere hatte das Gesicht verzerrt, als würde eine Kolik in seinen Eingeweiden wüten, und ihm bedeutet, er möge sich neben ihn setzen. Cyrille hatte gehorcht, noch immer aus Höflichkeit, und Francis Sancher hatte eine Flasche Rum von der Insel Marie-Galante hervorgeholt – ein Getränk, das einen schwindelig werden läßt, wenn einem der Kopf nicht fest auf den Schultern sitzt. Cyrille hatte das Angebot abgelehnt. Er gehörte nicht zu jenen, die trinken, sobald sie die Augen öffnen, und Francis Sancher hatte auf die Soufrière gedeutet, zurückhaltend und heiter, einen Schal grauer Wolken um den Hals geknüpft, und gesagt: »Ich möchte, daß er ausbricht, dieser Vulkan! Daß er Feuer und Blut speit! Dann wäre ich nicht der einzige, der gehen muß.«
Cyrille war überrascht und hatte erklärt: »Das ist ein guter

Vulkan, etwas anderes kann man nicht sagen. Zum letztenmal ist er 1976 wütend geworden. Das ist mehr als zehn Jahre her! Aber 1956 haben wir Angst, wirkliche Angst gehabt. Ich war gerade zwanzig geworden. Deshalb glaubte ich noch nicht an den Tod. Eines Morgens habe ich meine Augen geöffnet, und alles war schwarz. Ein Aschenregen war auf die Blumen, Blätter, die angepflockten Tiere in der Savanne gefallen, und die Wasser der Flüsse trauerten. Ah, damals, das war kein Spiel!«
Francis Sancher hatte sich umgeblickt.
»Schau mal, dieses kleine Fleckchen Erde erinnert mich sehr an meine Heimat!«
Cyrille, der neugierig war, denn Neugier ist keine Sünde, hatte flüchtig bemerkt: »Ihre Heimat, das ist Kuba, wie man sagt?«
Aber Francis Sancher hatte den Kopf geschüttelt.
»Nein! Kuba, das ist das Land, das ich für meine Wiedergeburt gewählt hatte. Siehst du, in dieser Hinsicht war ich naiv. Es ist unmöglich. Man wird niemals wiedergeboren. Man kommt niemals zweimal aus dem Bauch seiner Mutter. Man kann ihr nicht sagen: ›Es hat nicht geklappt, nimm mich zurück!‹ Wenn man erst einmal auf den Füßen steht, muß man bis zum Ende gehen, bis ins Grab. Ich bin soviel marschiert, daß ich müde bin! Dieser Marathonlauf hat schon vor langer Zeit begonnen. Es scheint, daß mein Ur-Urahn, ein gewisser François-Désiré — der erste dieses unglückseligen Geschlechts, das ich zum Erlöschen bringen wollte —, ein Franzose war, Sohn einer noblen Familie, der nach seinem ersten Verbrechen über das Meer geflohen ist und seine Verderbtheit auf diese Inseln gepflanzt hat.«
Cyrille, der von diesem Wortschwall benebelt war, wollte zeigen, daß auch er der Sprache mächtig war, und es gelang ihm anzubringen: »Meine Familie hat seit der ersten, allerersten Reise dieses Land nie mehr verlassen. Wie ein Felsen in der

Erde ist sie hiergeblieben. Sie ist nicht einmal zu dieser flachen Insel gereist, die man bei schönem Wetter da drüben sehen kann: Marie-Galante! Ich, ich bin nur bis zur gegenüberliegenden Küste gekommen, bis Deshaies. Man hatte mich wegen der Totenwache für Zéphyr, einen Meistermärchenerzähler, kommen lassen, der, unter uns gesagt, zu sehr an der Flasche hing. Nicht, daß ich den Rum nicht schätze! Er muß fließen, damit Kerzen leuchten und weinende Frauen beten können. Unsere Vorfahren sagten: ›Wenn es keinen Rum gibt, gibt es auch keine Gebete.‹ Verstehen Sie? Aber zuviel ist zuviel. Und eines Tages ist Zéphyr auf seinem Feld umgefallen. Tot.«
Francis Sancher hatte von dem Schweigen profitiert, das nach dem Wort »tot« herrschte, und weitergesprochen.
»Das ist doch seltsam, wie? In dem Moment, wo ich ihm begegnen muß, würde ich ihn gern um Aufschub bitten, ein paar Tage, ein paar Wochen, ein paar Monate. Dieser niederträchtige Halunke hat mich nicht eine einzige Minute in Ruhe gelassen. Er hat mich gebeutelt, mich ohne Musik tanzen lassen, und ich merke zu dieser Stunde, daß ich noch immer nach seinem Takt marschiere. Dagegen kann man leider nichts machen; mir bleiben nur noch ein paar Tage.«
Ein paar Tage?
Im Augenblick hatte Cyrille diesen Worten nicht viel Bedeutung beigemessen. Wenn jemand vor Gesundheit strotzte, dann war es Francis Sancher, mit seinem tiefsitzenden Strohhut und den gut gebügelten Kleidern, die bewiesen, daß eine Frau in seinem Haus lebte. Übrigens hatte er ihn schnell vergessen. Er hatte Xantippe mit seinem Gesicht eines Verrückten getroffen, der so tat, als würde er Kaninchenfutter suchen, und hatte sich in seinem tiefsten Inneren gesagt, daß man ihn im Auge behalten müsse, diesen Vagabunden, der als harmlos galt, aber dessen Blick einem Schauder über den Rücken jagte. Gott sei gedankt, in Rivière au Sel gab es diese Verbrechen,

wie sie im übrigen Land passierten, nicht: Diebstähle, Vergewaltigungen und Morde! Wohin sollte das noch führen? Hatte er nicht in seiner Zeitung *France-Antilles* gelesen, daß drei Jugendliche eine Tankstelle in Moule überfallen hatten? Wieder zu Hause, hatte er sich von Sandra, seiner Frau, beschimpfen lassen müssen, weil er so lange gebraucht hatte, um ihr ein paar armselige Kräuter zu pflücken.

Nichtsdestoweniger, als Alix gekommen war, ihn zu holen, hatte er sich an diese Begegnung erinnert, und ihm war klargeworden, daß dieser geschwätzige und ziemlich heitere Mann ihn erwartete, seinen Tod. Und daß er vielleicht der letzte gewesen war, der ihn lebend gesehen hatte. Denn Mademoiselle Léocadie Timothée war am Ende des Saint-Charles-Wegs über seinen Leichnam gestolpert, nur zwei Schritte von einem Bambuswäldchen entfernt, das früher die Krebsfischer zu zertrampeln pflegten, das heute aber wieder prächtig gedieh.

Ja, es war der Tod, den er erwartete, als er auf diesem moosbewachsenen Baumstumpf saß, während eine Ameisenkolonie unermüdlich und fieberhaft zwischen seinen Füßen geschäftig umhereilte. Wie hatte diese Begegnung stattgefunden? Hatte er den Schritt des Todes über das nasse Gras schlurfen gehört? War er urplötzlich zwischen den Blüten des indischen Blumenrohrs aufgetaucht? Hatte er dagestanden, gegen einen Vogelkirschbaum gelehnt, und hatte er mit dem trockenen Husten eines starken Rauchers auf sich aufmerksam gemacht? Cyrille, Märchenerzähler von unbestrittener Reputation, um den man sich von Petit Bourg bis nach Vieux Habitants riß, hatte mehr als einen Toten gesehen! Fette, spindeldürre, kurze, lange, rote, schwarze, fast weiße, alle gleich in der Kälte ihrer Leichenstarre. Trotzdem hatte er noch nie den Tod persönlich getroffen. Den Tod. Seltsamerweise stellte er ihn sich wie eine Negerin mit Perlenzähnen vor, die zwischen ihren vollen Lippen schimmern, eine Negerin Black Beauty, mit einem aufreizenden Gang, die das Feuer in den Lenden der Männer entfacht. Oder wie Mira, diese hellhäutige Negerin, die einen Weihwasserkessel zum Kochen bringen konnte.

Denn wenn er häßlich sein sollte, so häßlich, daß er angst macht, der Tod, warum folgten ihm dann alle? Alle, ohne Ausnahme. Francis Sancher hatte ihn erwartet. Und wenn er, Cyrille, in der Nähe geblieben wäre, hätte er ihn auch gesehen, und dann hätte man zwei Kadaver im Schlamm gefunden. Bei diesem Gedanken fing Cyrille an, mit den Zähnen zu klappern, und er stammelte: »Also-es-handelte-sich-um-ein-junges-Mädchen-sie-war-sehr-kokett-sie-erklärte-daß-kein-Mann-sie-heiraten-könne-wenn-er-am-Körper-ein-noch-so-kleines-Zeichen-habe-ich-will-sagen-Narbe.«

Die Leute sahen sich an, verwundert. Was war nur mit ihrem liebsten Märchenerzähler los? Er redete Unsinn.

Rosa, die Mutter Vilmas

Cyrille, der Märchenerzähler, redet, redet, und seine Geschichte erinnert mich an eine andere Geschichte, die meine Maman mir an den langen Regentagen im September zu erzählen pflegte, wenn die Wolken schwarz und niedrig wie Bösewichter am Horizont entlangflogen.

»In Matouba hatte eine Maman eine Tochter, die sie hütete wie ihren Augapfel. Die Tochter war schön, sehr schön; der Mund eine Kaffeebohne, rosa und mauve; die Augen zwei vom Firmament gefallene Sterne. Sie wollte niemanden heiraten. Junge Männer kamen aus Grande-Terre, die Arme voller Blumen, Früchte und Wurzeln, um um ihre Hand anzuhalten. Sie spielte die Schwierige, kniff ihren Mund zusammen, schüttelte ihr Haar und schloß sich in ihr Zimmer ein. Eines Tages, als sie in der Dachkammer am Fenster stand und die Frische einatmete, die von den Abhängen des Vulkangebirges herabströmte, sah sie auf dem Rücken eines Apfelschimmels einen großen schönen Mann mit umgehängtem Gewehr nahen. Sie betrachtete ihn, betrachtete ihn, dann ging sie hinunter zu ihrer Maman.

›Kleine Mutter, kleine Mutter, ich habe den Mann gesehen, den ich heiraten möchte.‹

Die Mutter schüttelte den Kopf und sagte: ›Mein Kind, paß auf! Die Männer sind nicht gut. Der da, von dem du nichts weißt, ist vielleicht sogar ein Teufel. Er wird dich verschlingen.‹

Das Mädchen wollte nicht auf seine Mutter hören...«

Als ich mit Sylvestre Ramsaran verheiratet wurde, hat mich niemand nach meiner Meinung gefragt. Ich lebte glücklich im Haus meiner Eltern. In der Region der Grands Fonds weideten die Rinderherden meines Vaters, manchmal muhten sie und streckten dem Himmel ihre schwarzen Mäuler entgegen. Sonntags flochten meine Schwestern und ich uns blaue Taftschleifen in unsere Zöpfe. Eines Tages hat der Vater mich gerufen.

»Sylvestre Ramsaran kommt zu uns zum Essen. Du wirst sehen, er ist ein guter Kerl. Du wirst in Rivière au Sel wohnen. Das ist weit, in Basse-Terre. Aber ihr werdet uns jeden Monat besuchen, und auch jedes Weihnachtsfest werden wir zusammen verbringen.«

Punkt zwölf Uhr ist Sylvestre Ramsaran erschienen, einen Filzhut auf dem Kopf, Tennisschuhe an den Füßen, ein richtiger Angeber.

Ich habe zu Gina, meiner Schwester, gesagt: »Niemals, niemals kann ich den heiraten.«

Aber Gina hat mich zurechtgewiesen: »Diese Bücher, die du immer liest, haben dir Flausen in den Kopf gesetzt. Und was findest du überhaupt an unserem Leben mit diesem Gestank von Kuhscheiße? Wenn ich an deiner Stelle fortgehen könnte, würde ich es tun! Die Leute sagen, daß er viel Geld hat, noch mehr Geld als Vater, und daß er oft in die Metropole Paris reist.«

Vater hat einen großen Aufwand bei meiner Hochzeit getrieben, denn ich war die erste, die das Haus verließ; ich bin nach Porto Rico gereist, um dort mein Hochzeitskleid aus reiner Spitze und meine Schuhe aus weißem Satin zu kaufen. Unzählige Flaschen Champagner wurden geköpft, aber meine Tränen flossen reichlicher als der schäumende Wein. Gegen zweiundzwanzig Uhr sind Sylvestre und ich nach Rivière au

Sel aufgebrochen. Sylvestre sprach nicht mit mir. In den Kurven sang er:

»Amantine, Amantine ro
Rouvè la pot ban mwen
La pli ka mouyé mwen.«

»Amantine, Amantine, oh,
Öffne mir die Tür,
Der Regen macht mich naß.«

Als wir in Rivière au Sel angekommen waren, war es dunkel. Straßenlampen, die wirkten, als hätte man sie inmitten der heißen, stickigen Vegetation aufgehängt, beleuchteten die Fahrbahn. Man konnte die Lichter der Hütten erkennen. Sylvestre hat mir weh getan. Er hat mich zerrissen.
Als die Sonne aufgegangen ist, bin ich auf die Veranda gelaufen, und das, was ich sah, hat mich beklommen gemacht. Eine dunkelgrüne Masse von Bäumen, Lianen, und hier und da Öffnungen der helleren Bananenpflanzungen. Und über allem wachte das furchterregende Gebirge. In meinem Herzen habe ich gedacht: Großer Gott, hier muß ich also bleiben!
In den Grands Fonds, bei uns, ist die Landschaft flach wie der Rücken einer Hand. Zuckerrohrfelder wogen bis zum Horizont. Die Flügel des Windes tragen die Stimmen weit.
Trotzdem, langsam und zur Überraschung meines Herzens, fing ich an, Rivière au Sel zu lieben. Vom Wald, der uns umgibt, geht etwas wie eine Einladung aus. Ich ging den Saint-Charles-Weg hoch und drang in den Wald ein, ich spazierte zwischen den Baumriesen mit ihren hohen Kronen. Ich setzte mich zwischen ihre Wurzeln und blieb dort stundenlang.
Bald jedoch hatte ich dafür keine Zeit mehr, denn Sylvestre hatte mir Schlag auf Schlag zwei Kinder gemacht — Jungen —,

Carmélien und Jacques. Er war stolz darauf, Söhne zu haben. Ständig sagte er: »Mein Glied aus Eisen funktioniert gut!« Auch ich, ich war zuerst stolz gewesen. Wenn die Hebamme rief: »Es ist ein Junge, ja!«, hüpfte mir das Herz in der Brust. Aber meine Freude ließ bald nach, denn ich hatte nicht mit Sylvestre gerechnet. Sowie die Jungen auf eigenen Füßen stehen konnten, nahm er sie überall mit hin. Die Leute riefen ihm zu: »Ho, Sylvestre! Hast du vergessen, daß sie nicht in deinem Bauch gewachsen sind? Ein Mann ist keine Frau!«

Aber er kümmerte sich nicht darum, oder er antwortete: »Erklärt mir den Unterschied, denn ich kann keinen erkennen.« Manchmal sogar, wenn er Krammetsvögel oder Ringeltauben jagte, nahm er sie mit, auf das Risiko hin, sie mit Schrotkugeln zu verletzen.

Ich betete zu Gott, er möge mir meine Kinder gesund zurückbringen, doch je größer sie wurden, um so mehr entfernten sie sich von mir. Außer Sylvestre nahm auch die Schule sie mir. Mein Herz war leer.

An einem Sonntag, als wir in den Grands Fonds zu Mittag aßen und es den Männern überließen, über die gefallenen Bananenpreise zu diskutieren, bin ich zu meiner Mutter in die Küche gegangen. Mit ihren schönen, von Venen durchzogenen Händen häufte sie Fruchtsalat auf die Dessertteller. Sie hörte mir geistesabwesend zu.

»Du hast den besten aller Ehemänner, und du beklagst dich? Ist er untreu? Schlägt er dich? Was du mir da erzählst, ist doch normal! Söhne sind für ihre Väter gemacht. Wenn du jemanden für dich haben willst, laß dir ein kleines Mädchen machen.«

Ein paar Wochen später habe ich mein Blut nicht mehr gesehen, da habe ich begriffen, daß ich schwanger war. Aber auch dieses Mal war es wieder ein Junge, mein dritter, Alain, und alles fing wieder von vorne an. Von dem Augenblick an, wo er

auf seinen Füßen stehen konnte, hat Sylvestre ihn für sich beansprucht. Er nahm ihn mit in den Wald und nannte ihm die Namen der Bäume, Kastanienbaum, Medizinbaum. In meiner Verzweiflung habe ich Man Sonson aufgesucht. In Rivière au Sel heißt es, daß Man Sonson alles kann. Übrigens kommen die Leute von weit her, um sie um Rat zu fragen. Ihr ist es zu verdanken, daß Wilfrid bei seiner Frau geblieben ist, wo sein Herz doch schon in Saint-Sauveur, bei Rose Aimée war. Ihr ist es zu verdanken, daß Larose Jahr für Jahr wieder zum Bürgermeister gewählt wird und daß das Bürgermeisteramt nie an einen anderen fällt, weder an einen Kommunisten noch an einen Republikaner zum Beispiel. Und auch sie war es, die der so müden Eulalie einen Gefallen getan hat — Eulalie hatte es satt, alle diese Bastarde aufzuziehen, die ihr Georges ins Haus brachte — und das Geschlecht ihres Mannes schlaff und kraftlos werden ließ.
Als ich Man Sonson besuchte, war sie sehr erstaunt. Sie sagte überrascht: »He, das ist das erste Mal, daß mich jemand um dergleichen bittet! Söhne, alle wollen nur Söhne gebären, um ihren Männern zu gefallen. Und du, du willst ein kleines Mädchen? Willst du es auch wirklich? Antworte mit ja, damit ich dich auch richtig verstehe!«
Dann hat sie mir Blätter für mein Badewasser gegeben, Pulver zum Trinken und mir empfohlen: »Bete, bete zu Gott. Hör nicht auf zu beten, denn schließlich ist es Er, der entscheidet. Die Leute begreifen nicht, daß meine Macht nur Ausdruck Seines Willens ist.«
Ein Jahr ist vergangen, dann habe ich wieder mein Blut nicht gesehen. Von den ersten Wochen an habe ich dieses Mal gewußt, daß es eine Tochter sein würde. Wie sie behutsam in meinem Wasser schwamm. Wie sie zärtlich mit mir plauderte. Vom Abend an sprachen wir bis zum Morgengrauen miteinander, und sie sagte mir: »Fasse dich in Geduld. Bald werde ich

in deinen Armen liegen. Fest gegen deine Brust gepreßt, werde ich mich an deiner guten weißen Milch sättigen. Und in dem Maße, wie ich größer werde, tröste ich dich über jeden Stachel deines Lebens hinweg.«

Eines Nachts hatte ich einen Traum. Ich war in Indien, unserem Herkunftsland, von dem wir leider nicht mehr viel wissen. Ich war in einem Dorf, dessen Häuser aus getrockneten Kuhfladen gefertigt waren. In einem Innenhof legten mir Frauen ein Kind in die Arme, dessen Gesicht ich nicht erkennen konnte, das aber in einen sehr feinen Stoff gewickelt war, und sie sagten mir: »Das ist Shireen!«

Am nächsten Tag kam ich nieder. Ich habe nicht einmal die Schmerzen gespürt. Das Kind hat einfach den Ausgang gefunden und glitt an meinen Schenkeln entlang, nicht mit Blut und Kot bedeckt wie die anderen, sondern sauber, die Haut wie Seide. Die Hebamme hat sie mir in die Arme gelegt und gerufen: »Welch schönes kleines Kind, ein wahres Kind Gottes!« Und es stimmte, sie war schön!

Hellhäutig, nicht schwarz wie Sylvestre und seine Söhne. Rauchfarbene Augen. Rosige Lippen wie Hibiskusknospen.

Sylvestre hat geschrien: »Shireen? Was ist das für ein Name?«

Dieses eine Mal habe ich mich durchgesetzt, und als Shireen wurde sie aus der Kirche getragen, ganz in Spitzen gehüllt. Die Leute waren verwundert. Sie verstanden nicht, warum ich soviel Umstände um ein kleines Mädchen machte, da ich doch schon mit drei Söhnen gesegnet war.

Wie soll ich das Glück beschreiben, das einem ein Kind schenken kann? In der Beratungsstelle für Kleinkinder sagte man mir vergeblich jedesmal, wenn sie gewogen wurde: »Geben Sie acht, Madame Ramsaran! Sie nimmt nicht genug zu!«

Mir war sie lieber als die drei kleinen Bulldoggen, die ich bereits zur Welt gebracht hatte. Ich betrachtete sie, wenn sie in ihrer Wiege schlief, die Ärmchen graziös wie eine Tänzerin

um ihren Kopf gerollt. Ich betrachtete sie, wenn sie gähnte und ihr kleiner Mund wie eine Knospe aussah. Ich betrachtete sie, wenn sie atmete.
Ich betrachtete sie, wie sie lebte, nichts anderes brauchte ich mehr. Ich spürte nicht einmal mehr, wie Sylvestre mich bestieg, mir seine Knie in die Schenkel bohrte, ehe er mich mit seinem Likör überschwemmte. Dieses Glück dauerte drei Monate, drei Monate, in denen ich, außer mir vor Freude, Gott dankte.
Dann, eines Abends, ich war in meinem Bett, hörte ich ein Husten, dumpf und hohl, ein Husten, das Unheil verhieß, aus dem Nebenzimmer, wo sie schlief. Ich eilte zu ihr, und sie lag da, die Augen weit offen, keine strahlenden Sterne des Lebens mehr, sondern trübe wie die eines Tieres im Todeskampf, den Mund voller weißlicher Würmer. Ihr Herz schlug bereits nicht mehr. Ich wollte sterben, ich konnte nicht sterben. Ich habe die Augen geschlossen, fest, so fest, damit auch mich die Finsternis erfüllte. Ich fragte mich: Warum, warum straft Gott mich auf diese Weise? Ich begriff es nicht.
Sylvestre, er wiederholte: »Jeder konnte sehen, daß sie nicht auf diese Welt gekommen ist, um hierzubleiben. Sie war so dünn wie der Stecken eines Guavenbaums. Ich mache dir noch ein kleines Mädchen!«
Und er hat Wort gehalten. Nach ein paar Wochen fühlte ich, wie sich wieder ein Kind im Schatten meines Leibes bewegte. Aber ich wollte seine Tochter nicht. Am liebsten hätte ich sie aus meinem Bauch getrieben. Folglich spürte ich, wie sie sich in mir festkrallte, parasitär, gierig, und sich gegen meinen Willen von meinem Fleisch und Blut nährte. Ich habe mein Kreuz bis zum Ende des Weges tragen müssen, neun nicht enden wollende Monate lang, bis sie geboren wurde, ihrem Vater und ihren Brüdern so ähnlich, so verschieden von meiner Shireen.
Man kann seinem Herzen nicht befehlen.

Ich nahm ihr übel, daß sie lebte, da meine Liebste nicht mehr war. Daß sie dicker, größer wurde, da die andere nichts als ein erbärmlicher Haufen Knochen in einem Sarg war. Ich bin es, die schuldig, für dieses ganze Unglück verantwortlich ist. Denn da gibt es nichts zu deuteln, an dem Unglück der Kinder sind immer die Eltern schuld.

Ja, als diese unglaubliche Geschichte uns passierte, daß Vilma, Vilma, die immer ihre Nase in Bücher steckte, zu diesem Mann da gezogen ist, habe ich sehr wohl gespürt, daß das nicht normal war, ich habe gespürt, daß die Rache Gottes mich vernichten wollte. Ich hätte mich gern jemandem anvertraut. Aber wem? Wer hätte mir zugehört? Ich habe das Geheimnis mit in meine Einsamkeit genommen. Die Männer um mich herum faßten Entschlüsse, redeten davon, sie umzubringen, ihn umzubringen. Letzten Endes haben sie niemanden umgebracht. Sie sind zu Francis Sancher gegangen, um mit ihm zu reden. Mir haben sie von ihrem Plan nichts erzählt, denn sie meinen, daß das Männerangelegenheiten sind, die sich unter Männern regeln.
Als sie zurückkamen, die Gesichter wie das Leiden Christi, haben sie mir nichts gesagt. Trotzdem habe ich sofort begriffen, daß ihr Besuch nichts genützt hat. Sie haben sich auf der Veranda zusammengesetzt, und ich hörte Carmélien – hitzköpfig, seit er aus der Metropole zurückgekehrt ist, wo die Weißen ihn so schlecht behandelt haben – wieder davon reden, wie er seine Machete schärfen und ihm auf dem Saint-Charles-Weg auflauern wolle.
Ich habe geschrien: »Nur zu! Wenn du den Tod willst, meinen

Tod! Du bist also der Meinung, daß unser Unglück noch nicht groß genug ist!«
Sie haben ihre Stimmen gesenkt, aber ich kenne sie. Ich weiß, daß sie Rachepläne schmieden.
Drei Monate lang machte ich mir Sorgen, und Gewissensbisse nagten an meinem Herzen. Neben Sylvestre liegend — der trotz des Alters, das auf uns allen immer schwerer wiegt, sich Nacht für Nacht sein Vergnügen nimmt —, wiederholte ich mir: »Es ist meine Schuld. Ich bin an allem schuld, was geschieht.«
Also habe ich an einem Morgen, als Sylvestre, Carmélien und Jacques mit dem Toyota nach La Pointe gefahren sind und Alain und Alix in der Schule waren, einen Entschluß gefaßt. Ich weiß noch, daß die Bougainvilleen ihr Blut über die orangefarbenen Federbüsche der Paradiesvögel bluteten, daß das Meer zwischen den Bäumen türkisfarben, friedlich und ohne Wellen war. Ich weiß noch, daß der Tag schön war.
Trotz der Schmerzen, die sie in ihren Schaukelstuhl vor dem Fernseher festnageln, ist Madame Mondésir auf ihre Veranda gekommen, um mich abzupassen. Ich bin stolz an ihr vorübergegangen und habe nur gesagt: »Wie geht es Ihnen heute morgen?« Ich habe mir ihre Litanei von Klageliedern nicht angehört und meinen Weg fortgesetzt.
Es war viel über die Hunde von Francis Sancher geredet worden, aber ich hatte sie nie mit eigenen Augen gesehen. Schwarz wie Kohle, mit roten Flecken auf den Pfoten; als hätte die Hölle sie auf unsere Erde gespuckt, und sie wären von ihrem Feuer gezeichnet worden. Als sie mich sahen, fingen sie wie Verdammte an zu heulen. Francis Sancher ist gekommen und hat zu mir gesagt: »Sie brauchen keine Angst zu haben. Das sind die sanftesten Geschöpfe auf dieser Erde.«
Da ich mich nicht rührte, ist er näher gekommen und hat sie an ihren Halsbändern ergriffen. Jene, die behaupten, daß dieser Mann schlecht sei, eine öffentliche Gefahr, haben ihm si-

cherlich nie in die Augen gesehen. Seine Augen haben die Farbe des Strandes von Viard, wenn das Meer sich gerade zurückgezogen und auf dem Strand kleine glänzende Muscheln zurückgelassen hat. Sie erzählen eine sehr traurige und sehr bittere Geschichte, die geradewegs zu Herzen geht. Wie würde ich es trotz meiner fünfundvierzig Jahre lieben, ihm in einem Schaukelstuhl sitzend zuzuhören, stundenlang, Abend für Abend, während die Dämmerung uns umhüllt!

Die Kehle von einer nie gekannten Rührung wie zugeschnürt, habe ich gesagt: »Ich bin die Maman von Vilma.«

Er hat mir geantwortet: »Sie besitzt Ihre Schönheit!«

Ich war erstaunt. Niemand hat mir je gesagt, daß ich schön sei, und ich, ich halte Vilma nicht für schön. Schwarz wie Sylvestre. Ich liebte nur ihr Haar, ihre Zöpfe, die jeden Tag zwischen meinen Händen länger wurden. Als sie vierzehn geworden war, hat sie sie leider ohne meine Erlaubnis beim Friseur »Beauté-Coiffure« in Petit Bourg abschneiden lassen. Ich habe gefragt: »Wo ist sie? Ich möchte sie gern sprechen.«

Er hat mich angelächelt. »Setzen Sie sich. Sie wird gleich kommen.«

Er hat mir ein Glas Wasser gebracht, da er sicher nichts anderes im Haus hatte, aber es schmeckte frisch und gut. Er hat sich nicht weit von mir auf einen Stuhl aus weißem Holz gesetzt und nach einer Weile gesagt: »Meine Mutter, kann ich mir vorstellen, hat jetzt ganz weiße Haare, obwohl sie früher schwarz und glänzend wie die Ihren waren. Sie hat mich nicht besonders gemocht. Was macht das schon, sie ist meine Mutter, die einzige, die ich jemals hatte!«

Ich habe gestammelt: »Warum sagen Sie das? Eine Mutter kann doch nichts anderes tun, als ihre Kinder zu lieben.«

Er hat die Schultern gezuckt. »Das wäre zu einfach. Sehen Sie, mein Vater hat meine Mutter nur geheiratet, weil sie die Tochter eines der reichsten Kaffeepflanzer war. Ich bin sicher — wenn ich mir das erlauben darf, ich will Ihnen auf keinen Fall zu nahe treten —, daß er sie liebte, ohne mit ihr ein Wort zu wechseln. Es ist schwer, die Kinder zu lieben, die unter solchen Umständen geboren werden. Um Liebe zu geben und empfangen zu können, muß man sehr, sehr viel geliebt worden sein!«

Genau das traf auf mich zu! Deshalb habe ich aufgeschrien: »Woher wissen Sie das?«

»Zu der Zeit, als man mich noch ›Curandero‹ nannte, habe ich begriffen, daß der Geist und das Herz vor allem anderen den Vorrang haben und daß der Körper nur gehorcht.«

Ich habe ihm zugestimmt, und es war angenehm, so angenehm, über mich zu sprechen, daß ich mich nicht enthalten konnte zu sagen: »Wie wahr das doch ist! Die Probleme des Lebens sind wie die Bäume. Man sieht den Stamm, man sieht die Äste und die Blätter. Aber man sieht die in der Erde verborgenen Wurzeln nicht. Doch man müßte wissen, wie sie aussehen, ihre Form, ihre Natur kennen, wie tief sie in den Boden reichen, um nach Wasser und Nahrung zu suchen. Dann würde man vielleicht verstehen.«

Er hat geseufzt. »Niemand wird jemals verstehen, Madame Ramsaran. Alle haben Angst vor der Erkenntnis. So ist es mir ergangen. Als ich versuchte zu verstehen, Rechenschaft für diese vielen Toten, für dieses vergossene Blut gefordert habe, hat man mich beschimpft. Als ich mich nicht mehr angepaßt habe, hat man mich geächtet. Niemand ist gefährlicher als ein Mensch, der zu verstehen sucht!«

Ich habe gemurmelt: »Sie sind ein Mann, der viel Weisheit besitzt!«

Er hat gelächelt. »Weisheit? Das würde ich nicht sagen. Ich würde sagen, daß ich versucht habe, das Drama des Lebens zu entwirren...«

»Wie das?«

Wir saßen da und redeten vertraulich, so vertraulich, wie ich es noch mit niemandem getan hatte, und Dinge, die ich sagen wollte, gingen mir im Kopf herum, als Vilma erschien. Als sie mich sah, schrie sie: »Geh! Geh! Was hast du hier zu suchen?« Er hat versucht, sie zu beruhigen, aber ich war bereits fort. Ich bin gelaufen, bis ich außer Atem war, und dann, als jede Kraft aus meinem Körper gewichen war und er nicht mehr weitergehen wollte, habe ich mich im Unterholz auf eine Wurzel gesetzt. Das Wasser rann mir über die Wangen.

Er hatte doch gesagt: »Um Liebe zu geben und empfangen zu können, muß man sehr, sehr viel geliebt worden sein.«

Ich, ich hatte nie welche bekommen. Ich hatte leere Hände. Ich hatte immer nur gedient.

Nach einer Stunde fühlte ich ein Gewicht auf mir lasten, ich hob den Kopf und sah Xantippe, der starr unter einem roten Birnbaum stand. Als er merkte, daß ich ihn beobachtete, hat er mir den Rücken zugekehrt und ist in den Bauch des Waldes geglitten. Ich bin noch eine ganze Weile sitzen geblieben, und dann bin ich aufgestanden.

Heute ist Francis Sancher tot. Nur für ihn ist das das Ende. Wir anderen, wir leben, wir leben weiter, heraus aus der Vergangenheit. Ohne uns zu verstehen. Ohne uns zu lieben. Ohne etwas zu teilen. Die Nacht kämpft und klammert sich an die Jalousien. Bald jedoch muß sie dem Tag weichen, und alle Hähne und Hennen werden ihre Niederlage besingen. Die Bananenstauden, die Hütten, die Bergflanken werden langsam aus dem Schatten treten und sich darauf vorbereiten, den hellen Tag ertragen zu können. Wir werden wieder das Gesicht des neuen Tages grüßen. Ich werde meiner Tochter, der meinen, sagen: »Du kamst aus meinem Bauch, ich habe dich nicht richtig und zu wenig geliebt. Ich habe dir nicht beim Erblühen geholfen, und du bist gewachsen, verkümmert, verkrüppelt. Es ist nicht zu spät, damit unsere Blicke sich begegnen und unsere Hände sich berühren. Vergib mir.«

Carmélien

»Ich kann nicht verschweigen, daß ich ihn mehr deswegen haßte, was er Mira angetan, als deswegen, was er meiner Schwester, Vilma, angetan hatte.«

Der Regen strömte, von Windstößen gepeitscht, unablässig nieder und durchnäßte Carméliens Schultern und Nacken, der sich nicht rührte, darauf beschränkte, manchmal aus seiner Tasche ein bereits nasses Taschentuch zu ziehen, mit dem er automatisch über Gesicht und Kleidung strich. Er liebte den Regen. Er liebte den Kontakt mit dem Wasser, vor allem dessen Geruch; sei es, es regnete warm aus den Wolken; sei es, er stieß auf eine Pfütze, die die Mittagssonne fast zum Kochen gebracht hatte; sei es, es schlief bräunlich, schwer von Pflanzen und Blutegeln; sei es, es wurde wütend und stürzte sich von Abhängen in die Tiefe, wobei es die Körper unvorsichtiger Tiere mit sich riß. Als er noch ganz klein war — manchmal war Sylvestre dabei —, wurden sie fast ohne Vorwarnung naß, nur eine plötzlich aufziehende schwarze Wolkenfront und ein Rascheln der Blätter der Bäume auf den Hügeln hatte den Regen angekündigt. Während sein Vater unter die schützenden Bananenstauden lief, blieb er mitten auf dem Feld stehen und hob sein kleines Gesicht dem oft noch blau gebliebenen Himmel entgegen, schloß die Augen und öffnete den Mund, wie es sicher die im hohen Gras versteckten Frösche und Kröten taten. Man konnte meinen, daß seine Vorliebe für das Wasser ihm mit der Taufe gegeben wurde, als der Priester ihn dreimal im Fluß untergetaucht hatte, ehe er ihm den Schädel rasierte. Ja, in solchen Momenten erinnerte er sich wieder an den mütterlichen Bauch, als er, ohne Augen und Schwimmhäute zwischen den Zehen, noch in der Glückseligkeit badete. Während des Winters stieß Rosa, die überhaupt nichts davon verstand und es aufgegeben hatte, ihn im Haus halten zu wollen, einen resignierten Seufzer aus.

»Nun geh schon. Du wirst dir nichts als den Tod holen.«

Er zog seine Kleider aus wie die Kinder ohne Erziehung — deren Väter damit beschäftigt sind, ihre Kehlen mit Rum zu verbrennen, und deren Mütter nichts anderes zu tun haben als aufzupassen, was in den Häusern ihrer Nachbarn passiert —, mit denen er nicht spielen durfte. Er blieb unbeweglich stehen oder machte Luftsprünge.

In der Schule hatte die Lehrerin mit ihnen *Gouverneurs de la rosée* gelesen, und er, der die Lektüre nicht liebte, war begeistert gewesen und hatte sich gefragt, ob diese Geschichte nicht extra für ihn geschrieben worden war.

»Er nahm ihre Hand. ›Komm.‹

Er schob die Lianen beiseite. Sie betrat das Mysterium des verwunschenen Feigenbaums.

›Das ist der Wächter des Wassers‹, murmelte sie mit einer Art heiligen Schreckens.

Sie betrachtete die mit silbernem Moos behangenen Äste.

›Er ist sehr alt!‹

›Er ist sehr alt.‹

›Man kann seine Krone nicht sehen.‹

›Seine Krone ist im Himmel.‹

›Seine Wurzeln sind wie Pranken.‹

›Sie halten das Wasser.‹

›Zeige mir das Wasser, Manuel!‹«

Da hatte er es sich in den Kopf gesetzt, auch eine neue Quelle zu entdecken, und da er immer das Dickicht durchstreifte, über Wurzeln stolperte, alle Pfade kannte, fand er eine, über dem Saint-Charles-Weg gelegen. Sie trat aus der Erde zutage, zwischen Farnen und Flechten, wand sich im Verborgenen, ehe sie sich wieder in der Erde verlor, um dann einen halben Kilometer weiter, stärker und größer geworden durch andere unterirdische Wasser, wieder ans Tageslicht zu treten. Carmélien nahm eines von Sylvestres großen Messern und versuchte ihr Bett zu vergrößern, damit sie sich wie eine Prinzessin darin wälzen konnte. Jeden Nachmittag nach der Schule rief Sylvestre vergeblich nach ihm, damit er die Ochsen zur Tränke führe oder die Fackeln an den Feldrändern entzünde, er lief zu seiner Quelle wie ein Verliebter zu seiner Angebeteten, und er arbeitete hart, bis zum Einbruch der Nacht. Zu Hause schimpfte Rosa ihn aus und klaubte ihm Flechten aus dem Haar. Er roch schlecht nach Schweiß.

»Was habe ich nur dem lieben Gott angetan, daß er mich mit einem Sohn, wie du es bist, gesegnet hat? Ein richtiger Bandit! Und dein Vater läßt dir alles durchgehen!«

Nachts träumte er davon, der Herr des Wassers zu sein; er berieselte die dankbare Erde und befahl das Wachstum von Kürbissen und Auberginen, dann erwachte er völlig überrascht in Urin gebadet, was Rosas Zorn hervorrief, und er versuchte, heimlich sein Bett zu machen.

Eines Tages entdeckte er an tausend Zeichen, daß er nicht der einzige war, der die Quelle liebte. Dort war das Moos niedergetreten, hier waren Farne ausgerissen. Steine waren in die weiche Erde, die das Bett formen sollten, getreten. Wut hatte ihn ergriffen, und er war früher als gewöhnlich hingegangen, und er hatte sich hinter einem Baum versteckt, um dem Eindringling, dem Feind aufzulauern. Nach drei Nachmittagen vergeblichen Wartens hatte er ein Mädchen aus dem Schatten des Unterholzes kommen sehen, verstohlen und behende wie eine räuberische Manguste vor dem Hühnerstall, den Kopf mit goldenem, krausem Haar gekrönt, das wie ein heidnischer Heiligenschein ihr Gesicht umgab. Mira!

Wie alle Einwohner Rivière au Sels kannte und respektierte Carmélien die Lameaulnes, weil sie fast weiß waren, weil sie in einem Haus wohnten, vor dessen Tür ein Schild mit der Aufschrift: »Privatbesitz« stand, das man nicht sehen konnte, außer, man kletterte auf einen Mangobaum am Straßenrand, ein rotes Dach zwischen den Kronen der Königspalmen, weil sie soviel Geld hatten, wie Sylvestre behauptete, der selbst über ein wohlgefülltes Bankkonto verfügte, daß sie, wenn sie nur wollten, ganz La Pointe hätten kaufen können. Er hatte Mira nie besondere Aufmerksamkeit geschenkt, selbst wenn er Rosa ausführlich ihren Freundinnen über ihre Missetaten berichten hörte, wenn die Frauen in der Küche zusammensaßen und Erbsen oder Bohnen pählten, und deshalb war ihm nur vage bewußt, daß ein Kind ohne Mutter der Teufel auf Erden ist. Er war also unbeweglich in seinem Versteck sitzen geblieben, wobei er sich fragte, welches Verhalten er an den Tag legen sollte, als Mira, nachdem sie sich schnell umgesehen hatte, ihre Kleider abgelegt und sich von Kopf bis Fuß mit Wasser bespritzt hatte.

Mit dreizehn Jahren zählte Carmélien nicht zu den Frühreifen, die unter der Schulbank die Nackten im *Playboy* bewundern. Er war an den Geheimnissen des weiblichen Körpers nicht interessiert und sah Rosa ungerührt zu, wenn sie ihren schönen Busen entblößte, um Alix zu nähren. Desgleichen kümmerte er sich nicht um das, was sie nachts mit Sylvestre tat, in dem großen Bett, das sorgfältig mit weißen Leintüchern bedeckt war und das zwei lachsrosa Kissen zierten, auf die Rosa grüne, gelbe, rote Fische mit blauen Flossen im Kreuzstich vergangenes Jahr gestickt hatte, als sie Alix erwartete und der Arzt ihr empfohlen hatte, sich nicht zu überanstrengen. Doch als Mira dann ganz nackt dastand und das Licht ihren

Körper mit einem helleren Schein als ihre Haut umgab, die von der Sonne verbrannt wirkte, mußte er sich wider seinen Willen eingestehen, daß er ein Mann war.
Mira hatte sich bespritzt, dann unbeweglich hingelegt, das Gesicht gegen die Erde gepreßt, während das Wasser um das Hindernis ihres Körpers anstieg, ehe es sie überschwemmte, worauf sie sich in alle Richtungen wälzte. Abrupt, wie auf ein Signal hin, war sie aufgestanden, hatte ihre Kleider eingesammelt und war geflohen. Warum reden die Menschen vom Paradies der kindlichen Liebe?
Vom einen auf den anderen Tag veränderte sich Carmélien — ein Junge, dem es an nichts fehlte, der sich bis dahin mit einem Fahrrad zufriedengegeben hatte, doch sein Papa hatte ihm gegen den Willen seiner Maman sein eigenes, vor Chrom blitzendes Moped geschenkt, und er hörte nicht mehr auf die Nörgeleien seiner Maman, nicht mehr, als er auf das Summen der Fliegen hörte. Er wurde zu einer Seele, die in der Hölle litt, einem Zombie, der nach Salz hungert. Monsieur Gervaise, sein Geschichtslehrer, fand ihn, heiße Tränen weinend, auf der Toilette. Monsieur Dolomius, sein Französischlehrer, der über Carmélien glücklich war, weil er einer der fünf besten Schüler in der Klasse war und somit die Vorurteile der unverbesserlich Dummen Lügen strafte, hatte mit Sylvestre gesprochen, der, äußerst beunruhigt, seinen Sohn zu einem Cousin namens Ramgoulam gebracht hatte, der Arzt in La Pointe war. Doch der, kaum hatte er einen Blick auf Carmélien geworfen, hatte gerufen: »Das ist die Pubertät, mein Gott! Sylvestre, du bist derart damit beschäftigt, Geld zu scheffeln, daß du vergessen hast, wie man sich in diesem Alter fühlt! Die Leute behaupten schon, daß du ein Nummernkonto in der Schweiz hast!«
Nach diesem Arztbesuch hatte ihm Rosa morgens und abends Zuckersirup mit Kalium zu trinken gegeben, den Carmélien

jedesmal in die Drachenbluthecke, die das Haus umgab, vor Kummer und Übelkeit erbrach.
Diese Hölle dauerte, so schien es ihm, jahrelang — aber jeder weiß, daß die Zeit des Leidens länger erscheint —, als das Schicksal beschloß, persönlich einzugreifen. Es war der 15. August, Festtag in Petit Bourg. Die Sonne hatte sich zufrieden, großzügig erhoben. Der Himmel war von einem versprechenden Blau, das diese Versprechungen auch halten würde. Schon seit dem Morgen, mit einer Krawatte angetan und einen neuen, knisternden Hundertfrancschein in der Tasche, lief er mit seinem Bruder Jacques zwischen den Ständen herum, als er Mira entdeckte. Eine ganz andere Mira als das menschenscheue Mädchen, das sich Tag für Tag dem zweifelhaften Vergnügen hingab, sich nackt im Wasser zu wälzen. Eine Mira in Spitzenkleid und Stöckelschuhen, die sich nicht unter die anderen mischte, sondern das Treiben mit dem abgeklärten Blick einer Erwachsenen beobachtete. Carmélien drehte sich schnell um und prüfte die Umgebung. Kein Zweifel! Sie war allein, die störenden Silhouetten ihrer Brüder, dieser eifrigen Leibwächter, fehlten. Nach ein paar Minuten ging sie auf einen Schießstand zu, verzichtete darauf, eine kreolische Puppe zu gewinnen, betrat eine obskure Bude, wo eine Wahrsagerin die Zukunft deutete, kam wieder heraus, betrachtete verächtlich die Tänzerinnen des Balletts Touloulou, die sich für eine Quadrille aufstellten. Da hatte Carmélien eine Idee. Er ließ Jacques einfach stehen, lief zum Souvenirstand, legte seinen knisternden Geldschein auf den Tisch und erwarb die größte kreolische Puppe, die mit allem angetan war: Kopftuch, goldenen Ketten, Spitzenrock und Schuhen aus besticktem Filz.
Mira stand abseits der Menge und betrachtete das Geschehen um sie herum mit dieser spöttischen und verächtlichen Miene, die allen Lameaulnes schon seit Generationen gemeinsam

war. Carmélien ging zu ihr, und er wußte nicht, daß die Liebe eine Macht über die Stimmbänder hat; im Stottern hätte er den ersten Preis bekommen.
»Das ist für dich!«
Sie schien überrascht, betrachtete die Puppe, betrachtete dann ihn von seinen Füßen, die mit Slippern bekleidet waren, die Rosa bei Bata gekauft hatte, bis zum Scheitel, den sie mit der Hilfe von Brillantine gezogen hatte, und sagte einfach: »Kouli Malaba!« (Inder, der von der Malabarküste stammt.)
Jetzt, fünfzehn Jahre später, litt Carmélien noch immer, denn die Wunden der Kindheit heilen nicht. Seitdem hatte ihm nichts mehr Freude gemacht. Ihm schien, als hätte er nie jemand anderen geliebt noch begehrt. In Bordeaux hielten die Leute ihn für einen Inder, der aus Indien stammt, und redeten über Satyajit Ray mit ihm, von dem er keinen einzigen Film gesehen hatte, und er antwortete ihnen nicht, nicht allein aus Unwissen, sondern weil er an sie dachte. Wenn er mit einer Frau im Bett lag, sah er sie wieder vor sich, spöttisch, in ihrem Spitzenkleid mit den Perlmuttknöpfen, und war in seinem Schmerz wie erstarrt. Dann erschlaffte sein Glied, und er ging, Entschuldigungen stammelnd.
Ach, sie waren düster gewesen, diese Studienjahre, und selbst das Wunder der Metropole hatte nicht lange gedauert! Einsamkeit. Grau in graue Tage. Er hatte eine Schwäche an sich entdeckt: der Anblick von Blut! Während seiner Praktika in Krankenhäusern erfüllten ihn alle diese Verwundeten, Gequälten mit großem Entsetzen, denn er stellte sich Mira in jedem Patienten vor. Während eines Sommers hatte er es sich in den Kopf gesetzt, Europa zu bereisen, und war Freunden nach Barcelona gefolgt. Das Ocker der Fassaden und das Rosa der Lorbeerbäume auf den Ramblas hatte ihm ganz gut gefallen. Er hätte gern in der Sonne gefaulenzt, wenn seine Freunde ihn nicht zu einem Stierkampf mitgenommen hätten. Also war er

nach Bordeaux zurückgekehrt. Kurz danach war er in trübseliger Stimmung nach Le Raizet gefahren.
Wieder zu Hause in Rivière au Sel, hatte er Mira fast wie in seiner Erinnerung wiedergefunden, frei und unerreichbar. Die Ellbogen auf die Theke bei *Chez Christian* gestützt, hatten die Männer ihre Stimmen gesenkt, um ihm anzuvertrauen, mit wem Mira inzestuös und sündhaft verbunden war. Aber Carmélien hatte die Ohren vor derartigen Dummheiten verschlossen.
Brutal, lauter als das trockene Hämmern des Regens auf dem Blech, war das Donnergrollen zu hören. Carmélien drehte den Kopf in Richtung des Gebirges, sah, daß der Himmel heller wurde, und sagte sich, daß morgen vielleicht schönes Wetter würde. Doch jetzt machte die Feuchtigkeit einen frösteln, und Carmélien suchte mit den Augen die Wärme des Rums. Glücklicherweise reichte Latifa, die Schwester seiner Mutter, das Tablett herum. Er näherte sich ihr und konnte von der Ecke aus, wo er Platz nahm, das untere Ende des Sarges sehen. Kein schönes Holz! Jedenfalls würden sie für einen Schuft kein Geld ausgeben! Außer ein paar Papieren ohne Interesse war der Koffer leer. Wo hatte Moïse diese Geldbündel gesehen? Ohne Zweifel war der Kerl heute abend wieder betrunken.
Am Anfang, als Francis Sancher bei *Chez Christian* erschienen war — Moïse klebte an ihm wie der Moskito, der er war —, hatte Carmélien ihn nicht unsympathisch gefunden, diesen Baum von einem Mann. Da er schüchtern war und nicht gut reden konnte, hatte ihm dessen Geschwätz gefallen.
»Alles wurde beim Tode meines Vaters anders. Meine Mutter Térésa, die ganz schwarz vom afrikanischen Blut ihrer Vorfahren war, hat mich in sein Arbeitszimmer gezogen, wo er seine Tage und Nächte verbrachte, eine Spinne, die im Netz ihrer geschäftlichen Abrechnungen sitzt. Damals hat sie mir die Pa-

piere übergeben, in denen die Geschichte unserer Familie aufgezeichnet ist.«
Und dann konnte jemandem, der nur von La Pointe bis Bordeaux gereist war und einen verunglückten Abstecher nach Barcelona gemacht hatte, beim Nennen aller dieser Namen auch schwindlig werden. Afrika. Amerika. Kuba.
»Kuba?«
Bei diesem Wort versammelten sich die Gleichgültigsten, die vom Rum und der späten Stunde Dösenden, die Jungen, die jemanden zum Bewundern brauchten, am Ende der Theke, um die Worte Francis Sanchers zu trinken.
Doch der schüttelte den Kopf.
»Was ich euch von Kuba erzählen könnte, würde euch nicht gefallen! Ihr, ihr liebt doch nur runde und saftige Geschichten wie kalifornische Orangen. Ihr wollt immer nur Zucker, um damit eure Träume zu süßen. Aber ich, ich kenne nur traurige Geschichten, Geschichten zum Weinen, todtraurige Geschichten! Überall, wo ich hingekommen bin, habe ich nur Männer und Frauen getroffen, die es müde waren, auf das Glück zu warten, müde zu säen, ohne zu ernten, müde zu pflanzen, ohne es sprießen zu sehen. Was soll ich euch sagen. Ich bin zufrieden, daß das Ende naht.«
Die Kühnsten fragten: »Von welchem Ende redest du?«
Er lachte. »Von meinem, welch Wunder! Dem einzigen, das in meinen Augen zählt!«
Alle lachten, selbst wenn eine Frage in ihren Köpfen spukte. Ist er verrückt? Ist er wirr im Kopf wie der Sohn von Dodose Pélagie, dieser beklagenswerte Sonny, der vom frühen Morgen an den Wald durchstreift?
Ja, am Anfang war Francis Sancher Carmélien nicht unsympathisch gewesen. Dann war diese Affäre mit Mira wie ein Blitz eingeschlagen. Was die Vergewaltigung anging, so hatten die Leute innerlich gelächelt. Aristide mochte den Mund auf-

reißen, soviel er wollte, man glaubte ihm nicht. Man schenkte ihm nur diese mitleidige Aufmerksamkeit, die jeder Mann, der leidet, verdient, und der aus diesem Grund Unsinn redet. Alle wußten, daß derjenige, der Mira Lameaulnes vergewaltigen könnte, noch nicht geboren war. Nicht zu reden von denen, die im Innersten ihres Herzens der Meinung waren, daß Mira diese Zurückweisung verdient hatte, da sie die Männer in Rivière au Sel ständig mit dieser Miene: »Du besteigst mich nicht!« spitzgemacht hatte.

Carmélien, ein Mann ohne Aggression, hatte sich plötzlich geändert und davon geträumt zu töten. Francis Sancher zu töten. Sich mit einem der Messer zu bewaffnen, mit denen zu Weihnachten die Schweine geschlachtet wurden. Denjenigen verbluten zu lassen, der seinen Traum beschmutzt hatte. Als Mira zur Verblüffung aller wieder nach Hause zurückgekehrt war, mit ihrem dicken Bauch und ihrer Schande, hatten Wahnsinnsideen von Carmélien Besitz ergriffen. Er sah sich an die Tür der Lameaulnes klopfen und um ihre Hand anhalten. Da Mira nun ein gefallenes Mädchen war, hatte sie ihre Gloriole verloren und würde nichts lieber tun, als einen Mann zu heiraten, der sie von ihrer Schande befreite. Er würde sich ihr zu Füßen werfen.

»Nimm mich! Weißt du nicht, daß ein gefallenes Mädchen niemals die Hoffnung verlieren darf? Weißt du nicht, daß du sieben Leben hast? Doch dein Leben perfekten Glücks beginnt mit mir! Du siehst, Guadeloupe hat sich verändert. Ob zum Guten oder Schlechten, kann ich dir nicht sagen. Ich weiß nur, daß Neger, Mulatten, Inder und alle Leute gleich sind! Nimm mich!«

Aber der Gedanke an Francis Sancher stoppte seinen Elan. Was würde er tun, träfe er ihn an einer Wegbiegung? Wenn der andere lachen, andeuten würde, er äße nur dessen Reste? Daß er eine Speise aufäße, deren er überdrüssig sei? Was würde er antworten? Wäre er in der Lage, ihn angemessen zu bestrafen?

Heute war Francis Sancher tot. Eine geheime Hand hatte den Racheakt vollzogen, zu dem er sich aus Feigheit nicht hatte entschließen können. Er brauchte seinen Blick also nicht mehr zu ertragen. Der Weg war frei.

Carmélien leerte sein Glas und hätte gern etwas Deplaziertes, etwas Unschickliches getan, das die Freude zum Ausdruck brachte, die ihn erfüllte. Er hätte gern laut gelacht, geflucht, das Gemurmel der Gebete unterbrochen.

Der Regen hörte nicht auf, und die Insekten tranken das Wasser mit wollüstigem Röcheln. Wie zur gesegneten Zeit seiner frühen Kindheit träumte er davon, sich auszuziehen und ganz nackt in den wohltuenden Regen zu laufen.

Vilma

Ich möchte meine indische Urahnin sein, damit ich ihm auf den Scheiterhaufen der Toten folgen kann. Ich würde mich in die Flammen werfen, die ihn bereits verzehrt haben, und unsere Asche wäre eins, da unsere Seelen es nicht gewesen sind. Ich möchte meine indische Urahnin sein, um an ihm zu sterben. Das möchte ich sein.

Für uns hatte das Glück nicht genug Zeit zum Sprießen. Wenn er länger gelebt hätte, vielleicht wäre es mir gelungen, die zarte Pflanze zum Wachsen zu bringen, diese Pflanze, die die Hitze verwelken läßt und der Regen vernichtet. So wie sie ist unsere Geschichte ohne Licht und Glanz. Er hat mich genommen, er hat mich aus Mitleid behalten, wohl weil ich bei ihm Zuflucht gesucht habe und weil er nicht der Mann war, der einen Hund im Regen stehenläßt.

Ja, ich möchte meine indische Urahnin sein, damit ich ihm auf den Scheiterhaufen der Toten folgen kann. Der Regen unserer gemeinsamen Asche würde in den Ganges fallen.

Wenn man verstehen will, warum ich bei ihm Zuflucht gesucht habe, ihm, einem Mann mit schlechtem Ruf, der an einem unheilvollen Morgen mitten in Rivière au Sel aufgetaucht ist, muß ich zeitlich sehr weit zurückgehen, bis zum Tag meiner Geburt, als die Hebamme ausgerufen hat: »Ein Mädchen, Madame Ramsaran! Gott hat sich Ihrer erbarmt.«

Sie hat mir nie die Hand gereicht.
Wenn sie mich abseifte, nackt unter der Sonne, war ihre Hand ohne Sanftheit. Zu der Zeit, als sie mich zur Schule brachte, ging sie drei Schritte vor mir, und ich starrte auf ihren schwarzen Zopf, der zu einem Knoten gerollt war und in dem eine lange Hornnadel steckte, ihr Rücken blind unter ihrem schwarzen, wallenden Kattungewand, das sie wegen der Trauer um meine Schwester Shireen jeden Tag trug, den Gott werden ließ. Shireen, die im Alter von drei Monaten starb, erstickt an den Würmern, die bis in ihren Mund gekrochen waren.
Ich habe nie einen Platz in ihrem Herzen gehabt. Die Jungen übrigens auch nicht. Nicht einmal Alix, der Jüngste, der so schön war, daß die Leute ihn »pitite a Bon Dié« nannten. Aber die Jungen hatten ihren Papa, der sie, sobald sie aus der Schule kamen, mit auf die Felder nahm, samstags zu den Fußballspielen und sonntags an den Strand von Viard, wo sie graue Muscheln in dem grauen Sand sammelten.
Ich, ich hatte niemanden. Ich hatte nichts. Nur meine Bücher. Die Lehrerin wunderte sich.
»Woher hat sie nur diese Intelligenz?«
Die Kinder weigerten sich, mit mir zu spielen. Aus Eifersucht nannten sie mich: »Kouli malaba«. Ja, ich hatte nur meine Bücher. Nach meiner Rückkehr aus der Schule legte ich mich unter mein Moskitonetz aufs Bett, und ich las, las, um zu vergessen, bis ihre unfreundliche Stimme mich wieder auf die Erde holte.
»Hörst du nicht, wenn man dich ruft?«
Deswegen war für mich der Tag, als der Vater mich von der Schule genommen hat — ich erinnere mich daran, als wäre es heute, und ich glaube, daß ich mich daran bis zum Augenblick meines Todes erinnere —, der Anfang vom Ende. Das war ein paar Wochen vor dem neuen Schuljahr. Der September war

schön gewesen, relativ trocken für unsere Region, die in Regen und Wind verliebt ist. Die Blätter haben geglänzt, in einem grünen Licht unter dem goldenen Licht der Sonne. Die Glühwürmchen hatten ihren abendlichen Tanz getanzt. Die Nächte waren feucht von unserem Schweiß gewesen. Eine meiner Cousinen aus Grands Fonds hatte die Ferien bei uns verbracht, und wir haben Spaziergänge im Wald gemacht, einmal bis zum Weiher Bois Sec, dessen Wasser sich, so wird behauptet, bei Sonnenuntergang in Blut verwandelt und wohin die Geister kommen, um dort zu trinken.

An jenem Tag waren wir gerade mit dem Mittagessen fertig. Wie schon seit vielen Jahren bediente sie Vater und schälte ihm einen saftigen Breiapfel. Dann schnitt sie ihn in Stücke, die sie auf eine weiße, blauumrandete Untertasse legte. Der Vater machte sich nicht die Mühe, ihr zu danken; als ich vom Tisch aufstehen wollte, hielt er mich zurück.

»Ich will dir etwas sagen: Du wirst nicht mehr zur Schule gehen. Das nützt nichts, ich habe andere Pläne für dich!«

Niemanden schien es zu überraschen, so als ob es völlig normal wäre. Ich, ich fand kein einziges Wort der Erwiderung.

Ich bin gegangen, ich bin in mein Zimmer gelaufen, ich habe mich auf mein Bett geworfen, und ich habe angefangen zu weinen. Die Schule zu verlassen, das hieß für mich sterben!

Nach einer Weile ist sie gekommen. Sie hat sich auf mein Bett gesetzt, und sie hat mir gesagt: »Hör zu! Dein Papa weiß, was er tut. Eine Frau ist wie ein Orangenbaum, zum Tragen gemacht. Du wirst sehen, wie zufrieden du sein wirst, wenn dein Bauch schwer wird und anschwillt und dein Kind sich darin bewegt, weil es es eilig hat, sich unter der Sonne zu wärmen.«

Ihre Augen straften ihre Worte Lügen. Ich fühlte, daß sie nicht daran glaubte, daß sie eine Lektion hersagte! Ich habe ge-

antwortet: »Kinder! Das interessiert mich nicht, ich will mich nicht verheiraten!«
Sie hat die Schultern gezuckt, und um ihren Mund erschien ein boshafter Zug. »Aber genau das wird passieren. Ich sage dir das, damit du auf dem laufenden bist. Dein Papa hat dich Marius Vindrex versprochen.«
Meine Tränen haben sofort aufgehört zu fließen. »Was erzählst du mir da?«
Marius Vindrex ist ein trister Bursche, lang wie eine Bohnenstange, dessen traurige Augen mir überallhin gefolgt sind, seit ich gehen kann. Geld hat er zweifellos! Nachdem er irgendwas in Kanada studiert hat, brachte er das Sägewerk seiner Eltern wieder in Schwung. Die Baumstämme kommen aus Guayana, denn unsere Wälder sind abgeholzt, und den ganzen Tag lang singen seine Maschinen »syé bwa« und schwärzen die Luft mit ihrem Rauch. Er ist ein guter Freund von Carmélien. Letztes Jahr, als eine Bombe diesen Amerikaner tötete, war er entzückt; man hätte meinen können, er hätte sie selber gelegt! Ich habe geschrien: »Marius Vindrex? Aber ich liebe ihn nicht.«
Sie hat geseufzt, dann mit müder Stimme gesagt: »Ihr seht euch zuviel *Dallas* und *Denver* an. Was will das schon heißen: ›Ich liebe ihn nicht?‹ Glaubst du, daß ich deinen Papa liebte, als ich ihn heiratete? Und in Indien, in unserem Land, kennen Mann und Frau sich nicht, bis sie zusammen im selben Bett liegen, weißt du das nicht?«
Ich konnte nicht länger dableiben und mir diesen Unsinn anhören. Ich bin gegangen. Es war zwei Uhr nachmittags. Die Sonne brannte auf meinen Kopf. Ich fühlte, daß der Wahnsinn hinter mir herlief und mich einholen würde. Ich weiß nicht, warum ich auf den Saint-Charles-Weg eingebogen bin, und an einer Wegbiegung bin ich zur Ravine hinuntergepurzelt, die immer frisch und freundlich ist mit ihrem dunklen,

fast unsichtbaren Wasser und die unter den Brechwurzeln und Farnen ihr kleines Lied sang.

»Syé bwa
Légowine kasé
Syé bwa…«

»Sägt das Holz
Der Fuchsschwanz ist zerbrochen
Sägt das Holz…«

Ein Mann saß auf einem Felsen und sah dem Wasser beim Fließen zu. Als er mich hörte, ist er aufgestanden und hat gestammelt: »Bist du es? Bist du es?«
Dann wurde sein Gesicht verschlossen. »Entschuldigen Sie. Ich habe Sie für jemand anderen gehalten.«
Es war nicht nötig, daß er mir vorgestellt wurde, auch so erkannte ich Francis Sancher. Manche taten ja nichts anderes, als über die Farbe und den Dreck seiner Unterwäsche zu reden. Ich wußte, daß er Mira geschwängert hatte und daß alle sein Blut fließen sehen wollten. Ich persönlich mag Mira Lameaulnes nicht, aber ich habe auch keine Angst vor ihr. Die Leute glauben, daß sie sie mit ihren grünen Augen in Hunde verwandeln kann. Die Leute glauben auch, daß sie ihnen einen Bruch oder Wundbrand anhexen kann. Ich, ich glaube nur, daß das Herz in ihrer Brust hart und grau wie ein Stein ist. Als sie noch zur Schule ging — ehe man sie von dort verwies, den Liebling Loulou Lameaulnes' —, kam sie immer zu spät, weil sie irgendwo herumvagabundierte, und dann setzte sie sich auf ihren Platz, und während die anderen Kinder das Einmaleins aufsagten, sang sie Lieder ohne Anfang und Ende vor sich hin, die ich noch nie jemanden hatte singen hören.

»Chobet di paloud
Sé an lan mè
An ké kontréw.«

»Die Chaubette sagt zur Muschel
Es ist im Meer
Wo ich dich wiedertreffe.«

»Wen haben Sie erwartet?«
Er hat seinen Hut auf seine Haare gedrückt, die seit Monaten keinen Kamm gesehen hatten, wie man meinen konnte, und ist verschwunden, ohne sich auch nur die Mühe zu machen, mir zu antworten.

Es ist der Wind, es ist der Wind.
Das Gebirge schlief ruhig im Dunkeln, und der Wind schlief zu seinen Füßen. Plötzlich hat er sich geschüttelt. Er ist aufgestanden. Er hat sich gegen die Gummibäume gestemmt und ist dann mit einem einzigen Schritt hinunter auf die Savanne gerast, wobei er alles auf seinem Weg umgeworfen hat. Wie ein Toller ist er in unser Haus gestürmt und hat brutal Türen und Fenster geöffnet. Sie ist aus ihrem Bett gestiegen, um sie wieder zu schließen, und ich habe den Vater befehlen hören:
»Schau nach, ob das Tor geschlossen ist!«
Ich fühlte etwas in mir kochen: Wut, Auflehnung. Wozu ist eine Mutter nütze, wenn sie gegen den Egoismus und die Grausamkeit der Väter kein Bollwerk bildet? Aber für die da gab es

nur Shireen, Shireen. Mich, man hätte mich wie den letzten Korb Jakobspflaumen auf dem Markt verkaufen können, es wäre ihr egal gewesen! Ich mußte ihr Schande machen, weh tun, damit ich mich rächen konnte. Aber wie?
Da hat mir der Wind diese Idee eingeflüstert mit seinem lauten Lachen eines Verrückten. Er ist es! Er ist der Schuldige!

Als ich bei ihm angekommen bin, stritten sich die wilden Dobermänner, die Schnauzen rot, um ein Gerippe. Sie haben davon abgelassen und kamen auf mich zugerannt. Aber er hat ihnen befohlen, sich hinzulegen. Er saß hinter seiner Schreibmaschine und hat mich barsch gefragt: »Was willst du?«
»Hätten Sie nicht Arbeit für mich? Kochen? Waschen?«
Er hat gelacht. Aber bei diesem Mann waren die Augen, selbst wenn er lachte, schwarz vor Trauer.
»Du willst mir dienen? Das hieße die Welt auf den Kopf stellen.«
Ich trat näher. »Was tun Sie da?«
Er hat wieder gelacht. »Du siehst doch, ich schreibe. Frag mich nicht, wozu das gut sein soll. Übrigens werde ich dieses Buch niemals beenden, denn ehe ich den ersten Satz schreibe und weiß, was ich darein an Blut, Lachen, Tränen, Angst, Hoffnung, schließlich alles packe, was ein Buch zu einem Buch und nicht einer langweiligen Abhandlung macht, habe ich bereits den Titel gefunden: ›Traversée de la Mangrove‹.«
(Quer durch den Mangrovenwald)
Ich habe die Schultern gezuckt.

»Den Mangrovenwald durchquert man nicht. Man wird an den Wurzeln der Austernbäume aufgespießt. Man versinkt und erstickt im brackigen Morast.«

»Ganz recht, das ist es ja gerade.«

Er hat mir das kleinere der beiden Schlafzimmer gegeben. Eine ganze Woche lang habe ich ihn heulen, sich mit den Unsichtbaren schlagen und um Hilfe rufen, weinen hören. Ich betete zu Gott, damit er ihm helfe. Schließlich ist er im Morgengrauen zu mir gekommen und hat Schlaf gefunden.

Ich erwartete nicht, daß ich ihn lieben würde, diesen Mann, den ich im großen Wind des Wahnsinns gewählt hatte. Die Liebe hat mich hinterrücks angefallen. Sie hat sich heimtückisch in mein Herz geschlichen und davon Besitz ergriffen...

Aber Francis Sancher hat mir niemals gehört. Er hat auch niemals Mira gehört, das weiß ich. Das Wesen, dem er gehörte, versteckte sich in den Schatten und den Geräuschen der Nacht.

Die Tage verliefen in etwa friedlich. Er schrieb auf der Terrasse Seiten um Seiten. Wenn er es müde war, sie zu zerreißen, ging er in den Wald, manchmal mit den Hunden, die er mit hängender Zunge und nassem Fell heimbrachte. Mit mir sprach er nicht, er schenkte mir überhaupt keine Aufmerksamkeit.

Aber wenn die Dunkelheit wiederkam, änderte sich alles. Er näherte sich mir, als ob ich ihn hätte beschützen können.

Am ganzen Körper zitternd, fragte er mich: »Hörst du? Hörst du es nicht?«

Ich zuckte die Schultern und antwortete: »Ja! Ich höre das Lachen des Windes, den die Nacht in seinem Kerker hat einsperren können und der das Land peitscht. Ja! Ich höre die lärmende Schar der *mangots*, die es eilig haben, ihren Samen in die Erde zu stecken, damit auch sie unsterblich werden. Ich höre das Meer dort unten, das sich ständig mit den Felsen streitet.«

Diese Worte besänftigten ihn nicht. Er trat ans Fenster, erforschte die Nacht und sagte zu mir: »Siehst du? Siehst du nicht? Er steht da hinten unter dem Ebenholzbaum. Er erwartet mich. Er zählt die Tage.«

Ich ging zu ihm, um über seine Schulter in die Nacht zu schauen, und ich sah nichts als hohe Mauern, glatt und dunkel. Da flehte ich ihn an: »Komm, leg dich hin. Schmeckt mein Körper nicht gut?«

Er hörte nicht auf mich und ging zu *Chez Christian*, um dort Trost im Rum zu suchen. Ich blieb allein und betete, daß er eines Tages Frieden finden möge. Wenn er zurückkam, hielt er wohlklingende und unverständliche Reden. Er sprach von Städten, von allen möglichen Orten, und ich versuchte ohne Führer mir einen Weg durch seine Worte zu bahnen.

»Als wir Balombo verließen, war es Nacht. Monatelang schon kämpften wir um dieses Dorf. Schließlich haben wir es von allen Rebellen gereinigt. Ich hatte diesen Geruch von Blut in den Nüstern, der mich nicht mehr verließ. Ich hatte das Röcheln aller derer in den Ohren, die ich sterben lassen mußte, ohne ihnen helfen zu können. Es gab da ein junges Mädchen, ich müßte sagen, ein Kind noch, mit abgerissenen Beinen, das unter unendlichen Schmerzen wiederholte: ›Es lebe die Revolution!‹ Aber ich, ich glaubte nicht mehr daran. Ich konnte nicht mehr. Es war an jenem Abend, an dem ich einen Fuß vor den anderen setzte und ›Deserteur‹ geworden bin. Die Wüste war weiß wie Salz unter dem Licht des Mondes.«

Ich hätte ihm gern Fragen gestellt. Aber er schlief ein, ohne auch nur an meine Erwartung zu denken. Ich betrachtete ihn, die geschlossenen Augen, den geöffneten Mund, und fragte mich, in welchen dürren, glücklosen Ländern der Geist dieses Mannes umherwanderte. Er hat mir nie etwas über sich erzählt, und ich erkenne die Wahrheit unter all diesen Dummheiten, die die Leute in Rivière au Sel über ihn erzählen, nicht.

Als ich schwanger war, habe ich es ihm gesagt. Er ist stumm geblieben. Über unseren Köpfen trommelte der Regen pausenlos auf das Blechdach, über das die Äste bei jedem Atemzug des Windes strichen. Ich habe seine Schulter berührt.
»Hast du gehört, was ich gerade gesagt habe?«
Er hat sich der Bretterwand zugedreht und mir den Rücken zugekehrt, das war seine ganze Antwort. An den Bewegungen seiner Schultern habe ich erkannt, daß er weinte. Seit diesem Tag haben wir wie Vater und Tochter zusammengelebt. Wenn ich allein war, bereitete ich Sätze vor, um sein Herz weich zu stimmen.
»Warum warst du wütend, weil mein Bauch fruchtbar ist? Du, der du soviel Angst vor dem Tod hast, weißt du nicht, daß ein Kind die einzige Abhilfe dagegen ist?«
Doch wenn er zurückkam, das Gesicht verschlossen und hart wie ein Fels, bekamen meine Worte Angst und flogen fort.
Und da, jetzt ist er tot! Mir bleibt nichts als die Erinnerung, kalt wie Asche, an ein wenig Freude und viel Leid. Gegenwart und Vergangenheit verwischen sich in meinem Kopf.
Mir scheint, daß ich Francis Sancher nie näher gewesen bin als an diesem Abend, wo er da ist und nichts mehr sagt, gegangen ist, um nie wiederzukommen. Unsere Vorfahren sagten, daß der Tod nichts als eine Brücke zwischen den Menschen sei, ein Steg, der sie miteinander verbindet und auf dem sie sich auf halbem Weg treffen, um sich alles das zuzuflüstern, was sie sich nicht haben sagen können.
Unter dem Geräusch der Regentropfen auf dem Dach, dem Reiben der Äste der Bäume und dem Rascheln der Gräser auf der Böschung, im Pfeifen des Windes, der durch die Ritzen des Hauses bläst, scheint es mir, daß ich seine Stimme höre; er spricht geheimnisvolle Worte, die ich niemals gehört habe und die das Geheimnis dessen lüften, was er gewesen ist.
Ich möchte gern meine indische Urahnin sein, damit ich ihm auf den Scheiterhaufen der Toten folgen kann.

Désinor, der Haitianer

»Ich weiß nicht, warum alle hier so tun, als wäre ihnen das Herz schwer. Er hätte sicher darüber gelacht, so wie man ihn behandelt hat. Aber die Leute in Rivière au Sel sind so. Sie haben keine Gefühle, und obendrein sind sie scheinheilig. Ich brauche nicht zu lügen, Francis Sancher, der war mir völlig egal. Ich werde doch nicht wegen der zweihundert Franc, die er mir in der Woche fürs Umgraben seines Gartens gab, um ihn trauern! Wenn ich hier bin, dann nur, weil ich schon lange keinen so guten Duft nach Essen mehr gerochen und meine Kehle mit einem guten Schluck Rum angefeuchtet habe.«
Zum drittenmal füllte Désinor, der Haitianer, seinen Teller mit fetter Suppe und betrachtete mit großem Gefallen den schönen Markknochen, den Madame Ramgoulam, die Schwester Rosa Ramsarans, auf ein Bett aus Kohl und Karotten legte, ohne den Kürbis zu vergessen. Hunger hatte er nicht mehr, und wenn er noch aß, dann aus Gier und auch aus Voraussicht, denn die kommenden Tage würden lang, ohne Suppe und Fleisch sein. Er aß schmatzend mit den Händen und spürte die verachtungsvollen Blicke seiner Nachbarn auf sich ruhen, die sich geschickt ihrer Löffel bedient hatten, nachdem sie eine Serviette auf ihren Knien ausgebreitet hatten. Das machte ihm Spaß, denn er führte sich mit Absicht so unflätig auf. Da er dieses eine Mal auf gleicher Ebene mit den Leuten von Rivière au Sel stand, hätte er sie am liebsten beleidigt, schockiert, ihnen klargemacht, wer wirklich dieser Désinor

Décimus war, den sie für einen erbärmlichen haitianischen Gärtner hielten. Hatte ihm nicht erst gestern Dodose Pélagie einen alten Anzug ihres Mannes geschenkt?
»Da, für dich, Désinor.«
Fast hätte er ihr Jackett und Hose an den Kopf geworfen, der Stoff war so abgenutzt, daß er durchscheinend war, aber er hatte sich beherrscht und gesagt, was sie von ihm erwartete.
»Vielen Dank für Ihre große Güte!«
Als er Anfang der Woche den Rasen von Madame Théodose fertiggemäht hatte, hatte sie ihn in die Küche gerufen und ihm etwas Fleischbrühe mit einer schönen Scheibe Jamswurzel serviert. Er hatte gegessen, weil sein Magen ihn nicht in Ruhe ließ. Trotzdem hatte sich der bittere Geschmack der Wut unter die Speisen gemischt.
Deshalb hatte er auch Xantippe mitgenommen. Um sie stumm herauszufordern, diese kleinen Spießer. Sie mit ihrer Schwärze zu konfrontieren. Sie mit ihrem Elendsgestank und ihrer Not zu konfrontieren.
Désinor war im November 1980 nach Guadeloupe gekommen. Am 2. November präzise, Allerseelen, dem Tag der Toten, und es war kein Zufall, daß sein Freund, Baron-Samedi, ihm unter seinem Zylinder zugezwinkert und gesagt hatte, daß er nun das Reich der Schatten und Verzweiflung betreten würde. In Wahrheit hatte Désinor schon lange davon geträumt, seinem Land den Rücken zuzukehren. Aber in seiner Vorstellung sah er sich auf den Straßen New Yorks, das er bereits aus Carlos' Briefen kannte.
»Bruder Désinor,
ich schreibe Dir, um Dir zu sagen, daß ich bei guter Gesundheit bin. In New York kannst Du jeden gewünschten Job finden. Arbeit gibt's genug, Du mußt nur zupacken. Mein Zimmer ist groß genug für zwei. Ich schicke Dir das Geld für die Überfahrt ...«

Ach, Carlos! Das sah ihm ganz ähnlich! Die tausend Kilometer Entfernung hatten die heiße Flamme in seinem Herzen nicht zum Erlöschen gebracht. Sie waren zusammen aufgewachsen, hatten aus demselben Kochgeschirr des Elends gegessen, an derselben Brust ohne Milch das Unglück gesaugt! Sie hatten dieselben dickärschigen Negerinnen bestiegen — falls sie wollten, was selten war, denn sie hatten kein Geld. Eines Tages, müde, immer von diesen Herzlosen zurückgewiesen zu werden, hatten sie sich gegenseitig bestiegen, und welch eine Überraschung!, nach dieser Umarmung hatten sie dieselbe überwältigende Lust empfunden. Also hatten sie den Akt wiederholt...

Am Anfang hatte Désinor in den Zuckerrohrfeldern in der Nähe der Baie Mahault gearbeitet. Die meisten Zuckerrohrschneider waren Haitianer wie er, und Sätze schwirrten hin und her.

»Du auch, du kommst aus Jacmel?«

Ah, die Versklavung des Negers aus Haiti ist noch nicht zu Ende! Mit heftigen Macheteschlägen gab Désinor seiner Wut und Verzweiflung Ausdruck. Die Leute haben gut reden, das Elend im eigenen Land hat einen anderen Geschmack, der weniger bitter ist.

Eines Tages hatte sich die Nachricht verbreitet, daß die Polizei das Camp abriegeln und jeden nach seinen Papieren fragen würde. Papiere! Désinor war geflohen. Ewige Flucht des Negers vor der Armut und dem Elend! Er war ohne Unterlaß gelaufen, ohne jemals anzuhalten, um Atem zu schöpfen, über Sturzbäche und Hügel, und plötzlich war er auf ein Schild gestoßen: »Rivière au Sel«.

Der Ort lag versteckt genug, um den Eifer der Polizei zu dämpfen! Man spürte, daß jene, die dort lebten, nicht weiter als bis zu ihrer Nasenspitze sahen, keinen anderen Duft als den ihres Atems einsogen. Falls die Gendarmen in der Umgebung her-

umschnüffeln sollten, würden die Leute ihnen nur ungern Auskunft geben. Deshalb hatte er beschlossen, in Rivière au Sel vor Anker zu gehen! Jedoch hatte er schnell gemerkt, daß er nicht der einzige war, der diese Überlegung angestellt hatte. Wenigstens ein Dutzend — alle erkennbar an ihrer tiefschwarzen Haut und der verstohlenen Art, wie sie zu ihren mit Blech gedeckten Lehmhütten schlichen —, waren an einem Platz namens Beaugendre gestrandet. Denn da versuchten sie, so gut es ging, ihre verlorene Heimat wiederzuerschaffen.
Désinor hatte es sich in den Kopf gesetzt, ganz allein sein Glück zu versuchen, und hielt deshalb größtmögliche Distanz zu der kleinen Kolonie. Das gefiel den übrigen Exilanten überhaupt nicht, und sie fingen an, phantastische Geschichten über ihn zu erzählen. Er sei ein Verdammter, von den Seinen verstoßen, eine verlassene Seele, ein Hexer, der von wütenden Geistern verfolgt würde.
Désinor kümmerte sich nicht darum, er ging seinen Weg. Seit er in Rivière au Sel lebte, hatte er beschlossen, sein eigener Herr zu sein, und er bot seine Dienste überall an: bei der Ernte von Jamswurzeln oder Kokosnüssen oder beim Fällen von Bäumen.
An einen Mangobaum gelehnt, baute er sich eine Lehmhütte, die er mit Wellblech deckte. Nachdem er noch einen Schemel und einen Tisch aus den Brettern einer Whiskykiste gezimmert hatte, überkam ihn wahrhafter Besitzerstolz. Wenn er sich dann in der Dunkelheit auf seinem Bett aus Lumpen auf dem Boden ausstreckte, träumte er von New York, das er nie kennenlernen würde, aber er sah es doch. Oder er sagte sich Carlos' Briefe vor.
»Bruder Désinor,
ich schreibe Dir, um Dir zu sagen, daß ich bei guter Gesundheit bin. Ich kann nicht glauben, was Du mir sagst. Dieses Guadeloupe ist ein Land wie andere Länder auch. Man kann

doch von dort aus nicht nur nach Frankreich reisen. Erkundige Dich...«

Désinor lachte: Carlos konnte das nicht verstehen. Nein, dieses Land war nicht wie andere Länder. Die Flugzeuge verkehrten nur zwischen La Pointe und Paris! Die Leute reisten nur nach Frankreich!

So lebte Désinor zwei glückliche Jahre in äußerster Einsamkeit, mit Carlos' Briefen als einzige Gesellschaft, die Moïse ihm regelmäßig brachte, und oft befand sich darin eine brüderliche Postanweisung. Als er eines Morgens zum Trois Chemins kam, sah er aus der Köhlerhütte eine Rauchfahne in den Himmel steigen. Aber es waren nicht Justinien und sein Kumpel Josyna, die sich dort wieder häuslich niedergelassen hatten.

Es war ein Neger so schwarz wie die Trauer und die Ewigkeit, der die Leute mit einem schweren Blick bedachte, der Unglück verhieß. Sein hagerer Körper war mit Lumpen bedeckt, die aus einem Stoff gefertigt waren, der wie Sackleinen wirkte. Seine Füße waren groß und schwer wie Jamswurzeln. Trotz seiner Selbstbeherrschung schrak Désinor zusammen und wäre fast davongelaufen. Dann gewann er seine Selbstkontrolle wieder und sagte höflich: »Wie geht's?«

Der andere gab etwas Unverständliches zur Antwort.

Drei Tage später, als er Futter für die Kaninchen von Dodose Pélagie sammelte, traf er wieder auf den vom Teufel Besessenen, der wie ein Jagdhund unter einem Trompetenbaum stand. Nicht ohne Schwierigkeiten fing er eine Unterhaltung mit ihm an und erfuhr, daß der Mann Xantippe hieß.

Wie sich herausstellte, kultivierte Xantippe außer diversen Früchten und Gemüsen auf seinem Stück Land auch einen besonderen Tabak. Einen Tabak, wie Désinor ihn seit langem nicht mehr geraucht hatte. Wenn die Blätter getrocknet und gerollt waren, spendeten sie einen Rauch, einen Rauch, der so-

gar den Teufel in seiner Hölle trunken gemacht hätte. Die beiden Kumpane machten es sich zur Gewohnheit, sich abends schweigend zusammenzusetzen und sich gegenseitig ihr Herz in dem glücklich machenden Duft auszuschütten.
Désinors Herz war voll vom Blau des Himmels über Haiti oder dem pudrigen Weiß der Gehsteige Manhattans, wo Carlos knietief versank. Er brummte: »Ich weiß genau, daß ich sie nie sehen werde, die Freiheitsstatue. Außerdem hat man mir gesagt, daß sie nicht schön ist und nur Immigranten einer anderen Rasse willkommen heißt. Wir haben nicht die richtige Hautfarbe.«
Xantippe murmelte immer dasselbe. Eine Geschichte über Feuer. Eine verbrannte Hütte. Funken, die im Mittagssonnenlicht tanzen. Eine Zeitlang fragte sich Désinor, ob Xantippe nicht einer dieser Pyromanen war, der einem die Polizei auf den Hals hetzte. Und warum irrte er von früh bis spät in den Wäldern herum? Bis dann jemand bei *Chez Christian* eines Tages erzählte, mit dem Ton der Überzeugung erzählte, welches Drama der arme Kerl erlebt hatte.
Von da an fühlte sich Désinor mit Xantippe durch ein festeres Band verbunden. Gab es Unglücklichere, Einsamere als sie, ohne Frau, ohne Kinder, ohne Freund, ohne Vater, ohne Mutter, ohne irgend jemanden unter der Sonne?

»Lobet Gott in seinem Heiligtum.
Lobet ihn in der Feste seiner Macht.
Seine Augen sehen,
Seine Blicke scheiden die Guten von den Bösen.«

Selig Francis Sancher, an dem das Leben seine Krallen nicht mehr wetzte und der nun die Ewigkeit besaß, um sich auszuruhen! In diesem Moment stieß der übersättigte Magen von Désinor einen lauten Rülpser aus, und die anderen sahen ihn an, entsetzt von der Gegenwart dieses flegelhaften Negers.

Dodose Pélagie

»Ich habe keine Jugend gekannt außer dieser flüchtigen Zeit, die vom Wahn der Sünde verdunkelt wurde. Das Alter kommt immer näher. In der Finsternis meines freudlosen Herzens habe ich diesen Mann, als er mir helfen wollte, zurückgestoßen, beleidigt, und jetzt kann ich nichts wiedergutmachen.«

Wenn ich mit fünfzehn mit offenem Haar über die Straße von La Pointe ging, sahen mir die Männer nach, und ihre Augen glänzten. Im Lyzeum war ich in allen Fächern die Beste, und meine Lehrer sagten, ich würde es weit bringen. Leider wurde mein Vater, der Steuerbeamter war und mit seiner Familie jedes Jahr die Ferien in Frankreich verbrachte, vom Typhus dahingerafft. Also setzte sich meine mutige Mutter auf ihren Hocker vor das Klavier und fing an, den Kindern ihrer Bekannten Unterricht zu geben. Wir haben sehr schnell gemerkt, daß das zum Leben nicht reichte, denn mit meinen beiden jüngeren Schwestern und meinem kleinen Bruder waren wir fünf. Fünf Mäuler, die mit Tonleitern, Arpeggios und dem

Wohltemperierten Klavier gestopft sein wollten. Ich fragte mich, was ich tun konnte, um ihr zu helfen — die Ecole Normale besuchen, um Lehrerin zu werden? —, als sie mich eines Abends in ihr Schlafzimmer bat. Auf einem niedrigen Tisch brannte das Ewige Licht vor dem Foto meines Vaters mit seinem schönen Schnurrbart und den glattgekämmten Haaren. Meine Mutter hat geschluchzt.
»Gott ist mein Zeuge, daß ich leide, weil ich dir diesen Vorschlag mache. Aber Emmanuel Pélagie ist gekommen und hat um deine Hand angehalten. Das wäre für uns wie Manna in unserer Wüste!«
Emmanuel Pélagie! Ich kannte ihn. Ich hatte ihn anläßlich der Beerdigung meines Vaters gesehen, steif wie ein Ladestock unter der glühenden Sonne um drei Uhr nachmittags. Auf Emmanuel Pélagie ist das Land sehr stolz. Er ist ein schwarzer Neger, nicht schlecht aussehend, der von einer Nichtswürdigen am Canal Vatable geboren wurde. Trotzdem hat er es zum Ingenieur der Forst- und Wasserverwaltung gebracht und arbeitet irgendwo in Afrika. Ich habe gestammelt: »Ich will nicht nach Afrika ziehen.«
Meine Mutter hat meine Hand ergriffen.
»Gerade deswegen, er möchte nicht dorthin zurückkehren. Er möchte sich hier niederlassen und heiraten.«
Ich habe geschrien: »Warum gerade mich? Warum mich?«
Meine Mutter hat angefangen zu weinen. Zwei Monde später habe ich geheiratet.
Vielleicht wären andere Frauen an meiner Stelle glücklich gewesen. Mein Mann war Direktor des Instituts für Landwirtschaftliche Forschung auf Guadeloupe. Wir wohnten in einer Dienstvilla inmitten eines drei Hektar großen Parks in Gosier. Wir empfingen alle möglichen Leute bei uns: den Präfekten, Delegationen von Franzosen, Guayaner, Martiniquer, einmal sogar einen adeligen weißen Pflanzer. Ich bestellte

meine Kleider bei den Trois Quartiers in Paris. Jeden Abend gab ich Essen für über dreißig Personen. Seit fünf Uhr früh arbeiteten meine Dienstboten in der Küche.
Aber ich, ich erlitt ein Martyrium, denn ich konnte Emmanuel Pélagie nicht ertragen. Ich konnte den Klang seiner Worte nicht ertragen, wenn er bei Tisch salbaderte.
»Es ist ein Irrtum zu glauben, Afrikaner und Antillenbewohner hätten irgend etwas Gemeinsames außer ihrer Hautfarbe. Jedenfalls in gewissen Fällen. Schauen Sie sich meine Frau an! Man könnte sie für eine Spanierin halten! Unsere Gesellschaft ist eine Gesellschaft der Mestizen. Ich weigere mich, das von manchen gebrauchte Wort ›kreolisch‹ zu benutzen. Ich habe fünf Jahre an der Elfenbeinküste auf einer Plantage gearbeitet. Sie kennen doch dieses kostbare Holz! Und um mit meinen Leuten reden zu können, brauchte ich einen Dolmetscher. Einen Dolmetscher. Wir konnten uns nicht verständigen. Wir sind schwarz, können uns aber nicht verständigen!«
Oder: »Das Gesetz vom 19. März 1946 ist von den Regierungen seit 1947 seines Sinns vollständig beraubt worden. Es müssen also Parteien gegründet werden, die die Autonomie Guadeloupes fordern!«
Ich konnte sein Lachen nicht ertragen. Ich konnte den Geruch seines Mundwassers nicht ertragen, wenn er mich küßte, den Geruch seines Kölnisch Wassers, wenn er sich mir näherte. Glücklicherweise war er derart mit sich selbst beschäftigt, daß er nichts davon merkte. Wenn er des Nachts seine Lust gestillt hatte, drehte er mir mit einem Seufzer der Zufriedenheit den Rücken zu, eine Zufriedenheit, die ich nicht teilte.
Offensichtlich gehörte ich zu den wenigen Menschen, die Emmanuel Pélagie nicht schätzten. Unser Salon war immer voller Besucher. An Tagen, an denen er nicht arbeitete, hielt er wahre Audienzen ab. Das Telefon läutete ständig. Ich begriff sehr schnell, warum. Emmanuel Pélagie betätigte sich in

der Politik. Er bewunderte einen gewissen Rosan Girard und folgte ihm wie ein treuer Hund. Ich hörte vom Algerienkrieg, Aufruhr in Fort-de-France und anderen Ereignissen reden. Mich interessierte das alles nicht. Ich verschloß meine Ohren wie mein Herz vor ihm.

Zwei oder drei Jahre gingen so dahin, Emmanuel Pélagie lief von einem politischen Treffen zum anderen. Ich beschäftigte mich mit den tausend Nichtigkeiten, die das Leben einer kleinen Spießbürgerin ausmachen. Ich haßte meinen Mann immer mehr. Weil er etwas sagte und dann etwas ganz anderes tat.

Trotz seiner schönen Reden verachtete er insgeheim seine Mitbürger und fühlte sich nur in Gegenwart der Franzosen wohl, die in unserem Haus vorbeidefilierten. Er paradierte vor ihnen, legte Opernplatten auf, *Die Zauberflöte* oder *Madame Butterfly*. Nie eine Biguine, eine Mazurka! Während der Diners wußte ich nichts zu den Franzosen zu sagen, die an meiner Seite saßen, und ich fragte mich, ob sie lebten, ob Blut in ihren Adern floß oder ob sie nicht nur weiße Menschen waren, ohne Sexualität und Gefühl.

Das waren seltsame Jahre für Guadeloupe! Im nächtlichen Schatten malten die Leute auf Wände seltsame Buchstaben, die wie Sturmglocken klangen. Beleidigende Inschriften, »De Gaulle Mörder«, »Nieder mit dem Kolonialismus« — ein neues Wort! Ich hörte Emmanuel entschlossen über die Schließung von Fabriken und den Streik der Landarbeiter reden. Er traf sich mit Männern, Ärzten, Rechtsanwälten, hohen Beamten wie er, die so taten, als sprächen sie untereinander kreolisch, und sich erlaubten, zu mir zu sagen: »Dodose, sa kaye?« (Dodose, geht's gut?)

Wenn ich daran dachte, daß Emmanuel in ein paar Stunden seine Fliege umbinden würde, während er dazu *Madame Butterfly* trällerte, packte mich die Wut. Eines Abends saß ich

während eines dieser ewig dauernden Diners neben einem jungen Ingenieur der Forst- und Wasserverwaltung. Er hatte Augen wie der Himmel an einem schönen Tag. Also blaue! Als das Dessert serviert wurde, nahm er meine Hand.
Ach, Pierre-Henri de Vindreuil! Von einem Tag auf den anderen änderte ich meine Meinung über die Franzosen.
Pierre-Henri und ich, wir trafen uns in seinem Apartment in einem Hochhaus, über den verrosteten Dächern von La Pointe. Die Gerüche in der Stadt vermischten sich mit unseren Schreien, dann mit unseren langen vertraulichen Gesprächen, die wir nach unseren Umarmungen führten. Zum erstenmal im Leben sprach ich von mir, und es hörte mir jemand zu. Unendliche Sinnlichkeit! Ich sprach von meiner Mutter, die jetzt im Glück lebte, denn Emmanuel war ihr gegenüber sehr großzügig. Ich sprach über das Opfer, das ich mit meinen sechzehn Jahren gebracht hatte. Über meine traurige Ehe. Das letzte Thema verstand Pierre-Henri nicht. Er war ganz erstaunt.
»Er wirkt doch so intelligent!«
Eine Frau braucht keine Intelligenz. Mit einem Genie kann man nicht leben. Sie braucht Zärtlichkeit, Liebe!
Das Glück, in dem ich lebte, ließ mich vergessen, daß das heimtückische Unglück schon auf der Lauer lag. Ich erinnere mich, es war am Tag vor Weihnachten. Große Fichten mit künstlichem Schnee standen in den Schaufenstern der Libanesen, und die Menschen drängten sich in den Straßen. Die Reichsten flogen nach Frankreich, und ich verfluchte Emmanuels Falschheit, der uns eine solche Reise verbot. Wie hätte ich es geliebt, in einem eleganten Restaurant zum Diner Austern mit Weißwein zu verspeisen!
Eines Nachmittags verkündete Pierre-Henri mir, daß er nach Paris zurückberufen sei. Ich kehrte in Tränen aufgelöst nach Hause zurück und fand dort auf der Terrasse Männer und

Frauen in Tränen vor. Emmanuel Pélagie war auf einer verbotenen politischen Versammlung erst geschlagen und dann festgenommen worden. Er verbrachte mehrere Tage im Gefängnis. Als er entlassen wurde, versetzte man ihn aus disziplinarischen Gründen an das Forschungsinstitut nach Rivière au Sel, wo er sich um eine Versuchsplantage, die Mahagonibäume aus Honduras anpflanzt, kümmern mußte. Seine Karriere war vernichtet. Rivière au Sel!
Ich hasse diesen Ort voller Schatten und Feuchtigkeit! Das Auge sucht den Himmel und sieht ihn nicht, weil er von diesem Urwald, diesen mit Lianen bedeckten Bäumen verhängt wird. Alle diese alterslosen Kreaturen graben ihre mächtigen Wurzeln in den dunklen, weichen Boden. Während Emmanuel Pélagie seine Mahagonischößlinge überwachte, ging ich bis zum Weiher Bois Sec und flehte Gott an, er möge einen dieser Geister schicken, von denen behauptet wird, daß sie hier hausen, und mich von diesem sinnlosen Leben befreien. Seit seiner Abreise am 23. Dezember hatte Pierre-Henri mir nie geschrieben. Was Emmanuel betraf, mit seinen schönen Reden war es aus! Auch mit seinen Opernmelodien. Als wäre er taub und stumm geworden, zog er sich in sich selbst zurück und sprach praktisch nicht mehr mit mir. Manchmal begegnete ich seinem verhangenen Blick, schwer wie das Letzte Gericht, und mir schauderte.
Eines Morgens wurde mir nach dem ersten Schluck Kaffee schwindlig. Ich war schwanger! Schwanger! Diese Tatsache kam mir wie eine Gnade Gottes vor! Ich trug mein Kind in der Hoffnung. Während es noch im Schutz meines Bauches strampelte, sagte ich ihm: »Du wirst meine Zuflucht und mein Trost sein. Du wirst mir die Jugend zurückgeben, von der ich nicht gekostet habe. Du wirst meine Sonne sein!«
Ich vergaß, daß Gott nur Rachegedanken hat!
Einige Stunden nach der Geburt, als ich mich in diesem Frie-

den wiegte, der der mühsamen Arbeit folgt, und ich mir bereits ein neues, durch dieses unschuldige Wesen veränderte Leben vorstellte, hatte Sonny, mein neugeborener Sohn, eine Hirnblutung. Sein Leben lang behindert!
Als die Ärzte uns mit unserem Unglück allein gelassen hatten, hat Emmanuel Pélagie mich angesehen und mir gesagt: »Das ist deine Schuld!«
Was bedeutet dieser Satz? Diese Frage verfolgt mich ständig. Weiß Emmanuel Pélagie, daß diese Sünde, so viele Male mit Pierre-Henri begangen, deren Erinnerung mich noch heute bis ins Innerste erzittern läßt, der Grund für die Verzweiflung in unserem Leben ist? Nie haben wir uns ausgesprochen, und ich sehe Tag für Tag dieses versteinerte Gesicht vor mir.
Man kann leicht verstehen, daß ich in diesem Gemütszustand keinen Gedanken an Francis Sancher zu verschwenden hatte. Ich wußte, daß Sonny häufig bei ihm war, aber ich konnte ihn nicht daran hindern. Die Leute in Rivière au Sel verabscheuen Fremde. Sie verabscheuen sie und reden alles mögliche über sie. Als ich am Anfang hier lebte und abends mit meinem beklagenswerten Sonny frische Luft schöpfte, zogen alle Leute bei unserem Vorbeigehen ihre Vorhänge zu, während verleumderische, unsichtbare Münder flüsterten: »Schau sie dir nur an! Diese Frau hat in La Pointe ein leichtes Leben geführt. Und er, ihr Sohn, das ist das Kreuz, das Gott ihr auferlegt hat.«
»Aufgepaßt! Wird sie nicht auch bei uns ihre Schweinereien machen?«
Als dann Madame Mondésir mir erzählt hat, daß Francis Sancher ein Schwuler ist, der es mit Moïse treibt, habe ich nicht hingehört; auch nicht, als Madame Poirier berichtete, er sei Waffenhändler gewesen und würde sein dreckiges Geld unter der Matratze verstecken. Und eines Abends, als ich von einem Spaziergang zum Bois l'Etang zurückkam, habe ich ihn getrof-

fen. Ich liebe diesen Ort, den, so sagen die Leute, die Geister der Verstorbenen bevölkern. Der immergraue Himmel wird von dem Kamm des Gebirges wie von einer gezackten Klinge begrenzt. Seerosen, Entengrütze und andere Wasserpflanzen bedecken den Teich mit einem dichten Teppich, und die Luft ist voller Stimmen: Murmeln, Pfeifen und Piepen. Die Leute meiden diesen Ort, und ich treffe dort nie jemanden außer diesem armen Xantippe, den ich mehrmals gesehen habe, wie er sich einen Weg mit seiner Machete durchs Unterholz schlug. Ich bin über den Saint-Charles-Weg zurückgegangen, und ganz plötzlich, im Schatten einiger Birnbäume, stieß ich auf Francis Sancher.

Ich gestehe, daß er für einen Mann, dem man Schlimmeres als den Galgen wünschte, sehr sanft war. Ich war über das Leuchten in seinem Blick überrascht, das wohl von kaum vergessenen Erinnerungen herrührte, von halb gestorbenen Illusionen, von vom Strom des Lebens gebeutelten Hoffnungen. Er ist geradewegs auf mich zugegangen und hat mich sehr höflich gegrüßt.

»Ich wollte gerade zu Ihnen kommen, Madame.«

Irgend etwas ist in mir starr geworden, und ich habe gefragt: »Zu mir? Was wollen Sie von mir?«

Er hat sich durch mein unhöfliches Verhalten nicht einschüchtern lassen und gesagt: »Ich möchte mit Ihnen über Sonny sprechen. Ich bin Arzt, müssen Sie wissen. Mein Spezialgebiet ist zwar ein anderes, aber ...«

Ich habe ihn brutal unterbrochen.

»Monsieur, ich brauche Sie nicht, um zu wissen, wie ich mich um mein Kind kümmern soll.«

Und da er einfach stehenblieb und mich ohne Vorwurf ansah, sind Worte in meinen Mund gekommen, häßliche Worte, Flüche, Beleidigungen, die im Schweigen des Unterholzes widerhallten und die nicht ihm, sondern dem Leben galten, das mir gegenüber so ungerecht war und das meine besten Jahre in diesem Kerker ohne Hoffnung eingesperrt hatte. Dann, dann haben sich meine Worte, meine Flüche in Wasser verwandelt, bitter von meinem Kummer.

Das sind die Tatsachen! Dieser Mann, der mein bedauernswertes Kind liebte und der soviel Liebe brauchte, ist tot! Ich bin da, mit meinem Schmerz und dem Bedauern, ihn nicht angehört zu haben. Trotzdem hat er mir meinen Weg gezeigt.

Ich habe angefangen, das Geheimnis meines Herzens zu erforschen. Liebe ich wirklich meinen armen Sonny? Ist er nicht nur ein Kreuz, das ich am liebsten von mir weisen würde? Ist er nicht eine Wunde, die ständig meinen Stolz verletzt? Eine schmerzhafte Inkarnation meiner Gewissensbisse? Oder eine Bestrafung Emmanuels, den ich nicht aufhöre zu hassen, den ich aber nie verlassen konnte? Das muß ein Ende haben. Von nun an werde ich mich um ihn kümmern. Ich werde an die Tür jedes Krankenhauses, jeder Klinik klopfen. Ich werde jeden Arzt belagern. Ich werde jede neue Therapie ausprobieren. Wenn es sein muß, werde ich bis ans Ende der Welt gehen. Ich werde Emmanuel verlassen, der sich in seinen kleinlichen Rachegedanken in Rivière au Sel eingeschlossen hat.

Ja, es gibt eine Zeit zum Suchen und eine Zeit zum Verlassen, eine Zeit zum Bewahren und eine Zeit zum Vergeuden; eine Zeit zum Zerreißen und eine Zeit zum Flicken; eine Zeit zum Schweigen und eine Zeit zum Reden; eine Zeit zum Lieben und eine Zeit zum Hassen. Jetzt ist die Zeit meines Neuanfangs gekommen.

Lucien Evariste

»Wenn ich daran denke, wie sehr ich mich in ihm getäuscht habe! Ich hielt ihn für einen Kampfgefährten Fidel Castros in der Sierra Maestra, einen Erbauer dieser Welt, während er in Wahrheit zur gefährlichsten Sorte gehörte, jenen, die ihre Meinung ändern und alles das verbrennen, was sie früher einmal angebetet haben. Trotzdem liebte ich ihn, er war mein Freund.«
Lucien Evariste hatte sich lange bei den Männern unter der Plane aufgehalten, in der Nacht, die die Farbe des Regens hatte. Jetzt hatte er das Totenzimmer betreten, nicht um dort zu beten, sondern um sich am Licht der Kerzen und dem Gemurmel der Litaneien aufzuwärmen. Denn Lucien betete schon seit Jahren nicht mehr, nie war mehr ein »Gegrüßet seiest Du, Maria«, und noch weniger ein »Confiteor Deo« über seine Lippen gekommen. Zwar war er Chorknabe gewesen, und seine Mutter, die ihn wie eine Glucke behütet hatte, hatte davon geträumt, der Kirche einen Priester zu schenken. Sie hatte ihn spät bekommen, diesen Jungen, und sie fragte sich, was sie Gott angetan hatte – sie war es müde, seit vierzehn Jahren den Samen ihres hitzigen Mannes, Doktor Evariste, zu speichern, der seine Praxis gleich neben dem Pfarrhaus und der Kathedrale hatte, doch der sich des Nachts über das Gebot des Herrn lustig machte: Ungehemmte Sinnlichkeit ist verwerflich. Späte Frucht des Leibes, war Lucien in Spitzen und Leinen gehüllt groß geworden, genährt mit dem

Besten. Im Alter von sieben Jahren saß er zwischen Vater und Mutter auf Bank 32 der Kathedrale, wendete die Seiten eines dicken Meßbuches und sang Choräle:

»O Dieu vainqueur
Sauvez, sauvez la France
Au nom du Sacré Cœur.«

»Oh, siegreicher Gott
Rette, rette Frankreich
Im Namen des heiligen Herzens.«

Wie haben seine Eltern gelitten, als er Revolutionär und Atheist wurde!
Das alles war rein zufällig geschehen. Als er, ein braver Student klassischer Philologie in Paris, einen Kameraden aus reiner Neugier zu einer Kundgebung begleitet hatte. Er war noch keine hundert Meter die Rue des Ecoles hinuntergegangen, als ein Beamter der Sicherheitspolizei ihm mit einem Schlagstock das halbe Ohr abgerissen hatte. Dieses ungerechterweise verstümmelte Ohr hatte über seine Zukunft entschieden, und von diesem Tag an war er einer der Pfeiler der studentischen Protestbewegung geworden. Seine Mutter, in der Heimat, war verzweifelt. Aber sein Vater sagte ihr immer wieder, indem er die Schultern zuckte, sie brauche sich keine Sorgen zu machen. Wieder ins gute Klima von Guadeloupe zurückgekehrt, würde ihr Sohn alle diese Ideen vergessen. Dieses Mal jedoch irrte Lucien, der Vater, dessen medizinische Diagnosen unfehlbar zu sein pflegten. Wieder in der Heimat, hatte sich Lucien geweigert, unter dem elterlichen Dach zu leben, und nachdem er lautstark die Patrioten vertreten hatte, war er aus diesem Grund zum Chef der Sendung: »Moun an tan lontan« (Gestalten aus der Vergangenheit) bei Radyo Kon

Lambi gewählt worden, in der er die Lebensgeschichte von Helden, Märtyrern, Patrioten, Führern und großen Männern erzählte, die bereits gestorben waren — meistens eines gewaltsamen Todes — und die dafür gekämpft hatten, daß sich die Verdammten dieser Erde erheben. Für jedes seiner Worte, das aus seinem Mund kam, bat seine Mutter, ein Ohr ans Radio gepreßt, den lieben Gott um Verzeihung. Denn sie fand es ebenso verwerflich, wenn jemand über Klassenkampf oder die Ausbeutung der Menschen wie über Ehebruch oder Geschlechtsverkehr sprach. Um auf eklatante Weise die Abkehr von seinem Milieu zu demonstrieren — wo man nur jemanden von derselben Hautfarbe und demselben Bankkonto heiratete —, lebte Lucien nun mit Margarita zusammen, einer schwarzen Negerin, die er aus einem Puff in Petit Canal geholt hatte. Margarita konnte nicht drei zusammenhängende Worte französisch reden, doch seitdem bemühte sie sich eifrig, wenn auch ihre Nachbarn darüber spotteten.

Lucien war froh, wieder in der Heimat zu sein, wenn er auch oft über die Dumpfheit dieses sterilen Landes in Wut geriet, das keine Revolution gebar! Ach, wäre er doch anderswo geboren worden! In Chile! In Argentinien! Oder nur einen Steinwurf entfernt, auf Kuba! Zu siegen oder für die Freiheit zu sterben!

Um seine freien Abende auszufüllen, die Margarita vor dem Fernseher verbrachte, hatte Lucien den Plan gefaßt, einen Roman zu schreiben. Trotzdem brachte er nichts zustande, denn er zögerte zwischen einem historischen Fresko der Negersklaven und einer Chronik in Romanform über den großen Aufstand des Jahres 1837. Seine patriotischen Freunde, die er ausgiebig um Rat fragte, zögerten ebenfalls, die einen optierten für die Negersklaven, die anderen für den großen Aufstand, aber alle nervten ihn, er müsse sein Buch in der Muttersprache, das heißt auf kreolisch, schreiben. Lucien, der im Al-

ter von sechs Jahren von seinen Eltern geohrfeigt worden war, weil er die einzigen kreolischen Wörter ausgesprochen hatte, die er kannte: »A pa jé!« (Das ist kein Scherz!), war dessen nicht fähig und betrachtete seine elektronische Schreibmaschine, die er für viel Geld gekauft hatte, ohne sie zu berühren. Es war Carmélien Ramsaran, der ihm von der Anwesenheit Francis Sanchers in Rivière au Sel erzählt hatte.
Carmélien und Lucien waren Freunde geworden, weil sie an Samstagnachmittagen im Stadion in der Sonne schwitzten und den Torhüter von Etoile-Petite-Bourgeoise beschimpften. Sie trafen sich oft und belästigten Margarita mit ihrem lauten Gezänk, denn Carmélien war ganz der Sohn seines Vaters Sylvestre, der sich rühmte, noch nie einen Wahlschein in der Hand gehabt zu haben. Wenn sich Lucien in seinen ideologischen Höhenflügen verlor, brachte ihn Carmélien spöttisch auf die Erde zurück.
»Mach doch mal die Augen auf! Wir sind bereits Europäer! Die Unabhängigkeit ist eine schlafende Schöne, die von keinem Prinzen wieder wachgeküßt wird.«
Ein Kubaner in Rivière au Sel! Ein Kubaner! Lucien, der alles über Fidel Castros Heldentaten in der Sierra Maestra kannte, der *La Ultima Cena* dutzende Male auf den Filmfestivals der dritten Welt bewundert hatte, der die Anzahl der Sowjets auf Kuba bis zum letzten Mann wußte, hatte noch nie einen Kubaner mit eigenen Augen gesehen! Außer vielleicht die Musiker der Gruppe Sonora Mantecera, die im Quartier Latin spielten, als er noch Student war! Aber das waren Kubaner gewesen, die in Miami lebten, Exilanten, Konterrevolutionäre!
Ein Kubaner in Rivière au Sel! Was machte er dort? Carmélien verzog das Gesicht.
»Er behauptet, er sei Schriftsteller.«
»Schriftsteller?«
Lucien sprang vor Freude auf; er dachte an Alejo Carpentier

und José Lezama Lima und sah sich bereits über Stil, Erzähltechnik und den Gebrauch der direkten Rede diskutieren! Denn solche Diskussionen waren normalerweise unmöglich, die paar Schriftsteller aus Guadeloupe redeten meistens anmaßend und weitschweifig über die Kultur der Antillen in Los Angeles oder Berkeley. Carmélien verpaßte seinem Freund umsonst eine kalte Dusche, indem er sagte, daß Fidel Castro ihn sicher als unerwünscht vor die Tür gesetzt hätte, er hörte nicht hin. Ein Kubaner in Rivière au Sel! Wie konnte er ihn kennenlernen?

Nach reiflicher Überlegung entschloß sich Lucien, ihm ein Schreiben zu schicken und ihn zu einer seiner Sendungen im Radyo Kon Lambi einzuladen. Indes vergingen Wochen des Wartens auf eine Antwort. Vergeblich spähte er jeden Tag nach dem gelben Postauto, er ging sogar zur Post und erklärte, er würde einen wichtigen Brief erwarten. Nichts. Entgegen Margaritas Rat, die über Francis Sancher Schlimmeres gehört hatte, als daß man ihn hängen sollte, beschloß er, ihn ganz einfach zu besuchen. Gott sei Dank wohnte er nicht in La Pointe, wo es sich schickte, den kleinsten Besuch vorher telefonisch ankündigen zu müssen. Also war die Sache einfach.

Lucien bereitete sich fieberhaft auf diese Begegnung vor. Er fertigte Kopien seiner besten Sendungen an. Er verbrachte Nächte mit der Redaktion der Resümees seiner noch zu schreibenden Romane und zerriß dann am Morgen, was er mühevoll zu Papier gebracht hatte. Schließlich beschloß er, mit leeren Händen zu kommen, da er fürchtete, eitel und eingebildet zu wirken.

Er kam um sechs Uhr abends in Rivière au Sel an, sein Herz schlug wie verrückt, als müßte er ein Examen bestehen. Trotzdem bewunderte er die Landschaft, ehe sie in der Dämmerung versank, dieses sanfte Bild, das ihn jedes Mal zutiefst bewegte. Die fette Erde zwischen den Füßen der Jamswurzeln und die

sich aus Angst vor dem großen Wind eng zusammendrängenden Bananenstauden, die dunkelgrünen Türme des Waldes und am Horizont die Gebirgskette, massiv, zart und wachsam zugleich. Diesem Stückchen Erde gehörte sein Herz.
Wenn er einmal im Monat nach La Pointe zu seinen Eltern fuhr, um an diesen nicht enden wollenden Mahlzeiten teilzunehmen, während derer sein Vater ihm einzutrichtern versuchte, daß die Politik das Leben auf dieser Welt ruiniere, und seine Mutter behauptete, das der anderen, bedauerten sie es, daß sie in dieser erstickenden Hitze und all dem Beton leben mußten.
Eines mußte man sagen: Trotz seines Bartes ähnelte Francis Sancher nicht einem der Weggefährten Castros!
Das Hemd über seinem gelockten Haar auf der Brust weit offen, starrte er seine Schreibmaschine wie einen Gegner an, dessen zäher Charakter zu fürchten ist. Er sah Lucien mit seinen schönen Augen an, die verträumt und irre wirkten, und rief: »Ein Brief? Was für eine Idee? Ich öffne nur meine Rechnungen. Und was hast du mir geschrieben?«
Von seinen Gefühlen gelähmt, verhedderte sich Lucien in der kleinen Rede, die er im Bus vorbereitet hatte. Francis Sancher hörte ihn an, ein väterliches und zugleich spöttisches Lächeln auf den Lippen, holte eine Flasche Rum und zwei Gläser, dann erklärte er: »Du hast an der falschen Tür geklopft, Kleiner. Gestatte, daß ich dich so nenne. Ich, der ich hier vor dir stehe, ich kann dir nur von Männern und Frauen erzählen, die den Tod gesucht haben. Eindeutig. Ruhmvolle Kämpfe gibt es nicht! Und dann jene, von denen du sprichst, ich habe nie ihre Namen gehört. Denn ich bin nicht der, für den du mich hältst. Ich bin fast ein Zombie und versuche, das Leben an mich zu fesseln, das ich mit Worten verliere. Für mich ist Schreiben das Gegenteil vom Leben. Es ist mein Bekenntnis zur Senilität.«

Lucien wurde vehement und behauptete, die Literatur sei notwendigerweise die Verlängerung eines Kampfes; er erinnerte an Caesarius, den legendären Bischof vor Arles, und seine wunderbaren Waffen. Francis Sancher lachte laut auf.
»So redete ich auch früher einmal.«
»Wann? Früher?«
Nachdem er sein Glas randvoll mit Rum gefüllt und es hinuntergestürzt hatte — eine Menge, die jeden größeren Kampfhahn in Angst und Schrecken versetzt hätte —, sprach er weiter.
»Und um es erst einmal klarzustellen: Ich bin kein Kubaner. Ich wurde in Kolumbien, in Medellin, geboren. Wie es Brauch ist, verließ meine Mutter, als sie im siebten Monat war, die Plantage und erwartete ihre Niederkunft bei ihren Eltern, alten, in ihren Vorurteilen mumifizierten Spießbürgern, die in einem der seltenen und schönen Häuser nicht weit von der Kirche San José in dieser schrecklichen Industriestadt lebten. Bei der Geburt wäre sie fast gestorben, und während man um ihr Leben kämpfte, vergaß man mich achtundvierzig Stunden lang in einer Ecke, wo die Hebamme mich hingelegt hatte. Ich hätte schon damals sterben sollen!«
»Aber du bist doch auf Kuba gewesen?«
»Kuba? Später, sehr viel später!«
»Hast du gekämpft? Hast du gekämpft?«
Mittlerweile war Moïse, den die Hunde mit wütendem Bellen erwarteten, während sie seltsamerweise Lucien nur mit Schwanzwedeln begrüßt hatten, mitten in die Frage geplatzt. Lucien war kein Mann, der auf Klatschgeschichten hörte. Trotzdem fand er, daß der Neuankömmling eine mürrische Miene machte, wie auch Margarita, wenn er mit einem Besucher eine lange Unterhaltung führte. Währenddessen verlor sich Francis Sancher in Erinnerungen.
»Mein Vater hatte einen großen rötlichen Fleck im Gesicht, in

dessen Mitte sein kleines Auge schwamm, kalt wie das eines Hais. Ich habe den Eindruck, daß er immer schwarz gekleidet war, so sehr rief sein ganzes Wesen den Tod in mir wach. Tatsächlich hat er wohl weiße Leinenanzüge getragen, die von einem unserer unzähligen Dienstboten steif gestärkt wurden. Jeden Abend mußten mein Bruder und ich auf das Geheiß unserer Mutter am Fußende des Bettes in ihrem großen Schlafzimmer niederknien und, die Augen auf das Kruzifix gerichtet, für ihn beten. Wir wußten, daß auf der Familie ein Fluch lastet.«

An dieser Stelle der Rede sah Moïse Lucien an, als wollte er sagen: »Er ist doch nicht richtig im Kopf, wie? Er ist doch nicht richtig im Kopf?«

Während Lucien, der sich gerade mit Mühe wieder gefaßt hatte, spöttisch lachend sagte: »Ein Fluch! Du redest wie einer dieser Neger, die auf den Feldern arbeiten!«

»Ein Fluch, sag ich dir! Der sich in plötzlichen, brutalen, unerklärlichen Todesfällen manifestiert. Immer im selben Alter, um die fünfzig. Mein Großvater wurde dahingerafft, als er von einem Kartenspiel nach Hause ritt, wo er wie gewöhnlich betrogen hatte. Mein Urgroßvater nach einer Nacht mit seiner Mätresse, Luciana, mit der er nicht einmal geschlafen hatte. Mein Ururgroßvater ertrank am Tag nach seiner zweiten Hochzeit in den Sümpfen Lousianas, wo er nach seiner Flucht aus Guadeloupe Unterschlupf gefunden hatte ...«

Lucien schrak auf. »Guadeloupe? Was erzählst du mir da?«

»Ah, ich habe dir noch nicht alles gesagt! Ich habe Papiere, die beweisen, daß alles hier begonnen hat.«

»Hier?«

»Hast du mal von einer Wohnstätte namens Saint-Calvaire gehört?«

»Saint-Calvaire? Ich bin kein Historiker. Das mußt du Emile Etienne fragen.«

Dieses erste Zusammentreffen endete mit einem monumentalen Besäufnis, so daß Lucien auf seinem Heimweg nach Petit Bourg fast in den Fluß Moustique gefallen wäre.
Zwei Tage später hatte er Emile Etienne in La Pointe zufällig auf der Straße getroffen und ihn gefragt. Aber Emile Etienne hatte die Schultern gezuckt und die Äußerungen von Francis Sancher als historisch nicht begründeten Unsinn abgetan.
Von Neugier zerfressen, hatte Lucien Francis Sancher wieder besucht, weil er versuchen wollte, das Puzzle dieses Lebens zusammenzusetzen.
»Du warst also Militärarzt?«
»Wenn du willst! Soll ich dir sagen, wann sie sich vor mir in acht genommen haben? Als die Portugiesen mir anfingen leid zu tun. Am Anfang hielt ich sie auch für einen Haufen Schweine, die das Land ausgeblutet hatten und ihr Schicksal verdienten. Und dann starb in einem Zimmer des Hotels *Tivoli* neben mir Doña Maria an Krebs. Unter dem Vorwand, sie müsse ja sowieso sterben, hatte ihr Mann ihren ganzen Schmuck an sich genommen und das erste Flugzeug nach Lissabon bestiegen. In den wenigen Momenten, wo sie nicht wie ein Tier litt, las ich ihr aus ihrem Lieblingsroman vor: *Die Brüder Karamasow.* ›Ein Mann muß seinen wahren Charakter verbergen, damit man ihn lieben kann.‹«
Was soll ich mit diesen ganzen Anekdoten ohne Anfang und Ende anfangen? fragte sich Lucien. Was soll ich damit anfangen?
Er löste das Problem nicht. Aber da er mit Francis viel zuviel trank, fühlte er sich miserabel, und Margarita schimpfte, wenn er ihr seinen Atem ins Gesicht blies.
Bald tauchten Gerüchte aus einer anderen Quelle auf, nämlich von Sylvanie, der Frau Emile Etiennes, die die Geschichten ihres Mannes wiederholte oder verfälschte. Wollte man ihnen Glauben schenken, so war Francis Sancher der Nachkomme

eines von seinen Sklaven verfluchten weißen Pflanzers, der nun am Ort seiner einstigen Verbrechen herumirrte. Wenn die Intellektuellen solchen Berichten auch skeptisch gegenüberstanden, so entzückten sie doch die einfachen Leute, und alle beobachteten Francis Sancher heimlich, wenn er im Dorf Rum kaufte, und jeder fand, er habe wirklich das Gesicht eines Verfluchten. Die Frauen verbargen geschickt ihr Faible für diesen Baum von einem Mann, der so groß, so aufrecht war. Aber die Männer konnten ihn nicht ausstehen und beschimpften ihn.

»Da haben wir's! Da haben wir's! Ehe er hier gestrandet ist, hat er auf der ganzen Welt seinen Dreck abgeladen! Und sein Vater vor ihm!«

Wenn Margarita Lucien im Bett diesen Klatsch erzählte, wurde er wütend.

»Wie kannst du einen derartigen Unsinn wiederholen?«

Denn je mehr Zeit verstrich, Woche für Woche, vergaß Lucien sein ursprünglich rein ideologisches Interesse an Francis Sancher und fing an, ihn gern zu haben. Er war der große Bruder und der junge Vater für ihn, die er nie gehabt hatte, ironisch und zärtlich, zynisch und träumerisch. Seit der angeblichen Vergewaltigung Miras und Vilmas Verführung hatte Francis Sancher keinen glühenderen Verehrer als ihn.

»In diesem Land ist doch das sexuelle Leben eines jeden Mannes ein einziger Sumpf, den man nicht betreten sollte. Warum tut ihr es ausgerechnet bei ihm?«

Und dann erinnerte er jeden einzelnen an dessen Schandtaten: geschwängerte Mädchen, entjungferte Jungfrauen, Kinder ohne Väter, die sie gezeugt hatten.

Die Beziehung zwischen Lucien und Francis Sancher gefiel nicht allen. Den Patrioten in der Region war sie ein Dorn im Auge, und sie beklagten sich darüber. Einer der führenden Köpfe von Radyo Kon Lambi ging nicht mit gutem Beispiel voran, sondern pflegte mit einem Mann von zweifelhaftem Ruf Umgang. Denn wenn man zwei und zwei zusammenzählte, konnte man sich sehr gut eine Vorstellung von der zweifelhaften Biographie Francis Sanchers machen. Infolgedessen wurde Lucien vor ein richtiges Gericht zitiert und gebeten, sich zu erklären. Was er tat.

»Messié, kouté! Lange Zeit habe ich das geglaubt, was Sie glauben, daß man patriotisch essen muß, patriotisch trinken muß, patriotisch lieben muß! Ich habe die Welt in zwei Hälften geteilt: wir und die Schweine. Heute weiß ich, daß das ein Irrtum ist. Irrtum. Dieser Mann besitzt mehr Humanität und inneren Reichtum als alle unsere kreolischen Schwätzer.«

Daraufhin wurde die Sendung »Moun an tan lontan« abgesetzt, denn Luciens Rede hatte kein Gefallen hervorgerufen, aber Lucien war das völlig egal, denn da er jetzt entlassen war, hing er fast jeden Abend an Francis Sanchers Lippen.

»Die Erde war trocken, weiß im Mondlicht. Wir wußten, daß der Tod aus jeder Richtung zuschlagen konnte, und wir warteten auf ihn, fatalistisch. Ich, ich träumte mit geschlossenen Augen und sah das Gesicht einer Frau wieder vor mir, die ich eines Tages auf der Fiesta in Sinaloa kennengelernt hatte.«

»Eine Frau? Ich dachte, du liebst die Frauen nicht.«

»Ich habe dir gesagt, daß ich mich vor ihnen in acht nehme, das ist nicht dasselbe. Ich habe mehr Frauen aufgespießt, als es dir jemals gelingen wird, selbst wenn du hundertsieben Jahre alt wirst. Soll ich dir mein schönstes Erlebnis erzählen? Wir hatten ein Dorf zurückerobert. Erschöpft betrat ich ein Haus, das ich verlassen glaubte. Ein Mädchen, fast noch ein Kind, lag zusammengerollt auf einer Matte. Als sie mich sah, stieß sie einen Angstschrei aus. Ich spüre in meinen Nüstern noch den Geruch ihres jungfräulichen Blutes.«

Lucien fragte: »Wo war das? Wann warst du in Angola?«

Aber Francis Sancher war bereits woanders und antwortete nicht.
Die Flammen der Kerzen, die in den Untertassen langsam niederbrannten, malten Schatten von Tieren an die Wand. Lucien konnte es nicht fassen, daß sein Freund da in dieser schlecht gezimmerten Holzkiste lag — diesmal schweigend —, und eine Welle salzigen Wassers stieg ihm in die Augen. Er ging zum Sarg, als könnte ihm Francis Sancher durch den gläsernen Deckel signalisieren, daß er dieser Farce jetzt ein Ende machen und wieder seinen Platz in der Welt einnehmen würde, um alles das zu enthüllen, was er während seines Lebens verborgen hatte.
Es stimmt, der Tod ist verwunderlich! Ein Mann ist da. Er redet, er lacht, er betrachtet die Frauen, und ein Feuer breitet sich in seinen Lenden aus. Am nächsten Tag ist er steif wie ein Holzklotz.
Welchen Tribut sollte er seinem so plötzlich verstorbenen Freund zollen?
Da keimte eine Idee in Luciens betrübtem Geist. Zuerst schüchtern, zögernd, wie abgeschmackt, nahm sie jedoch immer mehr Form an und ließ ihn nicht mehr ruhen. Warum sollte er nicht anstelle der Sklaven oder der Bauern des 19. Jahrhunderts die Gesprächsfetzen, Geständnisse des Verstorbenen aufzeichnen und auf diese Weise die Lügen ausmerzen und so den Lebensweg und die Persönlichkeit Francis Sanchers wiedererstehen lassen? O ja, dieser Idealist ohne Ideal würde ihm die Aufgabe nicht leichtmachen! Er mußte dem Schwindel vorgefaßter Meinungen widerstehen. Mißfallen. Schockieren.
Und um dieses Buch zu schreiben, mußte er da nicht den Spuren seines Helden folgen? Seine Füße in die Abdrücke des anderen setzen?
Europa. Amerika. Afrika. Francis Sancher hatte alle diese Län-

der durcheilt. Mußte er es nicht ebenso machen? Ja, auch er würde diese enge Insel verlassen, um den Geruch anderer Menschen und anderer Länder einzuatmen. Ihm schien, daß jetzt die Gelegenheit gekommen war, von der er insgeheim seit seiner Rückkehr in die Heimat geträumt hatte, seit er seine Kräfte hier nutzlos in einem Kampf ohne Ausweg verschwendete. Gestärkt kam er sich wie ein Eroberer kurz vor dem Aufbruch zu einem großen Abenteuer vor und warf einen triumphierenden Blick in die Runde.

Er sah bereits sein Buch von einem der großen Verlage der Rive Gauche publiziert und von der Pariser Presse enthusiastisch begrüßt, von der lokalen Presse jedoch kritisiert.

»Lucien Evariste, dieser Roman hat seine Wurzeln doch auf Guadeloupe, oder?«

»Er ist auf französisch geschrieben. Welchem Französisch? Hast du beim Schreiben an deine Muttersprache gedacht, das Kreolische?«

»Hast du, wie dieser talentierte Schriftsteller aus Martinique, Patrick Chamoiseau, das Französisch-Französische auseinandergenommen?«

Ah, er wußte, wie er ihnen antworten, sie auseinandernehmen würde!

Eine gesunde Ungeduld floß heiß durch seine Adern. Sein Blick schweifte fieberhaft durch das Zimmer, wo die Betenden, den Rosenkranz schlaff in den Fingern haltend, vor sich hindösten, während die Münder undeutlich murmelten:

> »Gelobet sei der Herr, der allein Wunder tut.
> Gelobet sei Sein herrlicher Name ewiglich.
> Und alle Lande sollen Seiner Ehre voll werden.«

In dem Moment betrat Emile Etienne, der Historiker, den Raum. Er hatte sich schüchtern bei den Männern draußen aufgehalten; das Licht der Kerzen spiegelte sich auf seiner kahlen Stirn wider. Er nahm den Zweig, tauchte ihn ins Weihwasser und besprengte ungeschickt den Sarg. In seiner Ungeduld wäre Lucien fast auf ihn zugegangen, weil er ihn fragen wollte, was er alles über Francis Sancher wisse. Stimmte es, was die Leute erzählten? War er sein Vertrauter gewesen? Lucien hielt sich gerade noch zurück und warf Emile Etienne einen drohenden Blick zu, den der sich nicht erklären konnte, denn da sie oft bei der Sendung »Moun an tan lontan« zusammengearbeitet hatten, war ihre Beziehung ausgezeichnet.

Mira

Selbst wenn ich mich damit abfinde, niemals zu wissen, wer er war, wird Quentin, mein Sohn, das nicht tun.
Wie Hänschen klein wird er fortgehen und auf dem Rücken eines Pferdes durch die Welt reiten, das mit den Hufen seinen Haß auf den Boden trampeln wird, und an jeder Hütte, jedem Haus wird er anhalten, um zu fragen: »Kennst du meinen Vater?«
Er wird eintreten und alle möglichen Antworten bekommen.
Die einen werden ihm sagen: »Ah, er war ein Vagabund, der seinen Dreck bei uns vergraben hat. Niemand weiß, ob er ein Weißer, ein Neger oder ein Inder war. Alles mögliche Blut floß durch seine Adern!«
Die anderen: »Er war verrückt und redete wirres Zeug! Wirres Zeug!«
Wieder andere: »Er war ein Bösewicht, der zwei unserer schönsten jungen Mädchen geschwängert hat. Ein Taugenichts, sage ich dir!«
Aber ich, ich muß die Wahrheit wissen.
Nie wieder werde ich zur Ravine hinuntergehen. Auch sie hat mich verraten. Wie Rosalie Sorane, meine Mutter, die mich am ersten Tag auf dieser Welt der Einsamkeit ausgeliefert hat. Die Frucht, die sie mir geschenkt hat, damit ich den Hunger meines Herzens stillen konnte, war in Wirklichkeit eine vergiftete Frucht.
Ich, Mira, die Menschenscheue, wußte nicht, daß es Freude macht, dienen, geben, sogar sich erniedrigen zu können.

Er machte sich über mich lustig.
»Frau, man hat dich doch, wie es in allen guten Familien Brauch ist, gelehrt, daß bei einem Mann die Liebe durch den Magen geht. Aber ich, ich sage dir, mich hält nichts. Weder der Kopf, noch das Herz, noch der Bauch, noch der Sex. Nichts. Ich bin nur vorbeigekommen. Weißt du, daß ich vor dir eine Frau nie mehr als einmal gefickt habe, aus Angst, sie könnte mit ihren Schenkeln einen Gefangenen aus mir machen?«
Auf der Veranda stehend, ließ er den Blick über den Horizont schweifen.
»Ich möchte, daß dieser kleine Vulkan, der euch soviel Angst macht und den ihr jeden Morgen prüfend anschaut, seine Kraft wiederfindet und ausbricht. *Ausbricht.* Eine Sonne, eine größere Sonne als die Sonne würde aus seinem Kratermund emporschießen. Auch schwefelhaltige Asche, und wir würden alle sterben. Alle in ein Leichentuch gehüllt sein, ohne auch noch vorher pieps sagen zu können. Ganz allein sterben zu müssen, allein nur ein einziges Mal, das ist entsetzlich!«
Ich protestierte: »Warum redest du immer vom Sterben? Du stehst doch fest auf beiden Beinen wie ein *mapou.*«
Das brachte ihn nicht zum Lächeln, und er schüttelte den Kopf.
»Ich, ein *mapou*? Würde ich dir die Wahrheit sagen, du würdest mich sofort fliehen.«
»Dann sag sie mir, die Wahrheit!«
Aber er sprach kein Wort mehr. Und auch heute weiß ich nichts. Also muß ich die Wahrheit herausfinden. Von nun an wird mein Leben nichts als eine Suche sein. Ich werde die Straßen der Welt neu entdecken.
Ich ahne, was in den Köpfen der Menschen vor sich geht. Mein Vater bildet sich ein, daß ich nach diesem Unglück — ei-

nem großzügigen Geschenk Gottes – die Augen niederschlage und meine Tage sühnend verbringe. Daß ich ein Zombie bei den Mahlzeiten werde und die Hand auf den Mund meines Kindes lege, um seine Stimme zu ersticken. Aristide glaubt, daß ich, als sei nichts geschehen, wieder den Weg in sein Bett finde. Dinah denkt, ich werde die blökende Herde derer vergrößern, die nur in sicherer Entfernung ihres Schäfers weiden. So wird es nicht sein. Sie täuschen sich alle, die einen wie die anderen.
Mein wahres Leben beginnt mit seinem Tod.

Emile Etienne, der Historiker

»Man könnte meinen, daß die Menschen tief im Innersten ihres Kopfes einen Rest Unvernunft behalten. Weder Unterricht noch Erziehung können sie ausrotten. Da liegt ein Mann, der nichts zu fürchten hatte und der aus Angst vor dem Tod gestorben ist.«
Emile Etienne, der gerade diese philosophischen Überlegungen angestellt hatte, dachte, daß er eine ganz schöne Strecke bis Petit Bourg fahren müsse, und ging zum Sarg. Das Herz war ihm schwer, denn er hatte Francis Sancher sehr gern gemocht. Die Beerdigung würde eine verdrießliche Angelegenheit werden, während der jeder in seinem Sonntagsstaat unter der Sonne um drei Uhr nachmittags schwitzen und nur einen Gedanken haben würde: Sie möge enden, damit man nach Hause gehen konnte. Jetzt war der gemeinsame Weg zu Ende.
Emile Etienne besprengte den Sarg mit Weihwasser und dachte, daß es wohl das erste Mal war, daß er seinen Freund stumm, unbeweglich erlebte, ihn, der mit dem Lärm der Worte gelebt hatte. So hatte er seine Bekanntschaft bei *Chez Christian* gemacht, an der Theke stehend, wo er seinen Rum wie ein Stammgast trank, während er deklamierte: »Freundschaft des Prinzen!
Jeden Sommer kehre ich wieder mit einem grünen und geschwätzigen Vogel auf der Faust...«
Die Leute stießen sich mit den Ellbogen an. Was ihn betraf, so war er überrascht, denn er kannte jeden Einwohner Rivière au

Sels mit Namen, er kannte sogar die Namen der Vorfahren der einzelnen Leute.

»Wo kommt der denn her?«

Der große Ferdinand war in schallendes Gelächter ausgebrochen. »Das ist der, der den Besitz Alexis gekauft hat.«

Für den Besitz Alexis hatte sich Emile Etienne damals sehr interessiert, als die Leute zu erzählen anfingen, daß sich dort seltsame Dinge ereigneten und daß er sicher von den Geistern der Verstorbenen heimgesucht wurde. Er hatte in seinen Aufzeichnungen nachgelesen und die Sache für wenig wahrscheinlich gehalten. Alexis' Stammbaum war ohne Interesse. Um das Jahr 1920 hatte ein Magistrat aus La Pointe, ein Franzose mit Namen Perier du Marcilhac, zwei der dreitausend Quadratmeter Terrain gekauft und sich darauf ein kleines Sommerhaus bauen lassen.

Damals wie heute besaß Rivière au Sel in klimatischer Hinsicht keinen guten Ruf. Da es mitten im Regenwald liegt, sind Niederschläge dort häufig. Der graue Sand des nächstgelegenen Strandes von Viard zog keine Badegäste an, die die Sonne an der Küste von Grande-Terre bevorzugten. War Perier du Marcilhac deshalb nicht lange dortgeblieben? Zwei Jahre später verkaufte er seinen Besitz an Juste Alexis, einen Lehrer in Petit Bourg. Zu jenen Zeiten wurden Lehrer noch hoch geachtet, und Juste saß stolz mit seiner Frau auf seiner Kirchenbank und ging mit triumphal klappernden Absätzen zum Abendmahl. Diese Geschichte hatte Emile Etienne Francis Sancher erzählt, als letzterer sich an ihn gewandt hatte, weil er gehört hatte, daß man ihn »Historiker« nannte.

Francis Sancher schien enttäuscht und hatte beharrlich gefragt: »Gibt es eine Wohnstätte Saint-Calvaire in der Nähe?«

Emile Etienne hatte die Frage überdacht. »Saint-Calvaire? Nicht, daß ich wüßte. Trotzdem werde ich das nachprüfen. Bist du Historiker, mein Freund?«

Francis Sancher hatte bitter aufgelacht. »Ich? Die Geschichte ist mein Alptraum.«
Rein zufällig hatte die Fliege der Geschichte Emile Etienne gestochen, der von Beruf Krankenpfleger war. Jeden Tag fuhr er nach Dillon, um Fleurival Fleuret, einem Achtzigjährigen, der ihm täglich mit seinem Geschwätz in den Ohren lag, eine Spritze in den Hintern zu jagen. Doch plötzlich, ohne zu wissen, warum, hatte er zugehört.
»Du willst sagen, du warst in Madagaskar?«
»Ganz recht! Damals arbeitete ich im ›Foyer du Malgache‹, rue de Rennes in Paris, und einer der Pensionäre, die heimkehrten, hat mich eingeladen, ihn zu begleiten. Und hopp, schon war ich fort. Ein paar Jahre später brach dort der Krieg aus. Weiße Soldaten, senegalesische Schützen ...«
Emile Etienne trank seine Worte. Ihm fiel sein langweiliger Geschichtsunterricht ein, die endlose Reihe verlorener, gewonnener Schlachten. Warum ging man die Materie nicht auf ganz andere Weise an, indem man Fakten, Geschehnisse zu neuem Leben erweckte?
Aus diesem Wunsch war die kleine Broschüre »Reden wir über Petit Bourg« entstanden. Zwei Jahre Arbeit nach den Spritzen und Massagen steckten darin. Zwei Jahre, in denen er Greise umschmeichelt, sie widerwillig zum Reden gebracht hatte. Außerdem hatte er dem Drucker Deschamps seine ganzen Ersparnisse gegeben.
Leider, und wie vorhersehbar, spotteten die Diplomierten von La Pointe über das Werk, bemängelten den Stil Emile Etiennes, so daß er nur etwa fünfzig Exemplare an seine treuesten Patienten hatte verkaufen können; die anderen vergilbten im Regal der Librairie Générale. Zutiefst verletzt träumte Emile Etienne von einer Revanche.
Als Christian alle vor die Tür gesetzt hatte, hatte Francis Sancher Emile Etienne eingeladen, die Nacht bei ihm zu beenden,

und geheimnisvoll angedeutet, er wolle ihm gewisse Dokumente zeigen.
Singend und untergehakt hatten sie sich auf den Weg gemacht. In der Hütte angekommen, die Flasche Rum auf dem Tisch, hatte Francis Sancher aus einem Koffer alle Papiere hervorgekramt: Briefe, eine Besitzurkunde aus dem Jahre 1790 auf eine Wohnstätte-Zuckerfabrik von fünf Hektar, in Saint-Calvaire, Petit Bourg, gelegen und auf einen gewissen François-Régis de Sallins ausgestellt, und eine schmale Broschüre ohne Namen des Verfassers, von John Russel Smith in London im Jahre 1862 herausgegeben, mit dem Titel: *Wonders of the Invisible World* (Wunder des Unsichtbaren).
Als Francis Sancher in dem Heftchen blätterte, hatte er geflüstert: »Da hast du die ganze Geschichte unserer Familie. Sie wurde von einem Nachkommen geschrieben, der glaubte, der Bestrafung entgehen zu können, indem er über das Meer floh. Leider ist auch er im Alter von fünfzig Jahren verreckt, an einem mysteriösen Nasenbluten.«
Emile Etienne, der kein Englisch konnte, hatte Francis Sancher gebeten, für ihn zu übersetzen. Francis Sancher hatte sich dieser Aufgabe entledigt, worauf Emile Etienne die Schultern gezuckt hatte.
»Ganz ernsthaft, du willst mir doch nicht sagen, daß du dieses dumme Zeug glaubst? Der Volksglaube manifestiert sich auf solche Weise, deshalb ist er auch so einzigartig und kostbar!«
Seitdem redeten die beiden nicht mehr über dieses Thema. Manchmal verspottete Emile Etienne Francis Sancher und nannte ihn »den Verdammten«, oder er neckte ihn, wenn er sah, wie sein Freund ohne offensichtlichen Grund die Ohren spitzte, unruhig wurde.
»Nun sag es schon! Was siehst du jetzt?«
Nachdem er gemerkt hatte, welche Wirkung der arme Xantippe auf Francis Sancher ausübte, nannte Emile Etienne ihn

nur noch »den Vorboten« und sagte scherzend, Xantippe habe wohl das Aussehen eines Außerirdischen. Tatsächlich aber sprach Emile Etienne vor allem von sich, wenn sie beisammen waren. Von seinen ehrgeizigen Plänen.

»Ich möchte gern eine Geschichte dieses Landes schreiben, die einzig auf Erinnerungen basiert. Das berichten, was die Väter ihren Söhnen, die Mütter ihren Töchtern erzählt haben. Ich möchte von Norden nach Süden, von Osten nach Westen gehen und diese Worte sammeln, denen nie jemand gelauscht hat ...«

Francis Sancher stimmte zu. »Was hindert dich daran?«

Ja, was hinderte ihn wirklich daran?

Während er so den Sarg betrachtete, schämte sich Emile Etienne plötzlich seiner Feigheit. Was machte ihm angst? Der Spott der Schuldiener? Er fühlte sich voller Mut, mit einer neuen Energie angefüllt, die geheimnisvoll in seinem Blut floß.

Ja, morgen würde er sich ans Werk machen. Dies war das Versprechen, das er seinem Freund gab und das sie über den Tod hinaus vereinen würde. Er kniete nieder. Nach einer Weile erhob er sich, Tränen in den Augen, und ging auf die Veranda. Jernival, der Tischler, erzählte einen dreckigen Witz.

Emile Etienne bedachte die Gesichter der Lachenden mit einem vorwurfsvollen Blick, bemerkte unter all den anderen das versteinerte, undurchdringliche Antlitz Xantippes und wunderte sich über dessen Anwesenheit. Der arme Kerl hielt sich immer abseits, wanderte lautlos schweigend wie ein Zombie umher und tauchte immer da auf, wo man ihn am wenigsten erwartete. Emile Etienne, dessen Vater Landwirt gewesen war, hatte bemerkt, daß Xantippe auf seinem kleinen Stück Land einen richtigen kreolischen Garten geschaffen hatte, wie die Alten es früher taten, was aber heute vergessen war. Deshalb hatte er versucht, mittels eines Megaphones mit ihm zu reden, aber nur unverständliche Antworten bekommen.

Emile Etienne grüßte mit einem Neigen des Kopfes die gekränkten Väter, Loulou Lameaulnes und Sylvestre Ramsaran, dann blickte er in die Nacht. Das Wetter wurde nicht besser. Der Wind, der Regen hörten mit ihrem traurigen Werk nicht auf, und der Mond versteckte sich hinter einer Mauer schwarzer Wolken. Er sagte sich, daß er vorsichtig fahren müsse. Erst vor zwei Tagen war ein Touristenbus im Fluß Moustique gelandet, was eine schöne Schlagzeile in *France-Antilles* abgegeben hatte.

Mit diesen neugewonnenen Ideen war weniger denn je der Moment zum Sterben gekommen. Welchen Titel würde er diesem Monument geben, das sein Leben rechtfertigen würde? Worte schwirrten in seinem Kopf herum. Dieses Mal würde er kämpfen, sich durchsetzen. Und wenn er ihnen gezeigt hatte, diesen angeblich Studierten, wessen er fähig war, würde er ihnen den Rücken zukehren. Fortgehen. Endlich!

Emile Etienne mußte an seine freudlose Kindheit eines schwarzen Negers denken, immer auf den letzten Bänken der Klasse sitzend, vom ersten bis zum letzten Schuljahr. Seine trübselige Jugend. Dank eines Stipendiums und der Opfer seiner Mutter, Estella, hatte er sogar das Abitur geschafft. Aber dann hatte Estella nicht mehr gekonnt, und er hatte für seine Schwester Bergette und seinen Bruder Rosalien sorgen müssen. Deshalb war er Krankenpfleger geworden, und seitdem durchkreuzte er die Gegend von Petit Bourg mit seinem Peugeot und war den Leuten ein ebenso vertrauter Anblick wie Moïse mit seinem gelben Postauto.

Fortgehen. Eine weniger vertraute Luft atmen. Plötzlich schien es ihm, als würde er unter den großen Bäumen ersticken, und er träumte von einem Land, wo die Sonne sich nicht an den Bergen stieß, sondern ungehindert über den Horizont wanderte. Ein Land, wo die Hautfarbe unwichtig wäre.

Ein fruchtbares Land, das es lohnte zu bestellen.

Xantippe

Ich habe allen Bäumen dieses Landes einen Namen gegeben. Ich bin auf die Hügelkuppe gestiegen, ich habe sie bei ihren Namen gerufen, und sie haben meinem Ruf geantwortet.
Weißer Gummibaum Acomat-boucan. Schandpfahlbaum. Bois rada. Trompetenbaum. Wespenbaum. Weihrauchbaum. Kienbaum. Seidenbaum. Gewölbebaum. Kühner Baum. Kaïmitier. Schweinebaum. Pflaumenkaffeebaum. Mapou lélé. Milchbaum. Malimbé.
Die Bäume sind unsere einzigen Freunde. Schon in Afrika gaben sie auf unsere Körper und Seelen acht. Ihr Duft ist Magie, kraft dessen wir die alten Zeiten wiedererobern. Als ich klein war, legte mich meine Mutter unter den Schatten ihrer Blätter, und die Sonne spielte über meinem Gesicht Verstecken. Als ich erwachsen wurde, versperrten ihre Stämme mir den Weg.
Ich habe auch den Lianen Namen gegeben. Siguine rouge. Große Waldliane. Jasminliane. Kautabakliane. Faßliane. Weiße hohe Liane. Die Lianen sind auch seit langen Zeiten Freundinnen. Sie vertäuen ihre Körper an den Körpern. Jamswurzel an Jamswurzel.
Ich habe den Sturzbächen Namen gegeben, weit geöffnete Geschlechtsteile in der weichen Erde. Ich habe den Felsen im Wasser Namen gegeben und den Fischen, grau wie die Felsen. Mit einem Wort, ich habe dieses Land benannt. Ich habe es aus meinen Lenden gespritzt. Lange habe ich mein Leben im Her-

zen der Ananaswälder gelebt und meinen Bauch mit dem Saft ihrer Bäume gefüllt. Manchmal war ich es müde, auf den Ästen zu hocken, und ich bin auf die Savanne gegangen, in die blühenden Zuckerrohrfelder. Ich kehrte den Bergen den Rücken zu und ging ans Meer, dort suchte ich die flachen, schlammigen Stellen auf, wo das Brackwasser in den Sackgassen des Meeres steht. Ich liebte nur den schwarzen Sand, schwarz wie meine Haut und die Trauer meines Herzens.

Früher einmal, vor langer Zeit, lebte ich mit Gracieuse zusammen. Gracieuse. Schwarze Negerin. Saftiges Zuckerrohr. Du schmolzest im Gaumen meines Mundes.

Eines Tages wusch ich meine Lumpen im Fluß, als sie vorbeiging, ein Tablett auf dem Kopf balancierend. Sie lachte kehlig und sagte zu mir: »Ist das eine Arbeit für einen Mann, die du da machst?«

Ich habe geantwortet: »Wirklich nicht. Aber ich habe keine Frau. Willst du meine werden?«

Sie hat schallend gelacht, um unser gemeinsames Leben zu begrüßen. Wie viele Jahre sind vergangen, eines nach dem anderen, von denen jedes zwölf Monate währt?

Tagsüber pflanzte ich wie vor mir mein Vater und mein Großvater, und die Erde schenkte mir alle Schätze ihres Bauchs. Abends bettete ich meinen Kopf auf das Satinkissen der Brüste Gracieuses, ich ertrank im salzigen Wasser ihrer Schenkel, und unsere Kinder wurden geboren, manchmal zwei auf einmal, kräftig und für den nächsten Tag gerüstet. Aber das Glück ist nichts als ein Einschiebsel im unendlichen Ozean des Leids.

Eines Morgens erwachte ich vom Geschrei der Schweine, die geschlachtet wurden. Es war Weihnachten, und die Mordschlächter wischten sich ihre roten Hände an großen Blättern ab. Die Frauen wuschen die Eingeweide im Fluß. Mir war übel, und um dieses Schauspiel nicht sehen zu müssen, nahm

ich meine Jäthacke und ging aufs Feld, während Gracieuse sich über mich lustig machte.
»Bist du dumm? Haben deine Eltern nicht immer auf diese Weise Weihnachten gefeiert? Möchtest du lieber tiefgefrorenen Truthahn aus dem Geschäft essen?«
Ich antwortete nicht.
Um drei Uhr stieg mir der Geruch von Rauch in die Nüstern. Im selben Moment erklang ein dumpfes Geräusch wie das des Sturzbaches, wenn er im Winter sein Bett rauschend verläßt. Ich hob den Kopf, trocknete den Schweiß auf meiner Stirn, und ich sah den Hügel in Flammen stehen. Bis ich begriffen, mein Werkzeug hingeworfen hatte und, so schnell mich meine Beine tragen konnte, lief, brannte meine Hütte lichterloh, und meine schöne Zukunft war zu Asche zerfallen.
Die französischen Gendarmen taten, was sie tun mußten. Sie stellten Fragen. Da sie in der Nähe einen Kanister Kerosin gefunden hatten, schlossen sie daraus, daß ich Feinde haben müsse. Wenn man ihnen Glauben schenkte, haßte mich das ganze Dorf wegen meines zu großen Erfolgs und meines zu großen Glücks. Seit diesem Tag habe ich meinen Körper über die unebenen Pfade der Existenz geschleppt. Ich habe gesehen, wie dieses Land sich verändert.
Ich habe gesehen, wie die Weißen Hals über Kopf vor den Rauchschwaden in ihren Pflanzungen flohen. Ich habe gesehen, wie die Neger voller Freude dem Zuckerrohr den Rücken zukehrten und sich eilig auf den Weg in die Städte machten. Die Frauen sahen ihnen nach, wischten sich die Tränen aus den Augen und wiegten ihre Bastarde; sie wußten insgeheim, daß diese Freude nicht dauern und das Elend sie nach kurzer Zeit wieder zurückbringen würde. Ich habe gesehen, wie Schulen eingerichtet wurden, und konnte meinen Ohren nicht trauen, als ich die Kinder singen hörte: »Unsere Vorfahren, die Gallier …«

Ich habe gesehen, wie Lichtmaste aufgestellt, die Straßen geteert wurden, worüber Autos mit vier Rädern rollten. Die Herzen der Menschen wurden immer härter und schlechter, sie kümmerten sich nur noch um ihre Radios und Farbfernseher. Wenn ich in die Nähe der Dörfer kam, nahmen die Männer Steine in die Hände, um mich zu verjagen, und die Frauen schrien mir wie einem Hund hinterher: »Hau ab! Hau ab!«
Deshalb bewegte ich mich nur noch im Schutz der Nacht fort, wenn das Licht das Mondes mir sagte, daß der Weg frei ist.
Jahr für Jahr habe ich gesehen, wie die Bananenstauden Immortellen Platz machen mußten. Traktoren Macheten ersetzten. Wo sollte ich mich verstecken? Wo sollte ich mich verstecken? Ich irrte umher, und die Sonne tat meinen Augen weh.
Eines Tages, am Ende eines Weges, haben mich die Bäume herbeigerufen, weil sie mir Schatten spenden wollten. Ich habe ihnen gehorcht und mich an ihren Wurzeln gestoßen. Ich habe mich mit Lianen gefesselt. Ich wäre vor Glück fast erstickt. Wenn die Sonne ihre Reise am anderen Ende der Welt begonnen hatte und die Schwärze ihr Gewicht auf alles legte, stieg ich ins Bett der Ravine hinab. Unter den Felsen versteckt, lauschte ich dem Gesang des Wassers.
Rivière au Sel, ich habe diesem Ort seinen Namen gegeben.
Ich kenne seine ganze Geschichte. Auf den Wurzeln seiner großen Bäume habe ich geruht, und mein Blut ist getrocknet. Denn hier ist ein Verbrechen geschehen, vor langer, langer Zeit. Ein schreckliches Verbrechen, dessen Gestank Gottes Nase belästigt hat. Ich weiß, wo die Körper der Gemarterten begraben sind. Ich habe ihre Gräber unter Moos und Flechten entdeckt. Ich habe die Erde geglättet, sie mit Muscheln bedeckt, und jeden Abend in der Dämmerung gehe ich dorthin und knie nieder. Niemand hat dieses ins Vergessen gehüllte Geheimnis entdeckt. Selbst nicht der, der wie ein verrücktes

Pferd herumläuft, witternd Wind und Luft prüft. Jedesmal, wenn ich ihn treffe, verbrenne ich mit meinem Blick seine Augen, und er senkt den Kopf, denn dieses Verbrechen ist das seine. Das seine. Trotzdem kann er ruhig schlafen, seine Frauen schwängern, Söhne zeugen, ich tue ihm nichts, die Zeit der Rache ist vorbei.

Gracieuse hat keinen Sarg gehabt, keine Totenwache, keinen Rum, keine Gebete. Keinen Friedhof, um ihre Knochen im Schatten auszustrecken. Es gab nur Asche, schwarze Flocken auf der schwarzen, verbrannten Erde. Ich habe eine Handvoll Asche genommen. Ich bin an den Strand gegangen. Unter einem Baum stehend, habe ich meine Hand geöffnet, und der Wind hat die Asche übers Meer geweht. Seit diesem Tag verwirrt sich alles in meinem Kopf, und ich kann die Tage nicht mehr zählen.

Erinnere dich, Geliebte ohne Grab, an die Zeit, als wir uns auf den Wogen der Lust treiben ließen.

Die Morgendämmerung

Kaum hatte die Schwärze die dürre Gestalt Emile Etiennes verschluckt, hörte der Regen auf. Im selben Augenblick erhob sich der Wind, nicht der verzweifelte und unvernünftige Wind, der alles zerstört, sondern der zärtliche Wind, dessen Hand alle Unebenheiten glättet und die Harmonie wiederherstellt. Jener Wind blies sanft in einer Ecke des Himmels die schlechtgelaunten Wolken auseinander, und eine weiße Helligkeit breitete sich langsam aus. Zuerst begann sie bei Gosier, das, gemessen an der Richtung des Vogelflugs, auf der anderen Seite der Bucht liegt, deren Sicht von hohen Bäumen versperrt ist. Dann, nach und nach, breitete sie sich über den ganzen Himmel aus, so daß er nach einer Weile wie ein Flaschenkürbis voller Milch wirkte. Es würde ein schöner Tag werden und trocken. Da merkten alle, daß es fünf Uhr früh war.

Die Frauen, die ihre Babys in der Obhut der Großmütter oder einer älteren Schwester gelassen hatten, dachten daran, daß sie bald aufwachen und nach der Muttermilch schreien würden, und sie standen eilig auf. Die Männer, die ohne Durst getrunken hatten, betrachteten den Rumspiegel in den Flaschen, sahen, daß sie auf dem trockenen saßen, und taten dasselbe.

Also gab es ein großes Hin- und Hergehen von der Veranda zum Zimmer des Toten, Kniefälle, Bekreuzigungen, gemurmelte »Auf Wiedersehen« und »Wann ist die Beerdigung?«.

Durch einen dieser Gefühlsumschwünge hervorgerufen, die der Tod auslöst, hatten die Menschen in dem Moment, da sie Francis Sancher verließen, plötzlich Skrupel, ihn dort liegen-

zulassen, in seinem hölzernen Gefängnis. Und sie fingen an, ihn zu bedauern.
Léocadie Timothée machte sich zur Sprecherin dieser Kehrtwendung, indem sie sagte: »Armer Teufel! Wenn es so heftig geregnet hat, dann geschah das, weil der Regen es bedauert, das Leben, weil es ganz bitter ist und man nie etwas hat, es zu versüßen.«
Woraufhin alle zustimmend seufzten, obwohl niemand wußte, ob die allgemeine Zustimmung Léocadie Timothées Kommentar über Francis Sancher oder ihrem Kommentar über das Leben gegolten hatte. Jeder wäre gern in Tränen ausgebrochen, ohne recht zu wissen, warum. Die Leute sahen sich traurig an, plötzlich unfähig, heimzukehren und ihren alltäglichen Geschäften nachzugehen.
Schließlich taten sie es mit Bedauern, wateten durch den Schlamm, während die vom Regen schweren Blätter ihnen auf den Rücken klatschten und dort wie Senfpflaster klebenblieben. Über ihren Köpfen trocknete der große Himmel langsam, fand sein Blau wieder, und die Sonne nahm ihren Platz wieder in seiner Mitte ein.
Im Haus, im Duft des Kaffees, den Marina — geliebte Schwester Rosas — gekocht hatte und servierte, waren ein paar Getreue geblieben. Die beiden Familien in Trauer. Verwandte. Freunde. Vor allem da waren diese vom Tod hervorgerufene schleichende Kehrtwendung und das Nahen des Tages besonders auffällig. Manche, wie Loulou und Sylvestre, dachten, daß Gerechtigkeit geschehen war, und fühlten sich gereinigt. Sie konnten wieder mit hocherhobenem Kopf einhergehen und den anderen in die Augen sehen. Loulou fragte sich, ob er nicht mit Sylvestre über dieses Stück Land am Rand des Flusses Moustique reden sollte, das er begehrte, nicht um dort Gewächshäuser für Orchideen aufzustellen, sondern dieses Mal wollte er dort eine neue Sorte Pampelmusen anpflanzen, die

aus der Dominikanischen Republik kamen und deren Fleisch saftiger als das der Früchte aus Kalifornien war. Sylvestre, der Schlaukopf, wußte genau, was der andere im Sinn hatte, und überlegte sich bereits einen nicht akzeptablen Preis.
Andere, wie Aristide, Dinah oder Dodose Pélagie, empfanden eine fast dankbar zu nennende Zuneigung für denjenigen, der ihnen Mut gemacht hatte, dieses alte abgetragene Kleidungsstück nicht mehr anzuziehen, das sie Morgen für Morgen anlegten und das zu eng war. Im Angesicht dieses Umsturzes gebar ihr Hirn abergläubische Fragen. Wer war er wirklich gewesen, dieser Mann, der sich entschlossen hatte, unter ihnen zu sterben? War er nicht ein Gesandter, der Bote irgendeiner übernatürlichen Macht? Hatte er nicht immer und immer wieder gesagt: »Jeden Sommer kehre ich wieder mit einem grünen und geschwätzigen Vogel auf der Faust...« Niemand hatte auf seine Worte geachtet, sie hatten sich im Lärm des Rums verloren. Vielleicht sollte man von nun an zum Himmel emporschauen und würde ihn dann sehen, einem strahlenden Herrscher gleich, der endlich die Früchte seiner Weisheit erntet. Als einige von ihnen zum Fenster gingen, um zu sehen, welche Farbe der neue Tag haben würde, erblickten sie einen Regenbogen, und das erschien ihnen als ein Zeichen, daß der Verstorbene kein gewöhnlicher Mensch gewesen war. Verstohlen bekreuzigten sie sich.
Dinah schüttelte ihre Müdigkeit ab, und da sie vor sich die gerade und schöne Straße ihres Lebens sah, öffnete sie wieder das Gesangbuch, und alle stimmten mit in ihren Psalm ein.